龍之國幻想 2

天翔之緣

三川美里

目次

龍之國幻想

主要登場人物介紹

央大地之下有龍沉眠。在龍之原這個國家，
女人都有聽得見龍語的能力。
不具備這種能力的「遊子」都得死。
男人若具備這種能力、聽得見只有女人能聽到的龍語，
則會被當成「禍皇子」處死。

Hiori no miko
日織皇子 二十七歲

生長在龍棲息的國家龍之原。
姊姊因身為遊子而遇害，
為了改變不合理的法令替姊姊復仇，
女扮男裝得到皇位。

Utsutsuyu
空　露　三十六歲

在祈社擔任高階神職。
從小就以教育者的身分
輔佐日織。

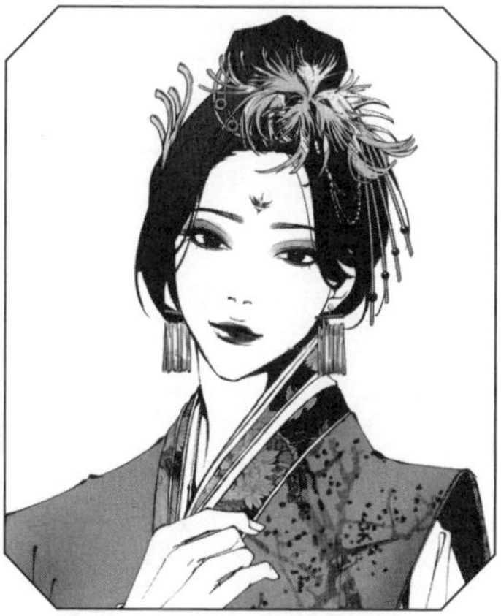

Haruhana no himemiko
悠花皇女　十九歲

前任皇尊唯一的孩子。
因體弱多病而被託付給
日織、藏著「祕密」的
美麗妻子。

Futsu no ookimi
不津王　三十九歲

前任皇尊的姪子。
在伯父過世後與
日織競爭皇尊寶座，
最終落敗。

Tomo no Arima
伴有間　二十八歲

八洲之一的反封洲國主長子，
向日織提出了違反
龍之原規則的要求。

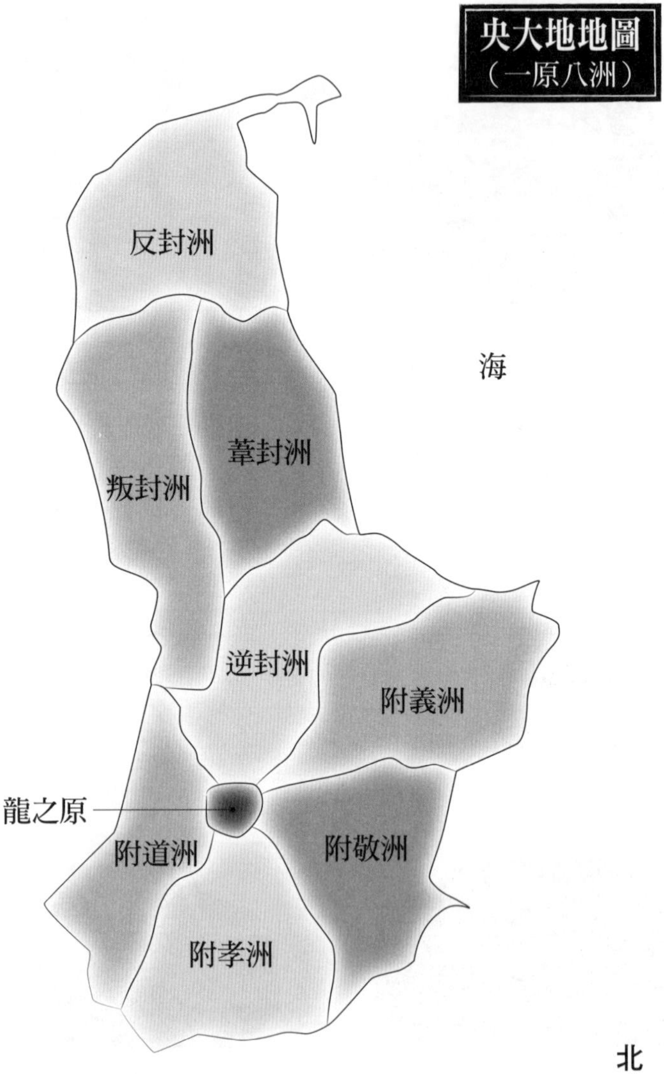

央大地地圖
（一原八洲）
海
反封洲
葦封洲
叛封洲
逆封洲
附義洲
龍之原
附道洲
附敬洲
附孝洲
北

龍之原地圖

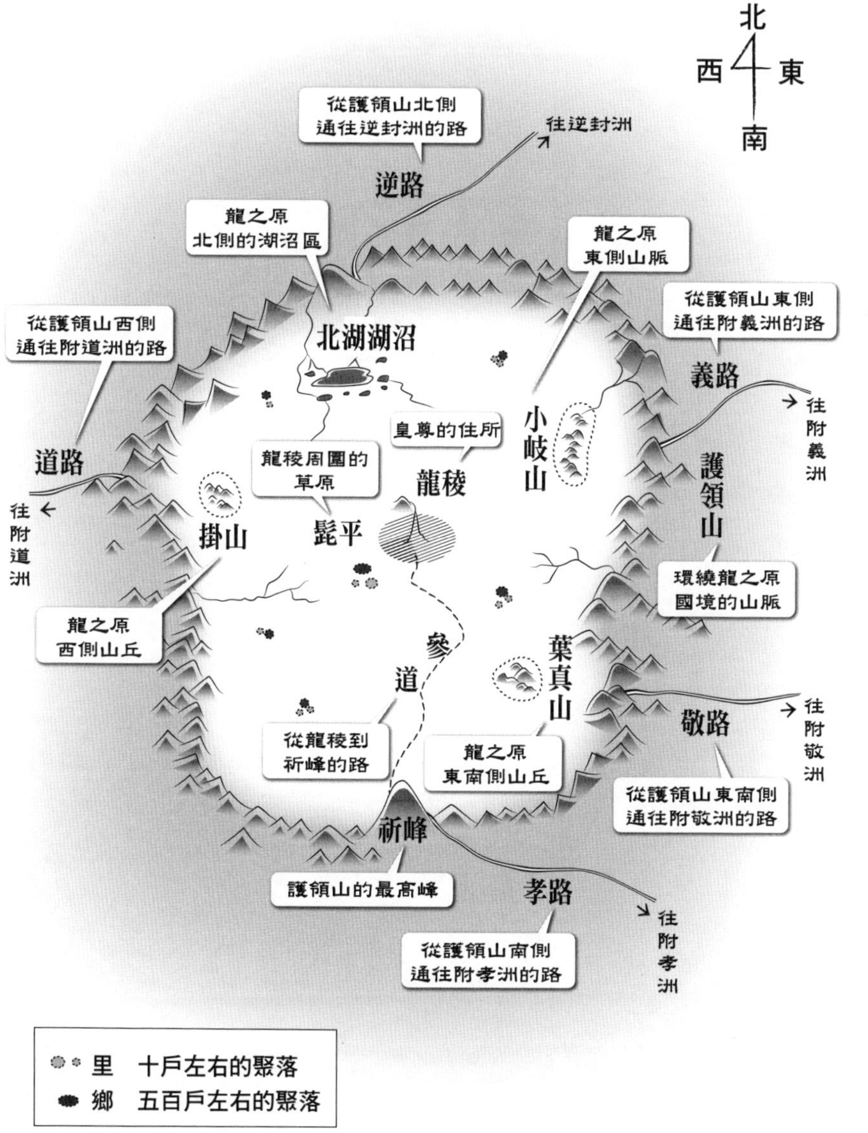

※鄉里分散於龍之原各處

地圖製作：Atelier Plein

天空是龍的領土，地面是地龍的領土。

因此龍棲息在天上，地龍棲息在地底。

神氣在積雲中凝聚，龍由此而生。

龍剛誕生時又小又脆弱，靠著在天空吸取神氣而逐漸成長，有些甚至長得比千年巨木更粗壯。

龍的壽命據說長達百年或千年，龍死去以後身體便如霧消散，不會留下屍骸。聽說金屬可奪走龍的性命，不過自神代至今都沒有膽大包天的人敢去嘗試。話說回來，這本來就只是個傳聞，沒人知道是真是假。

沒人知道總共有多少條龍，有人說是上百條，也有人說是上千條。

因為龍很少出現在人的眼前，棲息在龍之原的龍也不會聚集在一處，所以人們就連有多少龍都不清楚。

龍不是會聽人指揮的生物。

但是……

龍之原的皇尊在一生中會有一次召喚龍的機會。

那就是登基時向龍宣布即位的儀式。

宣示自己是地大神、地龍所認可的皇尊之後，就會出現幾條龍欣喜優遊空中的祥瑞之象。

龍和皇尊便是由此結緣。

龍之國幻想 ②

天翔之緣

序章

——好熱！

日織彷彿被什麼力量從黑暗中推出來，她當場跪倒，雙手撐在地上。

「日織！」

她聽到空靈的聲音，以及人們在四周跑來跑去的腳步聲，卻睜不開眼睛，也抬不起頭。雖然閉著眼睛，眼前卻閃爍著炙熱熔漿席捲般的色彩。

全身都好燙。

胸口像是全力奔跑一樣難受，呼吸短而急促。就連短促呼出的空氣都是熱的，喉嚨痛得像燒傷一樣。

鼻中有一股類似焚燒木柴的乾燥嗆辣味道。

（我到底怎麼了？）

為了反抗不合理的法令，日織二十年來一直悄悄渴望著皇尊的寶座。她好不容易才等到競逐皇位的機會，拚盡全力地去爭取。而且……她甚至為此失去了最愛的妻子月白。

她失去了想要保護的對象。

但是日織不容許自己就這麼放棄，她默默呼喚著月白的名字，懷著椎心之痛和近似執念的決心，簡直是用爬的進入最後的儀式——入道。

為了入道，日織推開地睡戶，走了進去。她還記得漆黑之中湧出熱風時，背後的門就自動關上了，她連反應的時間都沒有，就被黑暗和炙熱包圍了。

（後來發生什麼事了？）

下一秒鐘，日織就被推出了黑暗。

聽到空露的聲音，讓日織明白自己是在地睡戶的外面，但她不是才剛跨進地睡戶嗎……

不對，不是這樣。身體的感覺這樣告訴她。

她確實在地睡戶裡待了一段時間，只是那段記憶從她的腦袋裡憑空消失了。

（我的身體到底是怎麼了？）

日織感覺自己身上發生了可怕的事。

全身皮膚痛如針刺，而且到處都在發燙，尤其是腳底、脖子、眼皮、臉頰、耳垂和指尖。

她覺得自己的腳底、眼皮、脖子和臉頰不只是刺痛，感覺好像燒得皮開肉綻，說不定耳垂和指尖都已經燒焦崩裂了。

她怕得直顫抖。

身邊傳來了「日織皇子」、「日織」的叫聲。

「日織！是我！」

悠花的聲音在耳邊響起，距離很近。日織動彈不得、渾身發抖，但還是一邊呼出熱氣一邊虛弱地問道：

「我……我怎麼了……」

發出沙啞聲音時，喉嚨依然又熱又痛。

日織怕到不敢檢查自己身體的狀況，好像稍微動一下就會劇痛難耐，全身皮膚剝落，一睜開眼睛，眼皮就會碎裂。所以她只能問別人。

「妳即位了。」

悠花回答。

（即位？）

日織害怕到亂成一團的腦袋無法立刻理解悠花說的話，但那句話漸漸地滲入她的腦海。

她驚訝到忘了恐懼，睜開眼睛。

眼皮沒有碎裂，她看見了自己雙手觸碰的岩地，也發現自己的手背既無傷痕也沒有發紅，還是一樣白皙，手指也都好好的。雖然又熱又痛，但也只是這樣罷了。

她把重心移到腰部，抬起原先撐住上半身的右手，摸摸耳朵，顫抖的手指感覺到耳朵的形狀。

雖然耳朵毫無知覺，但手指摸到的還是完好無缺的耳朵。

日織因炙熱和痛楚而不斷發抖，但她還是緩慢地努力抬起頭。

她看到身穿黑衣的悠花美麗的臉龐。

四目相交，他露出微笑。

「妳即位了喔。」

「……真的嗎……？」

悠花點頭。

「是龍說的。族裡所有女人一定都聽到那句『即位』了。」

日織不自覺地發出類似呻吟的感嘆，閉上眼睛。

自己真的即位了嗎？

她沒有已經即位的真實感，只覺得全身發燙疼痛，為此怕得要命。

悠花說的是真的嗎？

她沒有感到欣喜，反而充滿疑惑和不安，正感到滿心混亂時，意識又漸漸模糊，身體的力氣也一點一滴地流逝。

勉強撐著上身的手臂突然發軟，日織趴倒在地。

「日織！」

聽到悠花的驚呼，日織的心中浮現了姊姊宇預和月白的臉龐。

（姊姊……月白……我即位了嗎？……真的嗎？）

第一章　殯雨平息

一

照在睫毛上的光線好刺眼，日織皺著眉頭、睜開眼睛。

腦袋昏沉沉的，像是處在五里霧中。

日織知道自己睡在床上，卻連「這裡是什麼地方」、「我發生什麼事了」之類的疑問都無暇思考，腦袋能意識到的只有刺眼的光線。

隔簾外面的窗戶似乎開著，明亮的陽光透入隔簾，微風也吹進屋內，輕撫著絹布。

（為什麼這麼明亮？殯雨不是還在下嗎？）

治理龍之原的皇尊駕崩之後，就會降下殯雨，直到新皇尊即位才會停。若是殯雨停了，就表示新的皇尊已經即位。

皇尊即位。

一想到這裡，日織的腦海立刻浮現一幕幕的畫面。

激烈的殯雨，遷轉透黑箱，滂然落下的瀑布，鋼刀的寒光，雷聲。

月白的微笑。

如同濁流不斷湧出的記憶幾乎壓垮了她的心。

「……月白……」

日織用雙手摀住臉。

（……竟然……竟然……！）

月白死了。

一想起這件事，喉中就湧起一股不明所以的巨大東西，令她喘不過氣。那是千真萬確的事實，如同一根木樁插在她的心上。

不津王犯下八虐大罪，月白投水身亡，日織在幾近崩潰時聽到悠花的懇求，因為相信月白希望她當上皇尊，她才硬撐著進入龍道。

後來日織平安無事地結束了入道儀式。她還記得跌出地睡戶之後聽到悠花說「妳即位了」，但她還來不及確認是真是假，就昏過去了。

如果日織意識清醒，就能輕易判斷出她正躺在自己在龍稜被分配到的住所，榆宮的東殿。

附近沒有人聲，只能聽見院中的苦楝樹發出的沙沙聲。

我真的即位了嗎？日織舉起摀著臉的雙手，望著沐浴在陽光中的手掌。手指完好無缺，沒有燒焦碎裂。剛被推出黑暗時，她還以為自己全身上下都燒焦了。

她想不起來自己在入道後發生了什麼事，連入道的那段時間都從記憶中消失了。

但是她如今沐浴在陽光底下，殯雨已經停了，她應該順利結束入道了。也就是說，日織毫無疑問成了皇尊。

看著自己的手指時，她不自覺地流下眼淚。

「月白……姊姊……」

見她得到了期盼已久的皇位，她們兩人一定很開心吧？日織想到這點就覺得很自豪，同時又為她們兩人已不在世上而感到無比空虛。

「喔，妳醒啦。」

悠花端著一碗像是湯藥的東西走進隔簾。

悠花雖是男性，卻是能聽見龍語的禍皇子，所以從小就被當成皇女養大，後來嫁給了日織。如今月白死了，他就是日織唯一的妻子了。

為了隱瞞男性身分，悠花平時都打扮成女性的模樣，假裝不能走路也不能說話。那美麗的外表令人無從起疑，完美地瞞過了所有人，但此時的他把長髮紮成一束，穿著護領眾的黑衣黑褲，打扮成男人的模樣。

日織坐了起來，悠花遞出碗，問道：「妳能喝東西吧？」
「我睡了多久？我入道花了多久時間？」
「妳昨天早上進入龍道，過了四刻左右走出地睡戶，出來之後就昏睡了一整天，大家都很擔心。淡海皇子和真尾說，經常有皇尊在入道之後昏迷了許久。在裡面到底發生了什麼事？」
「我不知道，我什麼都不記得。入道期間的記憶從我的腦袋裡消失了，這整段時間彷彿被偷走了。」
「不記得嗎……原來如此，歷代皇尊都沒提過入道的情況，或許也是跟妳一樣不記得了。也罷，總之妳平安回來就好。好了，快喝吧。」
日織接過碗，看著悠花秀麗的臉龐，就想起了他對她說過的那句「救我」。因為有他的鼓勵，日織才有力氣起身走進龍道。
如果當時悠花不在她身邊，她站得起來嗎？
多半不行吧。是因為有悠花在，她才做得到。
她想對悠花道謝，但是一看到他美麗的臉龐就覺得很害羞，不知道該說什麼好，遲遲說不出口。
悠花也是一副欲言又止的樣子，但他似乎也不知道該怎麼開口，最後一臉不悅地問道：

「幹麼？」

「呃，沒什麼。」

日織轉開目光，喝起湯藥。

悠花輕輕吁了一口氣，像是感到安心。他什麼都沒說，或許是顧慮到日織的心情吧。如果要談入道的事，就免不了提到月白，悠花應該知道此時的日織還沒辦法冷靜地討論她的事。

沉默片刻之後，悠花說道：

「居鹿也很擔心妳呢。」

「她現在在哪裡？」

「杣屋送她回祈社了。畢竟龍稜和妳還要好一陣子才能平靜下來，祈社那邊也要求盡快送她回去。他們說殯雨已經停了，反封洲這個月就會派人來接居鹿。居鹿出發之前還得做些準備。」

「這個月？為什麼這麼快？」

「那件事原本就是因為皇尊駕崩後需要服喪，才耽擱下來的。既然新皇尊即位了，當然要依照法令繼續進行。」

「我不會讓居鹿被送去別國的。只要立刻廢除法令……」

日織說到一半突然感到不安，抬頭看著悠花。

「我真的即位了嗎？」
日織自己也是這麼認為的，但她想再確認一次。
悠花平淡地說：
「族裡的女人都聽到龍說的那句『即位』，而且殯雨停了，妳也平安地走出地睡戶了，所以妳確實即位了。別說那些了，還是先喝藥吧。妳的聲音聽起來好虛弱。」
碗裡裝的是藥草煎煮的湯藥，入口微甘，但後味很苦澀。但日織非常口渴，還是一口氣喝完了。她看著空碗，喃喃地說：
「這樣啊……我……」
如同湯藥滲入五臟六腑，真實感也漸漸滲入了她的腦袋。
（我即位了。）
她得到了期盼已久的東西。
日織曾經想像過，自己得到皇位的時候不知道會有多開心。如今真的實現了心願，她卻只是感慨地想著「這樣啊」。
這就像是一直遠遠看著渴望的寶物，別人說「這就是妳想要的東西」，把寶物交到她手上，她卻覺得拿起來輕飄飄的，感覺不到一點重量。
「恭喜妳即位了。不過……」
日織從這片刻的停頓察覺到不對勁，抬起頭來，悠花收走湯碗，一邊說：

「妳即位的過程太不尋常，讓大臣們有些疑慮。現在太政大臣淡海皇子、大祇真尾、左大臣阿知穗足、右大臣造多麻呂都聚集在大殿，連不津王都被叫去了。對了，還有空露。」

「為什麼空露也被叫去了？」

「因為妳還在昏迷，他是代替妳去的。雖然妳已經即位，大臣們還是打算商量看看是否該接受這個結果。」

空露從小到大都以保護者的身分侍奉日織，他就像是日織的哥哥，也是陪著她圖謀皇位的共犯。在日織身邊侍奉的人只有空露，大臣們找他代替昏迷的日織也很合理。

但是，他們為什麼要商量這件事？

「我不是已經即位了嗎？還有什麼問題是需要商量的？無論我即位的過程中發生了什麼事，我都已經即位了啊。」

「妳說得沒錯，但不是每個人都為新皇尊即位而歡天喜地。」

「我也不需要他們歡天喜地。」

為了對抗害死姊姊的命運，日織從七歲就決定要自己統治龍之原。這個心願和她深愛的妻子月白最後的心願是一樣的，和悠花的懇求也是一樣的。這不只是日織一個人的想法，其他人也希望她當上皇尊。

就算別人看不順眼，就算別人批評她、貶低她，她也不會放棄的。
日織掀開蓋在腿上的衣服站起來，但是腳步踉蹌，險些跌倒，悠花急忙扶住她。
「日織，起身得這麼急會站不穩的。」
悠花擔心地說道，日織卻輕輕推開他的手。
「我要立刻整裝去大殿。」
「沒問題嗎？妳才剛醒來呢。」
「我的腦袋已經清醒了。我要去。這事關係到我的即位，不能丟給空露一個人去處理。」
日織抬起頭，望向門外的蔚藍天空和耀眼陽光。好久沒有看到藍天和陽光了。
殯雨停止，陽光再現，是因為日織完成了入道儀式。
這代表地大神地龍承認了日織是皇尊。
（不論別人怎麼看、怎麼想，地大神都已經承認我了，所以我就是皇尊。）
日織冒著生命危險入道、詢問神的心意，她現在仍好好地站在這裡就是答案。
這表示神也不贊同龍之原那些不合理的事，准許她改變這一切。
這是她賭命得來的答案，任何人都沒有資格說三道四。
日織邁出了步伐。

有著白杉木柱和檜皮屋頂的大殿沐浴在陽光之中。長期被殯雨洗刷的檜皮因飽含水分而變了色，但仍展示優美的曲線，乘載著悠然流動的白雲。

正面階梯兩旁的桃樹添了許多嫩葉，翠綠一片。大殿後方傳來瀑布嘩啦啦的水聲。

聽見吞沒了月白的瀑布水聲，日織就覺得胸口揪緊。不知怎地，她意識到自己心緒非常混亂。

日織帶著悠花走在廊臺上，一邊告誡自己。

（我已經即位了，這是我熬過了幾千個無所作為的日子、對許多遊子見死不救，還失去了重要的人才得到的東西。我絕不能自亂陣腳，絕不能掉以輕心。）

她努力讓自己別去在意水聲，走到大殿的門前。

站在門內兩旁的采女一看見日織，就高喊：

「皇尊駕到。」

悠花貼近日織的耳邊說：

「去吧，日織。我在這裡等著。」

「你不進去嗎？」

「真尾在裡面，他一眼就能看出我不是護領眾，說不定還會去調查我的身分。」

他輕推著日織的背，彷彿在催促她「快去吧」。

獨自進去讓日織有些不安，大概是因為悠花與生俱來的強悍性格和隱瞞身分到底的堅決態度讓人感到可靠吧。

一走進去，所有人的目光都聚集在日織身上。

坐在左手邊的太政大臣淡海皇子和大祇真尾都掛著困惑的表情，兩人默默向日織行了禮，但是都沒有開口，似乎不知道該用何種態度面對她。

坐在右手邊的右大臣造多麻呂說著「恭賀皇尊即位」，向日織行了叩首禮，接著抬起頭來，一雙細長的眼睛愉悅地瞇起。

坐在他身邊的左大臣阿知穗足則是用濃眉下的眼睛挑釁地瞪著日織。

空露站在門邊，他看到日織已經醒了就露出安心的表情，但還是有些擔憂。畢竟空露目睹了入道前的混亂和日織結束入道後的模樣，當然會擔心她沒辦法冷靜地和大臣們應對。

自己真是讓空露操了不少心。

日織默默地向空露點頭，表示自己沒問題。

接著是正中央。背對門口而坐的不津王慢慢地轉過頭來。

他昨天弄髒的衣服已經換成新衣，右肩到左脅卻裹著一條寬幅的朱絹。朱絹是用來隔離染穢之人身上的穢氣，他裹上朱絹是因為在大殿附近砍傷月白，犯了大不敬之罪。

玷汙聖域是大不敬，這是龍之原訂下的重罪——八虐——的其中一條。

朱絹雖是用來隔離穢氣的，此時看來卻像是罪人的標誌。

才過了一天半，不津王的臉頰就凹陷不少，給人一種極為疲憊的印象。最大的理由可能是因為他犯下八虐之一而被舍人拘禁，雖然時間不長，但屈辱和憤怒還是悄悄地消耗了他的體力。

不津王一和日織對上視線就撇嘴一笑。他即使憔悴，仍是十分傲慢。

二

日織下巴微收，筆直前進，走到掛在大殿底端的五色布前。

她的身邊有一張寶案，桌上放著蓋上蓋子、變成黑色的遷轉透黑箱。大家似乎都不知道該怎麼處置這個變了顏色的箱子。日織看見這情況，默默地想著「也難怪」。

日織依照前皇尊的要求把龍鱗收進遷轉透黑箱，又順利結束了入道，殯雨也確實停止了。她毫無疑問已經當上皇尊了。

但是……

正如悠花所說，她即位的過程太不尋常，大臣們不知道該不該接受這個結果。就算狀況再不尋常，如果沒有其他競爭皇位的人選，大臣們就不得不接受日織即位的事實。然而現在還有和日織競爭、而且比日織更受眾人期待的不津王，大臣們當然會不知所措。

「那個位置是您應該站的嗎，日織皇子殿下？我們現在才要開始討論這件事。」

阿知穗足說道，他聲音低沉、語氣強硬。

「左大臣說錯了吧，不是皇子殿下，而是皇尊陛下。」

空露立刻出言糾正穗足，但穗足不悅地皺起眉頭說：

「這種時候輪不到護領眾插嘴。」

「可是我……」

「你是代替主人出席的，既然主人已經來了，你就不該再開口了。」

空露本來還想說什麼，但大祇真尾神情肅穆地制止了他。

真尾只有四十幾歲，比歷代的大祇都年輕，但他個性穩重，和一旁白臉白鬍子的太政大臣淡海皇子特有的威嚴相較之下毫不遜色。

空露在護領眾之中位居「祇從」，無法違抗地位最高的大祇。他小聲回答「是」後閉上嘴，望向日織。

日織為了讓空露放心，再次向他輕輕點頭。她默默地表示自己很冷靜，接著把視線轉向穗足。

「在我入道之後殯雨就停了，族裡的女人也都聽到龍說了『即位』。這樣你還對我的即位有什麼疑問嗎，穗足？」

「您已經即位是毫無疑問的事，但您真的應該即位嗎？」

「前皇尊訂下規矩，找到龍鱗的人就能成為皇尊，而我確實做到了。難道除了我以外還有別人該坐上皇位嗎？」

「我承認，您確實找到了龍鱗，但是您難道沒有為了得到皇位而不惜用血玷汙龍稜嗎？」

「玷汙龍稜？你在說什麼？」

「我說的是月白小姐的所作所為。」

突然聽到月白的名字，日織整個人都僵住了。

穗足正想抓她的破綻，她絕對不能在他面前表現出緊張和不安。日織輕輕閉上眼睛，深呼吸，接著又睜開眼睛，面無表情地問道：

「月白？月白怎麼了？」

「我已經聽說了，您的妻子月白小姐做了可怕的事。她竟然想要殺死不津大人。」

穗足像是在對故作鎮定的日織施壓，又繼續說：

「月白小姐企圖謀害不津大人，山篠殿下死在您居住的榆宮那件事搞不好也是月白小姐做的。要說龍稜出現了一個以上的殺人凶手也太離奇了。難道不是您命令自己的妻子殺死山篠殿下、陷害不津大人嗎？就算您沒有弄髒自己的手，唆使別人玷汙龍稜一樣是犯了八虐之中的大不敬之罪，這樣的人有資格入道嗎？」

「這只是你妄自揣測的。我已經說過了，我確確實實找到了龍鱗，也完成了入道，沒有人可以反駁這件事實。」

「不！如果您在找到龍鱗之前就預謀要殺死山篠殿下、陷害不津大人，那您即使找到龍鱗，也不是正當地贏過他們兩位。」

「什麼意思？」

「您說自己找到了龍鱗，不過您若是在找到龍鱗之前先除掉競爭對手，那就只有您能找到龍鱗了。也就是說，您並沒有贏過其他兩人。前皇尊的遺言是要求三位人選比賽，您曲解了前皇尊規定的選拔方式。」

聽了穗足的說詞，日織雖不甘心，卻也理解他的意思。

大臣們懷疑是日織命令月白除掉其他競爭皇位的對手。他們會這樣想是理所當然的，雖然日織不知情，但月白殺死了山篠是事實，她企圖攻擊不津也是事實。

因為月白攻擊了不津，別人自然會猜測山篠或許也是月白殺的，這一切看起來就像是日織的陰謀。

「我沒有殺山篠叔父，也沒有陷害不津，更沒有命令妻子去做這些事。全都是空穴來風。」

「那麼月白小姐為什麼會做出那種舉動？山篠殿下和不津大人若是死了，最大的獲益者就是您。難道這不是您指使的嗎？就算您沒有親自動手，如果是您命令月白小姐做的，那跟您自己做的也沒有差別。」

「我已經說過不是了。我沒有命令月白行凶。」

「既然您不承認，那您倒是說說看月白小姐有什麼理由這樣做！」

穗足拍著地板吼道。

（叫我說出月白行凶的理由？在這種場合？）

如果要說出月白做那些事的理由，就得揭露她拚了命都要隱瞞的事。這就像是在她死後還脫光她的衣服羞辱她。

日織怒不可遏，但還是在袖子裡握緊拳頭，死命忍住。現在發脾氣就會正中對方下懷，說不定她還會因為克制不住怒火而說錯話，讓對方抓到自己的把柄。

造多麻呂看不慣穗足無禮的態度，直起身子準備反駁，淡海和真尾同時小聲制止「冷靜點」、「先等一下」。他們也想聽聽日織會怎麼解釋。

「我沒有命令她。」

「就是因為您這麼說，我才請您交代一下月白小姐這麼做的理由。」

日織下定決心死都不說，用強硬的語氣拒絕了。

「理由只有月白知道，只有月白能說。已死之人不會說話，我也不會擅自揣測只有月白能說的事。」

穗足繼續向日織發出攻勢。

「您可真會找藉口。您回答不出來，想必是因為有什麼不可告人之事吧，日織皇子殿下！」

「沒這回事！我只是不想擅自揣測已死之人的心思，讓她蒙受羞辱！」

大殿裡充滿了劍拔弩張的氣氛。

就在此時，一陣笑聲打破了緊張的氣氛。

這突如其來的開懷笑聲令在場所有人都嚇了一跳，眾人紛紛轉頭望向發笑的人。

不津仰天大笑，像是覺得很滑稽。

「別說了，岳父大人，這樣太難看了。」

聽到不津這句話，穗足面露愕然，隨即橫眉豎目地說：

「你在說什麼啊，不津大人。這可是關係到你和龍之原……」

「你就算再糾纏下去也無濟於事，殯雨都停了。」

不津打斷穗足的話，然後轉頭望向門外，一臉嘲諷地看著藍天，之後又轉回來盯著日織。

「日織已經入道，也已經即位，這是鐵一般的事實。」

從不津陰沉的眼神可以看出他並不支持日織，也不認同日織。此時不津想必滿腹怨氣，但是以他的理智和品行，實在看不下去穗足繼續對已經入道和即位的日織嚷嚷著「我不同意」。

畢竟他是競逐皇位的人，品格還是比較高潔的。

「我犯了大不敬之罪也是事實，但這並不是我自願的，歸論下來或許可以不被究責。但是不管怎麼說，我都輸給日織了。姑且不論是非對錯，日織確實找到龍鱗，當上皇尊了。」

「是非對錯才是重點啊。」

穗足插嘴道，日織強硬地反駁：

「你想說地大神認同的人是錯的嗎！你質疑地大神的判斷嗎！」

穗足被日織的氣勢所震懾，驚愕地後仰。

（我絕不會說出月白的事！也絕不會放棄已經到手的皇位！當上皇尊是月白對我最後的懇求，還能幫助我對抗害死姊姊的命運！）

這念頭化為魄力，使日織全身發熱。

「地大神已經承認了我，不是嗎？」

日織瞪著穗足，接著把視線轉向淡海和真尾。

「淡海叔祖父，真尾，你們也想質疑神認可的人嗎？若要向神問清是非對錯，那你們就該賭上自己的性命。」

為了探詢神的心意，日織也是賭上性命入道的。

淡海白皙的臉孔抽搐似地微微顫動，似乎想要說什麼，但他還來不及開口，真尾就先行了叩首禮。

「新社恭賀皇尊即位。」

真尾身為神職者，無論如何都不能說出質疑神的發言，因此只能承認日織。日織明知如此，卻故意用神的名義壓下對方的疑惑和不滿，這種做法簡直蠻橫至極。

蠻橫就蠻橫吧。與其說出月白的私事，她寧可蠻橫一點。

「淡海叔祖父怎麼想？」

日織看似在發問，實際上是在逼淡海屈服。淡海一臉猶豫地看著俯伏於地的真尾，無奈地嘆了口氣，跟著拜倒。

「恭賀皇尊即位。」

造多麻呂也順理成章地跟著再次行禮，穗足見狀就握緊拳頭，低聲沉吟。

「我是皇尊。」

日織平靜地宣告。

寂靜無聲。

門外吹進來的風輕撫著後方的五色布。

拳頭顫抖的穗足和俯伏的真尾、淡海、多麻呂都沒有動彈。不津看出日織已經控制了整個場面，站起身苦笑著說：

「就是這麼回事，岳父大人，你還是向皇尊行叩首禮吧。不過……」

不津筆直望著日織，傲然說道：

「不過我不會向你叩首的。」

「你不承認我是皇尊嗎？」

「不，我承認。日織，你確實是龍之原的皇尊，但我不是龍之原皇尊的臣子。我犯下了八虐之中的大不敬之罪，依照神代以來的慣例，我得被逐出龍之原。所幸我和附孝洲的國主是相交二十年的好友，他應該會收留我吧。」

「你說什麼！」

穗足挺起身子，露出懇求般的眼神。

「不津大人，你在說什麼啊！你為什麼要離開龍之原！」

「因為我依然認為自己更適合當皇尊。」

不津的眼神如刀鋒一樣銳利。

「適合當皇尊的人何必當別人的臣子。」

不津大可和穗足一起質疑日織即位的資格。只要他願意，甚至可以揭發月白的祕密、往事和罪行，指責日織謀畫了這一切，讓大臣們更不信任日織。

他之所以沒有這麼做，是因為他依然相信自己適合當皇尊。正是因為這樣，他才不願意死纏爛打地質疑地大神認可的人，或是冷酷地批判已死之人。

雖然他承認日織是皇尊，主動聲明要離開龍之原，但他還沒有放棄皇尊的寶座。不津只是暫時承認了日織的皇尊資格。

「讓我看看你治理的龍之原吧。我很想知道，不懂秩序的你會讓龍之原變成什麼樣子。」

「那你就一邊垂涎一邊羨慕地看著吧。」

聽到日織嘲諷的回答，不津面露怒容。日織指著門外說：

「想走就走吧，我准許你離開龍之原。你本來就是犯了八虐之一的罪人。雖然你說歸論下來或許可以不被究責，但我……不會原諒你的。」

由於壓抑怒氣，日織說到後來聲音變得很低沉。

「我絕不原諒。是你用血玷汙了大殿，是你造成了這一切。只要我還坐在皇位上，我永遠不會原諒你。即使把你逐出龍之原也是理所應當，你想自己先離開也好，省了我的麻煩。走吧。」

日織無法原諒不津明知月白的祕密和往事和她犯下的罪行，卻利用這些事來威脅她。追根究柢，月白等於是被不津害死的。

如果不津沒有把月白扯進來，或許她現在還待在日織身邊，露出可愛的酒渦笑著。

日織咬緊牙關，強忍著湧上喉嚨的悲傷。

（月白，我不會原諒不津的，絕對不會！）

兩人面無表情地瞪著彼此，但不津轉開了目光，轉過裹著朱絹的身體大步走了出去。

「不津大人！」

穗足站了起來，正想追出去叫住不津，但日織嚴厲地說：

「穗足，你是誰的臣子！」

穗足回過頭來，皺著濃眉，癟著鬍鬚密布的嘴巴。日織還以為他會生氣地大吼「你這囂張的臭小子」，但他畢竟是擔任左大臣的人。

穗足臉頰抽搐，遺憾地回頭看著那條朱絹的尾端飄出門外，死心地把臉轉回來，重重地坐下。

他不悅地抿緊嘴巴，看都不看日織，叩頭說道：

「恭賀皇尊即位。」

語氣苦澀至極。

日織豎起耳朵聽著不津的腳步聲漸漸遠去。直到聽不見聲音，不津的氣息還是濃厚地殘留在大殿。

為了揮開不津的陰影，日織說道：

「我得到了地大神的認可，諸位沒有異議吧？」

低著頭的大臣們同時把額頭貼在地上。

現場一片沉默。柱子散發出來的溼氣和白杉香氣充滿了大殿。

三

「事情真是沒完沒了。」

聽到日織的抱怨，空露整理櫃子，一邊訓斥道：

「這點小事有什麼好抱怨的，只不過是搬家罷了。」

「不只搬家，這幾天的變化太大了，簡直讓人喘不過氣。」

空露望著手中的白鞘短刀，又悄悄把刀藏在黑衣的袖子裡，收進櫃子。他如此低調是因為顧慮到日織。

日織也沒有幼稚到會說出自己發現了空露的舉動，只是在心中默默地感謝他的體貼。

「沒事的。我只是有點忙不過來。」

「我去拿熱開水。」

空露出去之後，只剩他整理過的櫃子孤零零地佇立在房間的角落。

日織這把收進櫃子裡的護身短刀因沾過月白的血而變鈍。雖然血跡都擦掉了，但暗沉的痕跡仍未消失，變鈍的刀鋒也保持原樣。

若要把刀磨利，就得送去八洲的某一國。不僅麻煩，日織還覺得磨掉缺口和暗沉就像是抹消月白活過的痕跡，所以不願把刀送去處理。

她靠在憑几上，從敞開的格子窗望向長滿綠葉的高大櫻花樹。葉子在風中晃動，枝葉間不時灑下耀眼陽光。

這裡是皇尊在龍稜裡的住所大櫻宮的東殿。

此處的殿舍數量和配置都和日織從小居住的宮殿及先前分配到的榆宮差不多，但每座殿舍都是以前的兩倍大，庭院則是一般尺寸的三倍大，讓人覺得像是住在櫻花林中。大櫻宮非常安靜，到了春天一定美不勝收，然而太過寬敞又顯得有些寂寥。

殿舍很大，而且日織帶來的行李很少，屋內更顯得空蕩蕩的。

大臣們承認日織是皇尊的那一天，采女便來請日織帶著妻子悠花皇女一起搬進皇尊居住的大櫻宮了。

日織在龍稜之外有一座小小的宮殿，那裡還留有一些生活用品。那些東西已經先運到龍稜了，今天她才帶著悠花住進大櫻宮。

月白的乳母大路還在榆宮，日織沒有讓她一起搬進大櫻宮，而是讓她回自己家。大路一直待在月白身邊侍奉，或許她也參與了殺害山篠皇子的事，但日織覺得沒必要處罰她。

一想到山篠的所作所為，日織就感到滿心憤恨及厭惡，冷酷地認為他被殺死是應得的報應。而且就算不處罰大路，她也已經夠痛苦了。

月白為了自己的祕密深受折磨，大路除了安慰她之外，什麼都不能做。

她也阻止不了月白最後的決定。

大路離開龍稜之前，有氣無力、神情恍惚地來向日織告辭。她低著頭說「非常抱歉，我阻止不了月白小姐」。

在日織找到龍鱗的那天清晨，日織前腳一離開，月白就命大路準備出門，說她為了幫助日織，要去阻礙不津。大路猜到月白想殺死不津，哭著懇求「小姐，請您靜待日織殿下的朝代到來」，月白卻拒絕了，語氣稚嫩卻堅定。

「不行，我不想讓我最愛的日織知道一切。我好怕，怕得不得了，我絕對不要。與其讓那種事發生，我還寧願犯下大罪。就算會被日織殿下懲罰，我也不想讓日織殿下知道。」

大路非常疼愛月白，她很清楚月白最怕的是什麼事，所以才不忍心阻止月白，這令她既難過又無力。看到大路飽受折磨的憔悴神情，就知道任何處罰都比不上這件事來得讓她痛苦。

聽到月白最後的決心，今日織回想起月白在滂沱的殯雨中血流不止的那一幕，喉嚨頓時哽住，什麼話都說不出來了。最後她只對大路說了一句「多保重」。

今天早上，日織看著大路軟弱無力、彷彿隨時會消散的背影離去。

不久後，她收到一個消息。是淡海皇子派人傳來的。

——不津王離開龍之原了。

從他們上次見面以來才過了三天。日織知道不津急著離開，以他的高傲性格，當然一刻都不想多待在日織坐上皇位統治的國家。

除了不津府邸的舍人之外，他的妻子加治媛也跟著一起離開了龍之原。他們經由祈峰東邊的孝路前往龍之原南方的鄰國——附孝洲。

不津的另外兩位妻子——阿知穗足的雙胞胎女兒都留在龍之原。她們投靠父親穗足就能衣食無虞，因此不想放棄龍之原國民的身分，而且她們的丈夫如今跟死了沒兩樣，只要她們願意，還可以另嫁他人。

不津的妻子有三位，孩子也有三個。

雙胞胎中的妹妹為不津生了能市王及高千王兩個兒子，分別是二十歲和十九歲。如果不津當上皇尊，他們就是皇子了。

如今他們雖然當不上皇子，還是有可能繼承穗足的職位成為左大臣。他們兩人都跟著母親搬進了外祖父穗足的府邸。為了將來能輔助外祖父或父親，他們早就跟著穗足在左宮做事了，如今仍維持原狀。只要日織不找他們麻煩，他們應該會繼續在左宮任職。

此外還有一個孩子，是加治媛所生，在三個孩子之中是最年幼的，名叫與理賣。由於她是遊子，依照法令被送去祈社了。

悠花很疼愛那個女孩，日織也非常關心她。

不津和加治媛已經不是龍之原的國民了，不需要再遵守放逐遊子的法令。說不定與理賣已經被帶出祈社，跟著父母越過國境了。

（不津就算去了遠方，也一定會繼續盯著我。）

不津認為自己更適合當皇尊，不願屈就於日織之下。

如果日織哪天出了狀況，不津一定會伺機而動。

日織已經是皇尊了，但她若想穩坐皇位，實現自己的心願，還是得和過去一樣，不能有絲毫的大意或疏忽。

話雖如此，日織有時仍會感到意志消沉，或許是失去月白的打擊和寂寞太強烈了。月白成為日織的妻子只有短短兩年，但她個性可愛又毫無心機，經常黏著日織、說她喜歡日織，她的純真和溫暖帶給了日織不少慰藉。

在這兩年間，月白在她心中占據的地位超乎她的想像。

失去月白之後的巨大空虛感才讓日織意識到這一點。

「喔？這裡也太空曠了吧。」

沒有行禮也沒打招呼，站在門前出言調侃的是一位態度傲慢的高眺美女，聲音聽起來卻是男的。那是悠花。只要他站起來，跟在後面的乳母杣屋就會顯得很矮小。

「你這樣隨便跑出來真的好嗎，我的愛妻？」

聽到日織抱怨，悠花歡暢地笑了。

他頭上的髮髻插著曙草（註1）造型的別致銀釵，額頭畫著朱紅色花鈿，眼角和嘴脣抹著紅暈，使他猶如白杉雕像般精雕細琢的美貌更增添幾分冶豔。身著光澤亮麗的白絹披巾和纈裙。悠花喜歡淡青色的背子，他很適合冷色系的衣裝。

「無所謂啦。幸好妳的怪癖早就眾所皆知了，大櫻宮能這麼冷清都是託妳的福，讓本來不能走路的我也能到處亂跑了。」

日織的身邊沒有安排服侍的人，生活雜事都是自己打理，頂多只會叫空露幫忙。皇子的身邊本應有乳母和侍女服侍，但日織為了保守祕密，從小到大都不讓別人照料生活。

人人都知道日織這種奇怪的習慣，所以也不以為意，只說「日織殿下有些異於常人」。

註1　櫻花的別名。

搬進大櫻宮的前一天，左宮宮內——負責皇尊日常起居事宜的官署——的長官宮內上為了準備日織的日常用品前來覲見，詢問「大櫻宮需要安排多少采女和舍人」，日織回答「一個人都不用」，他什麼都沒說就乾脆地退下了。

悠花盤腿坐在日織身旁的蒲團上，手肘靠在腿上，撐著下巴。雖然動作很不優雅，但他美麗的臉龐神采奕奕地望著窗外櫻花樹上搖曳的綠葉。

「回到這裡讓你覺得很懷念嗎？」

悠花是以前皇尊之女的身分在大櫻宮長大的。

「雖然懷念，但不愉快的記憶太多了，讓我不怎麼開心。」

說完以後，悠花轉頭看著坐在門邊的杣屋。

「杣屋也受了不少罪呢。我父皇在這裡哭過很多次。因為我吵著要出去，被杣屋教訓，父皇看了就一直掉淚，對我說『對不起，悠花』。他覺得我一生下來就註定不能外出都是他害的，明明不是他的錯，他卻哭了。每次看見他這樣，就更讓我覺得自己是個壞孩子。我從小就覺得，或許因為我是個壞孩子，所以註定不能外出，所以害母親一生下我就死了。」

悠花和日織一樣隱瞞了性別，但他身邊的人更多，可以想見他的生活一定比日織更拘束。

悠花希望日織即位，就是期待和自己有相同祕密的日織當上了皇尊之後，自己也能擺脫這種處境。

「真希望早點讓你獲得自由。」

娶他當妻子的詭異事態連日織也覺得很不對勁，但是……

悠花歪著頭，戲謔地看著日織。

「我才不會天真地認為妳一即位就能改善我的處境。我的事就先不管了，現在該考慮的是妳的祕密要不要公開，如果要公開，該選在什麼時機。繼承人也是個問題。」

日織是女人，不可能讓悠花這個男人生下繼承人，自己要扮男裝也不能懷孕生子。但是皇尊必須有繼承皇位的皇子，如果沒有繼承人，就會像她的即位過程一樣令臣民擔憂。

若無繼承人，將來就有皇位空懸之虞。

繼承人也是個大問題，但日織現在更在意另一件事。

「我知道，但我想先廢除驅逐遊子的法令。再不快點就來不及了。」

「妳是指居鹿嗎？」

悠花的臉色變得凝重。

新皇尊即位之後，所有政務都會重新開始運作。

龍之原還沒正式向八洲宣布皇尊即位，但殯雨停止的消息很快就會傳出去，不用十天，連央大地最北端的反封洲的國主都會知道皇尊即位了。
如此一來，反封洲的國主必定會遵守龍之原要求的義務——接回遊子做為妾室。
日織讓空露去祈社打聽過了，依照往例，反封洲的使者在這個月內就會來到龍之原、接走居鹿。
日織已經答應居鹿「我若當上皇尊，絕不會讓妳被送去八洲」，而且日織想當皇尊本來就是為了廢除害死姊姊宇預皇女的遊子驅逐令。
但是……
「想要立刻廢除法令恐怕不容易。」
悠花臉色凝重地喃喃說道，日織聽了也皺起眉頭。
大臣們雖然承認日織是皇尊了，但這不表示他們立刻就會對日織言聽計從。造多麻呂對日織心悅誠服，但淡海和真尾至今仍對她抱有疑慮。
而穗足恐怕依然把日織視為敵人。
日織異常的即位過程，以及競爭對手不津的存在，都在她面前築起了無形的障壁。
若是日織以皇尊身分做出了令大臣們無法接受的舉動，他們說不定會推翻日織的統治，把不津找回來當皇尊。
原本的皇尊還沒死，新皇尊就不可能即位。地大神地龍一次只會和一個人結緣，若是皇尊還活著，新皇尊進入龍道一定無法活著走出來。

網羅央大地各種傳說的《古央記》記載了這麼一件事：

治央尊的曾孫豐增尊想在自己在世時傳位給大兄皇子室當尊，但室當尊走進龍道，就再也沒有出來了。他被龍道吞噬了。

只要皇尊尚在，新皇尊就不可能即位。

想要推翻日織、另立不津，就只能逼日織自殺，或是找個願意承擔八虐之中最嚴重罪名的人去殺死日織。

不管用哪種方法，日織都是死路一條。

一般來說，無論皇位上坐的是多麼暴虐的皇尊，大臣們都只能默默承受。但日織的情況不一樣，因為還有不津這位更得人心的皇尊候補，大臣們或許會更肆無忌憚。

至少左大臣阿知穗足一定會找機會推翻日織。

在這種情勢下，如果日織貿然提出廢除法令的事，會有什麼結果？

暫時穩定的局面鐵定又要亂起來了，說不定連已經屈服的淡海和真尾都會翻盤。

下令把遊子逐出龍之原的是日織的父皇，全國上下順從地接受法令，是因為皇尊一族和臣子們都相信遊子是遭神厭棄的可憐人，或是某種汙穢的存在。

大多數人都這麼相信，因而至今無人提過異議。如果日織無端廢除法令，一定會引起反彈。她的態度越強硬，反彈也會越大。

「我也覺得現在廢除法令還太早，但是反封洲的國主可能十天之內就會派使者來龍之原迎接居鹿。若是走海路，反封洲的使者再花十天就會到達龍之原；要是天氣好一點，說不定七天就到了。」

剩下的時間頂多只有二十天，現在可不是拖拖拉拉的時候。

「如果我不在幾天之內廢除法令，居鹿就……」

「妳也知道這是不可能的吧。」

「可是不這樣做的話……」

侍立在門邊的杣屋突然轉頭望向外面的廊臺，緊張地低聲叫著「悠花殿下」。悠花聽出她語氣中的急迫，立刻改成側坐姿勢，靠在日織身上。

空露出現在門外，跪下稟告：

「我去拿熱開水時遇見了大祇真尾大人，真尾大人說有事要稟告皇尊，所以我便帶他過來了。皇尊是否要接見他？」

空露用眼神詢問日織和悠花「帶他過來沒問題嗎？」。

悠花默默點頭，日織回答：

「無妨，讓他進來吧。」

空露如同示意一般，轉身向廊臺的東方行禮。

衣服摩擦的聲音響起，真尾走了過來。

負責祭祀地大神和神眷之龍、以祈禱為業的神職者稱為護領眾，他們隸屬於環繞龍之原的護領山最高峰祈峰上的祈社。護領眾在祈社裡供奉地大神和龍。

護領眾的最高階級稱為大祇，就像陪皇尊議政的太政大臣一樣，大祇也是在皇尊身邊提供祭祀方面的建議。

現在的大祇是真尾。他和所有護領眾一樣剪了齊肩短髮，穿著黑衣黑褲。護領眾最令人困擾的地方，就是上至大祇下至從氏都穿著相同的服裝，無法靠外觀分辨出他們的階級和職務。

「皇尊、悠花皇女，打擾了。」

真尾沉靜地問候，在日織面前叩首，然後抬起頭來。

「祈社進行過占卜了，所以特來報告。宣儀的吉日已經選好，後天正是適合舉行宣儀的日子，請問皇尊是否同意？」

聽到宣儀二字，日織突然靈機一動。

（對耶！還有宣儀啊！）

真尾看到日織露出笑容，疑惑地問：

「皇尊的意思是？」

坐在一旁的悠花也不解地看著日織，用眼神詢問「怎麼了？」，日織對他微微一笑，然後正色轉向真尾。

「沒什麼，只是一想到能跟龍結緣就很開心。宣儀日期就依照祈社的占卜結果訂在後天吧。」

「遵旨。」

真尾起身離開，空露也跟出去了。他們兩人走後，杣屋才放鬆下來。悠花一見危機解除，就開口說：

「日織，妳幹麼這麼高興？怎麼啦？」

「我都忘了，還有宣儀啊。舉行過宣儀之後，要廢除法令就簡單多了。」

「宣儀就是向龍宣告已經得到地大神認可、和龍結緣的儀式吧……舉行過宣儀又怎麼樣？」

「舉行了宣儀，龍之原的人民就會親眼見到皇尊即位。只要人民都認定我是皇尊了，就算大臣們對我有再多怨言，也很難把我換掉了。」

日織一口氣說完，聽得悠花愣愣地眨著眼。聽了日織的解釋，他才意識到宣儀隱含的意義和功效。

日織對宣儀的了解都是聽來的，她之前並沒有想過這儀式能幫上她多大的忙。

皇尊的工作大多是鎮守地大神安眠、祈求龍之原和央大地平安的儀式，這些儀式幾乎全是非公開的，就算不是祕密儀式，多半也是在祈社或龍稜舉行，一般人根本沒機會看到。

龍之原的人民能看到的儀式只有宣儀。

那是龍之原的人民、龍的信徒唯一能親眼目睹的儀式，皇尊一生只會舉行一次的儀式。

所謂的宣儀，是向龍之原的人民和守護龍之原的龍宣布皇尊已經完成入道而即位，藉由這個儀式能讓龍之原的人民確定新皇尊的朝代已經開始，皇尊和龍也是由此結緣。

若說入道是和「荒魂」地龍、地大神結緣，那麼宣儀就是和「和魂」——龍——結緣。

前皇尊、悠花的父皇舉行宣儀時，日織只有三歲，那麼久遠的事她幾乎忘光了，但她還是模糊地記得一些宣儀時的情景，那對三歲的日織來說真是震撼至極。

幼小的日織在母親的懷抱中，從小山丘上遠眺著龍稜聳立的草原。

幾條龍揮舞著腳爪翱翔於高空。

母親的視線追隨著龍，望著遙遠的天空，對日織說「新皇尊的朝代開始了唷」。

日織也拚命伸長脖子抬頭望去，想要盡可能地接近天空。

龍不會聽從人的指揮，想要召喚龍是不可能的。

但是……

皇尊一生中有一次機會可以在宣儀上召喚龍。

和人民看不到的入道相比、和殯雨停止相比，喚出平時不聽人指揮的龍更能讓人民意識到「這個人就是皇尊」。

舉行過宣儀，龍之原的人民就會確定日織是皇尊。

只要人民看到了日織召喚龍的景象，無論即位的過程發生了什麼事，人民都會認定日織就是皇尊。

到了那時候，大臣們就無法忽視人民為皇尊即位而歡慶的反應了。如果日織要求廢除放逐遊子的法令，就算他們不悅皺眉、議論紛紛，也無法否定日織居於皇尊之位的正當性。

「宣儀啊……父皇即位時我還沒出生，所以沒有親眼看過。宣儀真的能讓大臣們閉嘴嗎……」

聽到悠花的喃喃自語，杣屋探出上身說：

「當然，人能召喚出龍實在太不可思議了，只有皇尊才做得到這件事。龍之原的人民在宣儀中看到幾條龍優遊在高空的景象都會充滿敬畏。」

杣屋說著露出憧憬的表情，像是想起了年輕時觀賞宣儀的回憶。

「杣屋，宣儀過後應該就沒人敢再反抗皇尊了吧。」

被日織這麼一問，杣屋用力地點頭說：

「當然。剛改朝換代時，龍稜的采女和舍人無法立刻適應新皇尊的作風，但是他們看過宣儀之後就會意識到朝代變了，對新皇尊也會變得更順從。不只人民如此，像我這種出身皇尊一族旁系的人也是如此。」

「如果宣儀結束後立刻廢除遊子放逐令，一定來得及。」

悠花默默計算著日數，喃喃說道。

日織的心中亮起了一道光。

空露送走真尾、拿著熱開水回來後，日織也向他提了這件事。空露回答「這樣啊」，思考片刻，點頭說：

「在宣儀後要求大臣們重新思考遊子放逐令，是最恰當的做法，也是最快的方法。如妳所說，看到人民為了皇尊即位興高采烈、對皇尊深感敬畏之後，就算左大臣仍不妥協，其他大臣們的態度一定會軟化。」

自從入道以來，日織第一次覺得心願快要實現了。雖然前方仍有重重阻礙，像是已經離開龍之原的不津還殘留著強烈的存在感，以及大臣們的疑慮，但她還是向前邁出一步了。

（我要向龍和龍之原的人民宣告，新的朝代——我的朝代——已經開始了。）

就在後天。就在眼前。

（妳們等著。姊姊、月白……居鹿。）

第二章　召喚龍的笛子

一

悠花呵呵地笑了。

「妳看起來真像個皇尊呢，日織。」

這話聽起來像是諷刺，但悠花的臉上沒有嘲弄的神情，而是眩目似地瞇起眼睛。

日織穿上了皇尊的正式服裝。

裡面是青藍帶有銀光的窄袖絲綢內衫，外面是寬袖外衣。織地細密的純白透紋紗（註2）外衣底下透出內衫的藍色，比普通的白衣多了一分複雜而濃厚的色調。下身穿著白褲，青藍色腰帶結在胸前。

註2　整體不透明的織物，只有花紋所在之處是透明的。

頭上是鑲嵌瑠璃的頭冠，頸上是三塊透明勾玉的項鍊。
她稍微動一下，項鍊上的勾玉就會互相碰撞，發出清脆的聲音。
「我能像個皇尊真是太好了。」
日織苦笑著回答，正在幫忙她整裝的空露一邊調整腰帶，邊嚴肅地說：
「不只是看起來像。要記住，妳是貨真價實的皇尊。」
宣儀當日。
天還沒亮，日織就已起床淨身。大櫻宮正殿的前方設置了五色布圍繞的淨身場地，中間放著白杉製的大澡盆，裝滿了大殿後方瀑布的水。
日織洗淨頭髮和身體，盛裝打扮。
太陽逐漸升起，從正殿的廊臺往下看，可以看到龍稜的北側和平時不太一樣。
像龍鬚一樣的纖細草葉圍繞著龍稜這座巨大的岩山，遼闊地向外延伸。
龍稜周圍沒有經過人為整理，而是自然地長不出樹木，只有一大片像龍鬚一樣纖細的青草。這片名為髭平的寬廣草原長滿了及膝的細細青草，夏天是翠綠色，秋天則是金黃色，嚴冬時會變成一片雪原，雪融之後又會長出黃綠色的嫩葉。
現在是初夏，是一年之中青草最茂盛的時候，草葉不但像柔軟的線一樣細，還帶著耀眼的光澤。風一吹來，葉尖就像海浪一樣波光粼粼。
在微風中搖曳的草葉之間出現了一條從龍稜往北方延伸的筆直道路。

這條道路是踏平青草製造出來的，連接著一塊用相同方式在草原中央製造出來的圓形空地。這道路和空地是負責儀式的左宮治部官員指揮賦役的信徒花了一天一夜製造出來的，做為宣儀的場地。

空地的周圍立著竹竿，圍著五色布。

龍稜的正面，也就是南側，有管理政務的左宮和右宮。左右宮之間夾著一條路，從龍稜往南伸向草原，連接著通往祈社的參道。

龍稜周圍的道路和建築物原本只有這些。

只有在舉行宣儀時會多出一條從龍稜北側伸向草原的道路。

「我會和杣屋一起在東殿的廊臺上觀禮。在龍稜上，連龍飛來的樣子都能看得一清二楚。真令人期待。」

悠花難得一副興奮的模樣。

居鹿昨天從祈社寄信過來，她聽說日織即將舉行宣儀，寫了很多祝賀的話，又說自己必須待在祈社，不能見到日織呼喚龍的景象，不過有些采女會去觀禮，她很期待聽到她們的分享。

居鹿完全沒有提到日織答應她的事，也沒說她很擔心自己很快就要被送去反封洲，信中只有對日織即位的祝賀，她真是堅強，令人忍不住憐惜。日織發現居鹿好像已經很習慣壓抑情緒了。

（妳等著，居鹿。）

日織從櫻花樹的茂密綠葉之間望著遠方護領山的模糊稜線。

宣儀過後，她就會得到皇尊的實權。

「走吧，空露。」

日織說道，空露一臉感慨地望著日織，點頭回答：

「是。」

出了大櫻宮，走下正殿前方的階梯，道路兩旁全是巨大的櫻花樹，采女和舍人也和樹木一樣整齊地列隊。

日織經過時，他們如波浪般接連深深低頭，說著「恭賀皇尊與龍結緣」。

淡海皇子站在迴廊上，等日織來了以後，他帶頭從北側迴廊走向平時關閉的龍稜北門。北門是在狹窄岩縫之間鑿出的階梯，此處平時人煙罕至，石階的垂直面和岩壁上長滿了厚厚的深綠色青苔。

龍稜正面的大門是木王門，北方的後門則是伊吹門，意思是保護龍稜後方的屏障。因為這道門平時很少開啟，但偶爾還是要打開，所以門扉的構造很簡單，是用堅固的白杉木柱嵌上厚重木板而製成的。

這扇門現在是打開的。

有很多人站在門外等著迎接從門裡出現的人。

站在門邊的是治部的下級官員，接著是治部官、治部任、治部上，以及負責整理維護儀式場地的人。

更遠的地方站著一百多位手拿橫笛、身穿黑衣的護領眾，他們分成左右兩排，夾著一條通往草原的道路。

在左右兩旁的隊伍之間，大祇真尾獨自站在路中央等著迎接皇尊。

只有日織一個人能從伊吹門出去，空露在門內深深鞠躬。

「去吧，日織，去召喚龍吧。」

空露低聲說道，像是不想讓別人聽見。日織微笑著點頭。

日織走出伊吹門，治部的官員全都下跪叩首。

她繼續向前走，經過治部官員面前，走到行列的底端。

「皇尊，請小心腳下！太過疏忽可是會從高處跌下來的。」

一個青年的聲音劃破了草葉之間的寂靜。

日織和治部官員都發出驚愕的聲音，轉頭望向身穿官服的青年。那人看著日織，嘴角微微上揚。

他說的話聽起來像細心叮嚀，因而不能指責他不敬，但那句話也可以解釋為詛咒，而且他的表情顯然是想羞辱日織。

站在附近的治部上驚慌地低聲斥責：

「能市王，請肅靜。」
能市王是不津王長子的名字。日織前幾天才剛聽說他在左宮任職。從他站的位置來看，他的職位應該是治部任。
（他就是能市王啊……）
能市彷彿沒聽見治部上的斥責，仍然傲慢地看著日織，日織也冷冷地盯著他。他大概很不甘心自己的父親不津輸給了日織，但是日織才不想跟在這種場合感情用事的幼稚傢伙一般見識。這種人竟然能擔任治部任，真是太離譜了。
（我用不著理他。這麼沉不住氣的人跟不津根本沒得比。）
日織不再看能市，繼續往前走。能市好像還想說些什麼，但有位看似膽小的青年從背後抓住他的手臂。
「兄長，別這樣。」
「高千，不要阻止我！」
日織聽見他們低聲爭執，就用眼角餘光往後瞄。那位制止了能市、長相溫和的青年叫作高千。
高千王是不津第二個兒子的名字。原來不津的兩個兒子都是治部任。高千似乎比他的哥哥更懂分寸。
「儀式正在進行，請安靜一點，兄長。」

由於高千的制止，能市仍然瞪著日織，但也沒再開口了。高千露出抱歉的表情，像是顧慮著旁人的目光。

高千是怎樣的人還看不出來，能市顯然沒有不津那樣的深沉與堅韌，但他讓日織發現了還有很多人不樂見她當上皇尊。

日織從護領眾的面前經過，他們文風不動，連視線都沒有轉向日織，只是像假人一樣望向前方。他們絲毫不表露情感，很符合護領眾的作風。

日織走到真尾面前，後者恭敬地行禮後抬起頭說：

「請皇尊隨我來。」

他轉身面向道路，領著日織往前走。

日織走上踩踏而成的道路。烏皮鞋的鞋底一碰到踩平的草葉，草原立刻響起一聲高亢的笛聲。

整齊列隊的護領眾都已舉起了橫笛。

一人吹出一聲高亢的笛音後，一百多支橫笛同時開始奏樂。

高低相應，緩急有致，不同聲部的笛聲層層堆疊，富麗堂皇又撼動人心。

護領眾一邊吹笛一邊分成兩列，慢慢地跟在真尾帶領前行的日織身後。

初夏的晴空飄著薄雲，下方是一條為了宣儀而製造、朝北的筆直道路。這條簡便的道路在儀式過後也不用整理，一個月內就會恢復成草原。被踏平的青草散發出清新宜人的濃郁氣味，微風迎面吹來，令人神清氣爽，日織在耀眼陽光下瞇眼望向天空。

她心想，這就是宣儀啊。

這條走向儀式會場的道路既明亮又充滿希望，彷彿走向一片新天地。這或許就是龍之原人民的感受吧。

看到新朝代來臨，龍之原的人民就會放下心中大石，由衷祈求皇尊治世穩固、龍之原及央大地永保太平。

走在前面的大祇真尾放慢腳步，回頭說道：

「皇尊想必知道，但我還是要先提醒一聲。宣儀開始之後會有龍聚集過來，請您不要驚慌。」

「我知道，我還隱約記得前皇尊舉行宣儀的景象。」

日織遙望遠方，只看到護領山的北峰閃爍著一條細細的銀光。那是在天空翱翔的龍。這些不聽人指揮的神之眷屬真的會聽她的召喚聚集過來嗎？日織即使在幼年目睹過宣儀，還是忍不住懷疑。

龍絕對不會服從人。能讓皇尊僅有一次地召喚龍的宣儀，究竟是怎樣的儀式呢？

日織不知道儀式的詳細內容，雖然她事前詢問過程序，但祈社只回答「聽從大祇的指示就能順利完成宣儀」。

或許是因為沒有太複雜的程序，所以不需要先做準備。

真的這麼簡單就能叫出龍嗎？

道路前方是架設好的五色布。大概是聽到樂聲逐漸靠近，有人從內側揭開某處的五色布。那應該是會場裡的護領眾用竹竿揭開的。日織跟著真尾從揭開之處走進會場後，五色布又被放下來。

跟隨在後方的樂聲環繞在五色布之外。

圓形空地中央擺著白杉材質的寶案，桌前鋪著邊緣飾有白絹、只夠一個人坐的草薦。

就只有這些東西。

如此簡樸的擺設令日織有些驚訝，她正在環視會場，笛聲奏完樂章，戛然而止。

真尾駐足轉身，深深鞠躬。

「宣儀即將開始。我會先念出頌詞，再請皇尊走到寶案前，案上放著呼笛，請您拿起吹奏。龍聽到笛聲就會聚集過來。」

「只要吹笛就能把龍叫來？這麼簡單？」

「呼笛是特別的笛子，以龍角製作而成。這是祈社從神代傳承下來、只有皇尊能吹奏的笛子，所以才叫得出龍。」

從神代傳承下來、只有皇尊能吹奏的笛子。聽到這句話，日織立即挺直腰桿。只有護領眾和皇尊知道的寶物和儀式想必不在少數，或許她今後會漸漸習慣，不會動不動就大驚小怪。

「我知道了。」

真尾再次向日織行禮，他理好袖子，坐在寶案前的草蓆上，端正姿勢，擊掌兩下，低頭叩首。他維持這種姿勢，用低沉顫抖的獨特發音念起頌詞。那是奉獻給地大神、地龍的頌詞。

之後真尾抬起頭，望著天空，又念起相同的頌詞，最後又擊掌兩下。

真尾讓座似地靜靜起身，等在一旁的兩位護領眾走過來，捲起草蓆搬了出去。

接著真尾望向日織，日織明白他是在示意自己走過去，於是走向真尾面前的寶案。

寶案上放著材質類似鹿角的粗短橫笛，但是沒有音孔，只有吹口。看來這支笛子只能發出一個音。

（這就是呼笛？這東西能叫出龍？）

真尾恭敬地捧起笛子交給日織。

「請皇尊吹奏。」

只要吹響笛子，龍就會聚集過來。

經歷過兩次宣儀的杣屋說，大概會有十條左右的龍出現在草原上空，悠然翱翔。為了看到這景象，龍之原大部分人民會聚集到附近的山丘上，或是髭平的北側，興奮地等著看皇尊召喚龍。

日織接過呼笛，輕輕撫摸它凹凸不平的表面，然後把嘴唇貼近吹口。

她用力地吹氣。

空氣從吹口流入笛中，可以感受到適度的阻力。

但是……

沒有聲音。

日織心想是不是自己吹氣的方法不對，又試了一次。她感覺得到呼氣在笛中受到的阻力，應該可以發出聲音才對，但氣流還沒化為笛聲就消散了。

做為皇子的修養，日織也學過吹笛，任何笛子她都吹得出聲音，現在卻吹不響呼笛。

真尾的眼中浮現不安的神色。

「怎麼了，皇尊？」

「沒聲音。」

「呼笛只有皇尊能吹奏，可是從神代至今都不曾吹不響……」
「吹不響就是吹不響。」
站在五色布旁的護領眾也不安地面面相覷。
真尾說「請皇尊再吹一次」，日織照著做了，還是沒有聲音。
真尾的表情越繃越緊。很難想像平時不表露情感的護領眾之長會有這種反應，可見他的心中有多慌張。
「萬一真的發生這種情況……」
真尾喃喃說道。
日織看著手中的呼笛，不知該做何反應。
（為什麼笛子吹不出聲音？）
她在真尾的要求之下又試了幾次，但空氣只是徒勞地從笛中流走，一點聲音都沒有。
時間一點一滴流逝，五色布之外原本只有草葉的窸窣聲，如今漸漸摻入了人們的竊竊私語。
「大祇，宣儀怎麼了？還沒開始嗎？難道皇尊有什麼狀況嗎？」
治部上在五色布外擔憂地問道。
「宣儀已經……」

真尾說到一半就打住了。他似乎想說宣儀已經開始了，但若說出日織吹不響呼笛，就等於是說皇尊宣儀失敗了。這種話他當然說不出口。

日織的雙腳開始顫抖。

（宣儀失敗了？）

真尾說，呼笛從神代以來都不曾有過吹不響的情況。這麼說來，日織就是從神代以來第一個吹不響呼笛的皇尊了。

她不知道這代表著什麼意義，但她很清楚別人聽到宣儀失敗會有什麼想法。太不吉利了。他們一定會這麼想。

二

殯雨停止就證明地大神認可入道者成為皇尊，也代表皇尊已經和地大神結緣。既然能和地大神結緣，自然能和龍——地大神的一部分——結緣。

從神代以來從來不曾有人懷疑過這件事。

話雖如此，日織卻吹不響呼笛，當然也沒有叫出龍。

真尾決定中止宣儀。護領眾遮掩似地圍住日織，把她從儀式會場帶回大櫻宮，但日織一路上還是清楚看見了治部官員和舍人采女疑惑的目光。

說不定龍之原每個人都是憂心忡忡的。

被遮遮掩掩地送回龍稜的自己簡直像是罪人。

「為什麼我吹不響呼笛！」

一回到大櫻宮的東殿，日織就摘下三塊勾玉的項鍊，緊握在手中，站著不動。她顫抖著拳頭，既憤怒又羞恥，簡直想把勾玉項鍊砸在地上。從伊吹門跟她一起回來的空露安撫似地從後面把手伸來，說道：

「勾玉交給我吧。」

勾玉項鍊被空露輕輕抽走之後，日織虛脫地跌坐在隔簾旁的蒲團，趴在憑几上，雙手按著額頭呻吟。

「為什麼……為什麼……理當成功的結緣竟然失敗了。歷代皇尊都做到了，而我卻……」

空露沒有開口。他是護領眾、神職者，看到應該順利完成的事情出了問題，他一定比誰都驚訝。空露不知該如何說明，也沒辦法解釋。

他本來相信日織已經得到地大神的認可，難道他誤會了嗎？

「因為我是女人，又是遊子，所以才惹神不高興嗎？其實我根本沒有即位嗎？」

「說什麼傻話。」

一個尖銳的聲音打斷了日織的喃喃自語。日織抬頭一看，悠花臉色不悅地走進東殿，端坐在頹然而坐的日織面前。

「妳已經即位成為皇尊了。我清楚地聽到龍這麼說，絕對錯不了，所以妳別再說那種傻話了。」

「你知道宣儀發生了什麼事嗎？」

「我已經聽說了。我一直沒看到龍出現，正在焦急時，采女突然匆匆跑來大櫻宮，報告宣儀中止的事和其他細節。她說因為皇尊叫不出龍，所以真尾決定中止儀式。」

檯面上公布的消息只提到宣儀中止，並沒有提到細節。不過既然連龍稜的采女都知道，就表示日織叫不出龍的事還是傳開了。

苦澀的感覺湧上喉頭。

「在宣儀上叫不出龍的皇尊還算是皇尊嗎？」

「叫不出龍、宣儀中止是一回事，但妳是皇尊這件事絕對不會錯的。」

「那我為什麼吹不響呼笛，為什麼沒辦法和龍結緣？一定是因為我……」

「叫不出龍或許真的是妳的緣故，所以結緣確實有可能失敗。但我絕不相信妳不是皇尊。」

日織難過地低下頭。

「既然我是皇尊，為什麼做不到歷任皇尊都能做到的事？失敗的只有我一個……」

如果宣儀不成功，日織就沒辦法遵守和居鹿的約定了。

日織為了對抗造成姊姊宇預和月白悲慘命運的事物而當上皇尊，但她終究還是什麼都做不到的木偶。這比還沒得到皇位的時候更讓人痛苦。

她充滿了空虛感，像是已經抓在手中的希望又溜走了。

大臣和人民都不會認可在宣儀上叫不出龍的皇尊。

不，不只是這樣。皇尊叫不出龍，大臣們會坐視不管嗎？日織的背後還有不津，如果大臣想把他找回來，日織恐怕連性命都保不住。

（為什麼會這樣？我都已經即位了……）

悠花了解日織的沮喪，出言安慰說：

「現在不是說喪氣話的時候。發生這種事也不奇怪，不會一帆風順的才是人生啊，妳應該也知道吧。」

日織感覺被這溫柔的聲音撫慰了，不自覺地抬頭看著悠花。兩人眼神交會，他的笑容更開朗了。

「妳和我不都是打從出生就知道這件事了嗎？」

日織不禁苦笑。

「不會一帆風順的才是人生……這話說得真悲傷啊，我的愛妻。」

「難道不是嗎？」

悠花給了她一個美麗而堅強的笑容，像是在說：人生不會一帆風順，那又怎樣？

看到悠花的笑容，幾乎消失的熱度又回到了日織的胸中。

「的確如此。」

日織和悠花一生下來就註定要背負艱辛的命運。

別人或許可以天真爛漫、無憂無慮地生活，但是日織和悠花想要活下去，就得為了克服艱難而不斷地忍耐和努力。

就算情況和日織他們不一樣，世上每個人也都有各自的辛苦。

包括空露、宇預、月白，甚至是已經離開龍之原的不津，都一定覺得事事不能盡如人意，但還是在煩惱中努力地生存。

或許沒有誰的人生是順心如意的。

（就算抱怨事情不順利，就算質問為什麼，也沒有任何幫助。我不是早就知道了嗎……）

不管她再怎麼哭鬧，宇預也不會活過來，月白的煩惱也不會消失，她也不會再回來了。正是因為明白這一點，日織才會追求皇位、才會走到這一步。

她已經得到皇位了，她的心或許因此稍微放鬆，安心地以為「這麼一來願望就會實現了」。

但目標還沒達成。

光是當上皇尊，還無法實現日織的心願。

她的心中呼喊著「反抗吧」。

既然她是為了反抗命運而來，就要反抗到底。儘管她是在宣儀上叫不出龍的皇尊，她還是要盡自己的力量反抗下去。這才是她活著的意義。

「日織，妳還是先休息一下吧。」

空露見日織沉默不語，擔心地勸道。日織轉頭對他說：

「空露，真尾還在大殿嗎？我想去問真尾，為什麼我叫不出龍。」

真尾決定中止宣儀後，就命令護領眾安排送日織回龍稜之事，自己先一步回到龍稜向淡海皇子報告詳情。

「大祇恐怕也不知道理由，如果他知道，就不會中止宣儀了。」

「不知道也無所謂，就算只是推測，我也想聽聽看。」

空露說「我明白了」就走出去，沒多久就回來了。

「采女說大祇早就回祈社了。奇怪的是他似乎很著急，不是搭轎子回去，而是借了馬趕回去的。」

「喔？簡直像是在逃命呢，該不會是做了什麼虧心事吧？」

悠花的調侃令空露不悅地皺起眉頭。

「您對大祇太無禮了。」

「抱歉抱歉。」

「悠花殿下老是這麼輕浮。」

聽到悠花毫無愧疚的語氣，空露忍不住小聲抱怨，但日織隨即說：

「既然如此，空露，幫我備馬。」

「妳打算做什麼？」

「我要去祈社。我不打算只問真尾，還要親自調查叫不出龍的原因。既然祈社是龍經常出沒的聖域，一定會有從神代流傳下來的記載、傳聞或知識。」

日織站起來，看著悠花說：

「悠花，謝謝你。」

「鼓勵丈夫本來就是妻子的職責。」

日織輕撫他微笑的臉龐。

「你真是個好妻子。」

悠花害羞似地推開她的手，撥著頭髮說：

「好了，快去吧。我就不送妳了。」

從龍稜搭轎子去祈社得花一天以上。以成年男子的腳力，一路上稍做休息，早晨出發，傍晚就會到了。

皇尊出巡的行列再怎麼簡便也要有六人抬轎，最少要有五位舍人隨行護衛。

日織完全不顧這些慣例，自己騎上了被牽到龍稜木王門外面駐馬場的鹿毛馬，同行的空露和臨時找來護衛的舍人也得騎馬隨行。

若是騎馬，就算途中適時休息，還是能在太陽下山時抵達祈社。所幸現在是初夏，白天比較長。

日織不想再浪費一分一秒，若是繼續拖拖拉拉，居鹿就會跟宇預和月白一樣被捲入命運的洪流。失去兩人已經夠多了。

采女和舍人看到皇尊沒有足夠的護衛就要出門都慌了，紛紛勸告「請先和宮內上商議」、「太政大臣正在大殿，請先和他商議」。

日織一概回答「不用」，再向護衛的舍人問道：

「你們五人可以護衛我到祈社嗎？」

舍人之中負責護衛皇尊的人稱為鳥手，歷代皇尊都有鳥手保護。之所以稱為鳥手，是因為他們原本隸屬於飼養送信的夜鳴鳩的部門。

這些男人穿著深綠色緊身衣褲，個個面無表情，眼神銳利。

龍之原幾乎沒有任何鐵製的武器，但鳥手們都有皇尊賞賜的小刀。雖然他們有刀，但是刀刃很短，只能用於近身戰，殺傷力遠遠不及賜給皇子皇女的護身短刀。

而且鳥手們不願隨便使用皇尊賞賜的物品，全都練就了一身精湛的拳腳功夫，他們剽悍到可以空手折斷人的脖子，敏捷得可以跳上奔馳的馬背將敵人拉下馬。

聽到日織的詢問，他們毫不猶豫地同聲回答「可以」。

日織帶著空露和五位鳥手離開了龍稜。

一行人經由龍稜外的髭平，通過南側道路來到了連接龍稜和祈社的寬敞參道。他們經過幾個鄉里，途經樹木叢生的河畔，繼續向南跑一段路，左手邊出現了一座小山，那是葉真山。據說以前有一隻巨大的食人虎從附敬洲翻過護領山跑進來，在葉真山上被護領眾剿滅了。

名為護領山的山脈環繞著龍之原，形成了國境。

龍之原的水源來自護領山，山中湧出的泉水匯集成幾條河川，流入平原。河川在平原上時而分流時而會合，最後流入池塘或湖泊，人民傍水而居，形成了里和鄉。

在龍之原以外的八洲，從山中流出的河川都是流入大海，因此八洲的人民看到河川流入池塘和湖泊都很驚訝，覺得「如果河水一直流進來，池塘和湖泊不是一下子就滿出來了嗎？」。

龍之原的人民反而不理解，覺得「池塘和湖泊的水會被大地吸收，回歸源頭。如果水都像八洲一樣流到大海，水源遲早會枯竭吧？」。

不津說過要建立都城，讓龍之原變成足以比擬八洲的國家。姑且不論他的想法是好是壞，日織覺得要實現這個目標非常困難。

因為龍之原的國情和八洲不一樣。

龍之原有神國特有的邏輯，而且棲息著龍。想把本質不同的東西變得相像，只會造成扭曲。

護領山原本很遠，每次抬頭看都變得更近，最高的祈峰山腰處遍布著筆直白杉的綠意。

白杉之間零星座落著檜皮屋頂的建築，那就是祈社。

太陽正準備沉下護領山，此時樹梢依然明亮，但樹底的色調越來越黑暗。

在他們快到達祈社時，太陽已經開始下沉，建築物和森林都變成一片黑影，所幸今晚有月亮。

太陽落下、月亮升起後，視野比黃昏時更清楚。

祈社大門的檜皮屋頂出現在沙礫道路的前方，有一位護領眾正在門口燒著篝火。篝火燒起後，他屈身貼近蹲在門柱旁的小小人影，不知道在說什麼。

篝火越燒越旺，視野變得更亮了。

被火光照亮的孩子不理睬說話的護領眾，只是抱膝蹲在地上，目不轉睛地望著門外的道路。

日織走到門前，看清楚那孩子的臉，不禁愕然。

「與理賣？」

蹲在地上的孩子是不津和加治媛的女兒。這女孩曾經在這裡向不津哭訴說想見母親，隨即就被采女們帶回祈社。

日織非常訝異，不明白為什麼與理賣會在這裡，她的父親不津和母親加治媛不是都離開龍之原了嗎？

日織加快了速度。

女孩聽到自己的名字，眼睛發亮地站起來，滿懷期待地大喊：

「父親？」

一看到日織騎馬靠近，與理賣的雀躍表情就消失了，這幼小的女孩認出日織，眼中露出令人驚訝的恨意。

跟她在一起的護領眾也發現了日織，他疑惑地叫道「皇尊？」，直到看見鳥手們和空露，才確定自己沒有認錯人，急忙衝出來，而與理賣也在同時轉身跑進門內。

「不知皇尊到來，有失遠迎，非常抱歉。祈社沒有人出來接駕，請問皇尊是否安排了接駕的人？」

那位護領眾跑到停下馬的日織身旁，神色驚慌，日織打斷了他的話。

「沒關係，我沒有事先通知祈社，這是我的疏忽，你不用在意。對了，剛剛那個孩子是與理賣吧？她為什麼還在祈社？不津王和加治媛都離開龍之原了。」

「呃……喔喔，是這樣的，聽說不津王出發之前寄來一封信，說這女孩是遊子，應該留在這裡。所以她還是留在祈社。」

「不津和加治媛竟然丟下自己的女兒？」

加治媛明明在日織面前振振有詞地說自己很愛女兒，結果她一決定跟隨丈夫放棄龍之原人民的身分，就拋棄了她自認疼愛的女兒。

而不津口口聲聲說要守護秩序，但他既然要離開龍之原，就不需要遵守龍之原的秩序了，女兒是不是遊子也無關緊要了，而他還是丟下了女兒。

把遊子交給八洲國主就是將她們逐出龍之原的意思，不津若是把與理賣帶到他國，也不算違反龍之原的秩序。

無論從哪方面來看，他們都沒有理由不帶她走。

若是不津真的重視秩序、遵守法令，就該帶與理賣走，可是他卻丟下了她。他冠冕堂皇地拿秩序當藉口，其實他對遊子的看法既不合理又不理智，他分明只是討厭遊子，否則怎麼會把女兒丟下？

「竟然做出這種事……！」

日織氣得咬牙切齒，此時突然有東西打到她的腳。低頭一看，有顆小石子滾在地上。日織望向石子飛來的方向，發現與理賣躲在門柱後方，手上拿著小石頭。

與理賣竟然用石頭丟她。日織大感意外，護領眾也訝異地大喊：

「與理賣！妳在做什麼！」

「去死吧！」

與理賣一邊大叫，再次丟出石頭，但還沒打到日織就落在地上了。

有一位鳥手跳下馬，朝與理賣衝過去，與理賣又躲進門內，日織見鳥手還要繼續追，急忙制止他：

「夠了，別追了。沒這個必要。」

鳥手停下腳步，困惑地回頭望來，日織點頭說：

「沒關係。」

與理賣的父親不津會離開龍之原是因為日織當上了皇尊，所以對與理賣而言，日織就是趕走她父親的人。雖然日織很同情被父母拋下的與理賣，很想為她做些什麼，她卻把日織視為敵人。

日織對不知所措的護領眾說「去通知祈社我來了，跟大祇說我要見他」，護領眾立刻跑進去。

空露說：「他是從氏，得經過層層通報才能見到大祇。還是我去吧，這樣比較快。」也跟著跑了進去。

沒過多久，幾位采女出來迎接，她們都因皇尊突然造訪顯得有些慌亂，但還是說著「大祇在裡面等皇尊」為日織帶路。

殿舍和迴廊上擺著燈臺，微小的火苗柔弱地在油燈碟上搖曳，月光照不到的地方仍看得到路。

（她向我丟石頭……）

日織一邊走，一邊回想著與理賣憤恨扭曲的臉，以及幼小的少女不可能會有的凶惡眼神。她全身散發著憤怒與憎恨，眼神就像豺狼附身一樣凶狠。

那盤旋不去的恨意刺痛了日織的心。

鳥手們只跟著日織走到迴廊中途，大部分的人都留在庭院，只有名叫馬木的鳥手首領繼續跟著。

馬木的右眼蒙著黑布，底下有一條很深的傷痕，他中氣十足的沙啞聲音非常有魄力。

來到了大祇所在的殿舍，馬木沒有跟進去，而是單膝跪在階梯下方。

這座白杉木柱的殿舍與祈社正殿後方的迴廊相連，看起來小巧而雅致，應該是舉行儀式時做為休息之用。

格子窗和門都關著，門縫之中透出搖曳的火光。

采女打開了門，日織一進去就看到真尾和空露一臉凝重地面向門口坐著，他們前方的地上擺著一個塞滿白絹的白杉木箱，箱裡放的是呼笛。

一旁的燈臺照亮了呼笛。

（真叫人生氣。）

日織忍不住對吹不響的吹笛發脾氣，又為自己遷怒的行為感到可笑。她向默默行禮的真尾點頭，盤腿坐在空露身旁的蒲團上。

「不告而來真是抱歉，但我實在等不及了，請大祇不要見怪。」

「不會的，承蒙皇尊大駕光臨，不勝感激。其實我也正打算去龍稜。」

「去龍稜做什麼？」

「我有事要向皇尊報告，是關於呼笛的事。」

「呼笛怎麼了？」

「這不是真正的呼笛。」

這句出人意料的發言令日織愕然無語，她眼睛眨也不眨，盯著面無表情的真尾好一陣子。

「……你說什麼？」

日織好不容易才擠出這句話。真尾深深低頭說：

「我在宣儀中把呼笛交給您的時候就覺得不對勁了，但我只有在前任大祇轉交呼笛的時候看過並拿過一次，因此我以為只是自己多心了，更何況呼笛一直收在祈社最內部的寶倉，沒有任何人碰過，絕對不可能有問題。但我既然覺得不對勁，還是得確認一下。我回到祈社，沒有把細節告訴前任大祇，只是強硬要求他讓我看宣儀時用過的呼笛，才發現這不是用於宣儀的呼笛。」

「等一下……」

日織按著額頭。她雖然震驚，還是努力整理混亂的思緒，問道：

「這不是真正的呼笛？所以我吹不響呼笛是因為……」

真尾終於抬頭。

「這是鹿角做的笛子，外表看起來像呼笛，但不會發出聲音。即使仿造得一模一樣，材料不同還是無法發出聲音。祈社曾經用鹿角仿製呼笛，若是祈社自製的呼笛能叫出龍，或許對皇尊有益。聽說後來做了幾個笛子，卻沒有一個發得出聲音。若非真正的呼笛是吹不響的。這笛子也是當時製作的仿造品之一。」

真尾拿起假呼笛給日織看，平淡地繼續說：

「呼笛的材質很像鹿角，據說呼笛不是用鹿角做的，而是龍角。祈社流傳的傳說提到治央尊熟識的龍給了他龍角，做為結緣的憑據。那多半不是真正的龍角，但一定是特殊的材質，才發得出聲音。」

龍一死身體就會煙消雲散，不會留下屍體。護領眾偶爾會撿到龍掉落的鱗片，這些鱗片都被供奉在祈社的小祠堂，龍死了以後，小祠堂裡的鱗片也會跟著消失。龍角的情況也一樣。

如果呼笛是用龍角做的，龍之原裡應該有一條從神代存活至今的龍。

若是有龍從神代活到現在，吸食了那麼久的神氣，一定會大到難以想像，但沒有任何人看過那麼巨大的龍。

所以，就連祈社的人也不相信有龍從神代活到現在。傳說提到呼笛是龍角所製或許只是某種比喻，抑或是前人編造的故事。

雖然看不出呼笛是用何種材質製作的，但想必是特殊的材料，唯有那種材料才能使笛子發出聲音、發揮呼笛的功效。

燈臺上的火光閃爍，更凸顯出贗品呼笛表面的凹凸不平。

「雖然這不是真貨，畢竟是照著呼笛仿造的，也放在收藏呼笛的寶倉裡。白杉箱子裡的呼笛就是被人換成了這種仿造品。我們找過寶倉，找到了其他的仿造品，但是沒有找到真正的呼笛。」

「為什麼真貨會變成仿造品……」

日織喃喃問道，很少表露情感的空露以懊惱的語氣說：

「真的呼笛一定是被人偷走了。為了毀掉宣儀。」

三

三人沉默地注視了假呼笛好一陣子。

有很多人期望不津當上皇尊，不難想像會有一些人對日織即位之事非常不滿。話雖如此，他們畢竟是龍之原的人民，怎麼可能會為了推翻皇尊而破壞儀式？龍之原的人民比誰都清楚皇位空懸有多可怕。

但呼笛被掉包、儀式因此中止也是事實。

（到底有誰會做出這種事……）

日織非常愕然，接著感到血氣上衝，怒火中燒。

但她看到真尾依然面不改色，靜靜地端坐，腦中就有個聲音叫她「等一下」。

就算對冷靜的護領眾破口大罵，他們既不會心虛，也不會變得順從。從神代流傳下來的神器被人掉包是何等嚴重的事，真尾向皇尊報告時卻能如此淡然，可見他的臉皮有多厚。

日織嚴厲地瞪著真尾說：

「這都是祈社的疏失。」

真尾把假呼笛放回箱中，終於貌似沉痛地閉上眼睛，回答「您說得是」，再次低頭。他的頭比之前垂得更低了。

真尾的自尊心非常強，他最不想聽到的就是別人指責他失敗或無能，但別人說的既是事實，他也不得不接受。日織明知如此還故意這樣說，確實太刻薄了，然而她還是窮追猛打。

「事已至此，再追究祈社的疏失也無濟於事。雖然無法寬恕，不過我不打算嚴懲祈社，也不會公開此事，使祈社顏面掃地。」

真尾微微皺起眉頭，或許是日織對於祈社的疏失寬大地表示「不追究」像是在可憐他的樣子，令他非常不甘心。但祈社確實有所疏失，他再不甘心也只能認了。

日織打算用施恩的態度讓祈社欠她人情。

果不其然，真尾縮著身子回答「感激不盡」。

「不用謝我。祈社還有比道謝更重要的事，那就是努力找回呼笛，再次舉行宣儀。」

真尾抬起頭說：

「再次舉行宣儀？」

「當然，宣儀只是中止，並沒有完成。」

日織無論如何都要完成宣儀。

想要掌握皇尊的權力，宣儀是不可或缺的。

「但是以前不曾有過儀式中止又再次舉行的事……」

「以前也不曾有過呼笛被掉包的事吧，真尾？」

日織尖酸地打斷了他。真尾被堵得說不出話，只能沉默以對。

「宣儀一定要重新舉行，這件事沒有商量的餘地。此外，呼笛被掉包的事也要保密。」

「為什麼？應該要讓大家知道宣儀中止不是皇尊的錯吧？就算會讓祈社丟臉，為了皇尊著想，還是公開比較好。」

空露探出上身說道，但日織搖頭說：

「我很清楚，沒有叫出龍及宣儀中止的事會讓臣民不信任我，覺得我不適合當皇尊。」

「既然如此……」

「若是公開呼笛被掉包的事，所有人都會知道有人反對我的統治，為此不惜讓龍之原陷入危險，甚至讓央大地陷入危險，人們一定會想『皇尊到底有多糟糕才會讓人這麼反感』，這樣我還是會受人質疑。」

日織諷刺地笑了。

「你一定也這麼想吧，真尾？」

日織敏銳地注意到真尾的臉頰微微地抽動。

獨一無二的神器被掉包，真尾由衷為祈社的疏失感到羞愧，但他對日織卻沒有愧疚之情。他必定覺得這麼惹人反感、讓人不惜偷走呼笛用假貨掉包的皇尊到底是怎麼回事……畢竟日織即位的過程太過曲折，真尾當然會質疑。

即使如此也無所謂。

不管別人怎麼想，日織都要在自己的朝代把龍之原改造成理想的模樣。為了達到目的，她要抓住祈社的疏失，逼真尾盡力協助。真尾既然有理虧之處，無論日織提出怎樣的無理要求，他都得盡量妥協。

（到底是誰在阻撓我……）

日織怒氣沸騰。她絕不會認輸，一旦認輸就等於放棄了繼續奮鬥的動力，那就只能接受不合理的命運，還會讓更多和居鹿一樣的女孩遭到不幸。

「真尾，你想得到有誰會掉包呼笛嗎？」

「我不知道。我也無法想像會有人如此膽大妄為。」

「我要看看寶倉。」

日織站了起來。

「我要親眼確認收藏呼笛的地點和方式，藉此找出可能掉包呼笛的人。還有，我會在祈社停留一段時日，你們準備一下。」

真尾和空露都訝異地看著日織，空露疑惑地問：

「您打算做什麼?」

「把呼笛找回來。我不能只是待在龍稜，把事情都丟給真尾和其他人，所以我也會親自出馬，再重新舉行宣儀。下次我一定要叫出龍。」

在真尾的帶領下，日織來到了收藏呼笛的寶倉。

祈社的殿舍零散地分布在祈峰的山腰，以迴廊彼此相連。

離祈社大門最遠的就是寶倉，再過去只有白杉森林和佇立在祈峰頂端的巨岩。

寶倉是高架式的井字型原木倉庫，正面的門是唯一的出入口。

從外面關上門，內側的卡榫就會落入地板的洞，將門鎖住，必須用符合鉤穴位置的門鉤才打得開。

門鉤是一根前端彎曲的鉤棒，棒子的長度和彎曲弧度都要符合門扉構造，才能勾起門後的卡榫。

在金屬極少的龍之原，只有龍稜的地睡戶和寶倉，以及祈社的寶倉才有銅製或鐵製的門鎖。

門鉤由輔助大祇處理事務的八位「代祇」的其中一位負責保管。

那麼大的東西不可能隨身攜帶，因此門鉤平時都放在代祇居住的殿舍。

除了代祇，采女和其他護領眾也會進去那間殿舍，任何人都有機會拿到門鉤。

要說管理鬆散也沒錯，但是只有祈社的人才知道門鉤是用來開啟寶倉的工具，外人不會注意到門鉤。

祈社的人絕不可能闖入寶倉偷走神器，門鉤純粹是用來防止外面的竊賊。

「唯一可以確定的是，用仿造品掉包呼笛的應該是住在祈社、熟知內情的人。」

看過寶倉後，日織到祈社為她準備的殿舍稍事歇息。這是悠花住過的殿舍，裡面還留有他用過的家具。

日織坐在五色布簾前，手肘靠著憑几。

風從半掩的門和格子窗吹進來，小小的飛蛾圍繞著燈臺上的火苗，最後被燒掉翅膀，掉在地上。這季節有很多飛蟲，但護領山晚上都會吹起涼風，相當舒適。

馬木前來稟報，說鳥手們守在殿舍周圍，但日織完全聽不到他們的聲息，不禁有些訝異。她只聽得見檜皮屋頂上方的白杉樹枝隨風搖曳的聲音，不過地面的低沉蟲鳴聲有時會突然停止，彷彿受到驚動。

搬動隔簾、整理床鋪之後，空露疑惑地說：

「我不認為護領眾會偷走呼笛。我們是服侍地大神和龍的人，絕不會做出這麼可怕的事。」

「只有你吧。」

「所有護領眾都一樣，我們從小就在祈社生活，對神有著根深柢固的敬畏。采女們也是如此。」
「你不是幫助了欺騙神的人嗎？」
日織戲謔地問道，空露換了一副表情，坐在她面前。那是準備說教的表情。
「日織，那是另一回事。我幫助妳達成心願並不是因為忘記或捨棄了對神的敬畏，我對神一直都充滿敬畏，這只是要了解神的行事、確定神的心意。」
「我知道，我知道，抱歉。不過，只有祈社的人才知道門鉤能開啟寶倉也是事實啊。」
「或許有人向護領眾或采女問出了開啟寶倉的方法。」
「誰會問開啟寶倉的方法啊？就算真的有人問，他們也不會隨便說出去吧？難道他們不會懷疑那人為什麼要問這種問題嗎？」
「這麼說來，可能是其他住在祈社的人。」
「其他住在祈社的人？悠花在嫁給我之前和杣屋一起待過祈社，此外就是遊子……」
日織還沒說完，半掩的門外就傳來馬木低沉沙啞的聲音叫著「皇尊」。外面的人被門遮住一半身影，除了魁梧的馬木之外，還有一位少女。
「這人偷溜進來，說要見皇尊。她自稱和皇尊相識，不知您是否見過她？」
在壯碩男人身邊瑟縮著身子的少女有一雙聰慧的眼睛。

「居鹿！」

日織直起上身、叫出少女的名字。少女紅了臉頰，正想開口說話，又慌忙行禮說：

「恭賀皇尊即位。」

馬木明白女孩不是可疑人物便默默讓道。空露說著「過來吧」把居鹿請進屋內，還體貼地把座位讓給她，自己坐到五色布附近。

居鹿向讓座給她的空露低頭致謝，坐在日織面前的她雙眼閃閃發亮，像是看見了光彩眩目的東西。

「您能醒來真是太好了。您走出地睡戶之後昏迷了很久，我好擔心呢。」

「讓妳操心了，居鹿，對不起。我已經醒了，可以來見妳了。沒立刻來找妳真是抱歉，妳一定很憂慮吧？我明明和妳有過約定，卻又讓妳被帶回祈社。」

「約定？」

看到居鹿一臉錯愕，日織更驚訝了。

「妳忘了嗎？我答應過妳，如果我當上皇尊，絕對不會讓妳被送去八洲，結果妳還是被帶回祈社，等反封洲派人來迎接。」

居鹿一聽就露出悲傷的微笑。

「我沒有忘記您說過的話，我都記得，因為我真的很高興。但我知道那只是安慰之詞，所以被帶回來我也不覺得怎樣。」
「不是的，居鹿，我真的不會讓妳被送去八洲。」
「可是法令……」
「我會廢除法令。在反封洲派人來接妳之前。」
居鹿那雙睜得渾圓、眨也不眨地盯著日織的眼睛漸漸盈滿淚水。透明的水滴從眼角流下。
「您是認真的嗎？」
「是啊，所以妳等著吧。」
居鹿用食指抹去淚水，輕輕搖頭說：
「我很高興，但我明白這是不可能的。世上的規矩沒辦法輕易改變，有些事無論再怎麼努力、再怎麼不滿，還是無能為力。只要知道您這樣為我著想、聽到您說是認真的，我就很開心了。」
居鹿果然是個聰明的孩子，她能理解日織的想法，也接受了日織的好意。
但也因為她太明白人情世故，知道日織就算當上皇尊，也不見得廢除得了法令。
居鹿一定也聽采女說過宣儀中止的事了，廢除法令本就是一件難事，而且日織還是無法完成宣儀的皇尊。
居鹿考量到這一切，才會說出感謝日織心意的話。她確實很聰明，也很令人憐惜。

「妳為什麼要這麼悲觀呢？」

日織不願看她灰心喪志，微笑著說。

「不嘗試是不會知道結果的。我絕對不會讓妳被送去八洲，對了，還有與理賣……」

一說到與理賣，日織就想起她因憎恨而扭曲的臉龐。日織被她憎恨卻不計較，也不覺得厭煩。日織理解她的恨意，也很同情她的遭遇。

只因她是遊子，就被父母捨棄……這對一個哭喊想見母親的孩子來說是多麼沉痛的打擊、多麼絕望的事。

「與理賣變得非常拗，她現在都不跟我說話了。」

居鹿露出沮喪的表情。

「就是啊。我也知道她的情況。不過這不是妳的錯。」

這時遠方傳來吵鬧的聲音。祈社一向很安靜，況且現在都入夜了，鬧成這樣很不尋常。

空露默默地起身走出去，大概是去看情況。沒過多久，他就臉色大變地匆匆走回來，單膝跪在日織和居鹿旁邊，緊張地低聲叫著「日織」。

「怎麼了？外面在吵什麼？」

空露瞄了居鹿一眼，低聲回答：
「聽說反封洲的使者到了。」
居鹿的表情僵住了，日織也非常愕然。
「怎麼會？不可能吧，這未免太快了……」

第三章　反封洲的使者

一

「祈社的人也很驚訝，全都慌了手腳。」
日織即位只過了幾天，浸滿雨水的檜皮屋頂都還沒乾透，反封洲——離龍之原最遠的國家——不可能這麼快就知道皇尊即位、派出使者。
「真的是從反封洲來的使者嗎？」
「那位使者帶著反封洲國主的印符，他還自稱是國主的長子。」
印符是龍之原皇尊賜給八洲國主的紋石印鑑，做為進入龍之原的許可證，所以八洲派來龍之原的使者一定都帶著國主交託的印符。只要和祈社收藏的成對印符互相嵌合，就能分辨真偽。
「印符是真的嗎？」

「是的，和祈社的印符契合。」

印鑑是把紋石剖成兩塊，一塊交給國主，一塊收在祈社，兩者若能互相嵌合，那就是真的。

紋石上有顏色鮮明的紋路，每塊都不一樣，所以把石頭一分為二，再對照上面的紋路，就能分辨真偽。

「不可能，我即位的消息應該還沒送到反封洲。」

「可是使者確實來了。他應該會請求留宿祈社，接下來還得看準備得順不順利，若無意外，恐怕明天或後天就會帶居鹿離開護領山了。」

居鹿握緊放在腿上的手，像是在壓抑內心的恐懼。

「這可不行。」

日織想也不想就這麼說，但空露搖頭說：

「就算妳不同意，事情還是會依照慣例進行。」

「好！你去告訴大祇！」

事情突然變得十萬火急。必須阻止這件事。日織在慌亂中閃過一道靈光。

「說我明天要見這位使者！」

日織脫口說道。這是她在情急之下想到的方法，可能也是唯一的方法。

「妳說什麼？為什麼要見他？」

「我要請反封洲的使者先等等，一切都等到宣儀結束再說。」

空露大概是太驚訝了，許久沒有吭聲，過了一會兒才無奈而疲憊地說：

「妳到底在說什麼啊，日織？」

「宣儀結束後，我會下旨廢除遊子驅逐令，我要把反封洲的使者留到那個時候。」

「先把人留下來，到時再說『已經沒你的事了，請回吧』這樣嗎？反封洲的使者一定會生氣的，況且他還是國主的長子。與其這樣，還不如直接派護領眾告訴他皇尊在宣儀過後會下旨廢除遊子驅逐令，讓他長途跋涉很抱歉，請他先回去。這樣還比較好吧。」

「如果叫他先回去，等於是公開宣布我打算廢除法令，阿知穗足他們說不定又要大鬧一場了。」

「確實如此……」

「總之你去告訴大祇，我明天要見反封洲的使者就是了。去吧。」

空露輕嘆一口氣，回答「遵命」，再次走出殿舍。他才剛離開，居鹿就向日織傾出上身說：

「日織大人，我知道自己沒立場說什麼，但還是請您別這樣做。如果害您惹上麻煩的話，那我……」

「沒事的。我要見反封洲的使者就是為了避免這種情況，妳別擔心。」

日織笑著對居鹿這樣說，其實她心底也很不安。

這是她第一次接見八洲的使者。聽說那位是反封洲國主的長子，不知他是個怎樣的人。

央大地有一原八洲，九個國家。

除了神國龍之原以外，八洲都有各自的國主，也有軍隊，聽說他們經常互相侵犯國境，衝突不斷。龍之原相鄰五洲的事比較常聽到，而不相鄰的三洲就很少聽到消息了。

反封洲在央大地的最北端，和龍之原距離最遠，因此龍之原對反封洲可說是一無所知。

從神代延續至今的反封洲國主一族以伴為姓、統治國家。聽說反封洲的冬天又長又冷，國土貧瘠，軍隊卻很剽悍。

龍之原會向八洲購買鐵礦，買得不多就是了。龍之原的人都是用農作物和國內出產的寶石代替貨幣向其他國家購買鐵礦，不過龍之原只會和相鄰的五洲做交易。

龍之原和反封洲唯一的接觸就是移交遊子。

兩國之間隔著葦封洲、叛封洲和逆封洲，幾乎分處於央大地的兩端，旅行運輸若是走陸路，至少要花一個月。

要從反封洲到龍之原，海路比陸路快得多，但海路也沒有定期往來的船隻。

在龍之原很少見到反封洲的人。

居鹿離開以後，日織走到廊臺上。她見不到鳥手們的蹤影，但她知道鳥手應該在附近，就呼喚了鳥手首領的名字「馬木」。

廊臺正下方有個低沉沙啞的聲音回答：

「是，皇尊有什麼吩咐？」

先前明明沒看到人，也聽不到聲音，卻有個男人不知何時跪在廊臺附近。

「我有事要問你。關於反封洲的情況，還有國主及其長子的事，鳥手們知道些什麼嗎？」

為了保護皇尊，鳥手們必須盡早發覺危險，所以他們不只熟知龍之原的事，應該也會蒐集八洲的情報。

「反封洲經常發生饑荒，每次一有饑荒，他們就會入侵葦封洲和叛封洲的領土，不過最近兩年都沒發生過這種事。現在的國主名為伴屋人，他的長子是伴有間。屋人有幾個兒子，其中最受期待的繼承人是有間。聽說屋人近年身體有恙，很快就會傳位給兒子了。」

「空露說反封洲派來龍之原的使者是國主的長子，他就是國主繼承人伴有間嗎？」

「應該是。」

「你知道他是怎樣的人嗎？」

「只聽過傳聞。聽說他很強悍，而且很美麗。」

反封洲軍隊的剽悍是出了名的，可以想見國主的長子有多強悍，但傳聞又提到和強悍搭不上邊的「美麗」，這就讓人不明白了。

「不管怎麼說，那個叫伴有間的人這麼快就來到龍之原，實在太奇怪了。」

這麼快就到達龍之原，不可能是從反封洲來的，但他有國主的印符，應該是真的使者。

這麼說來……

「難道反封洲的使者早就在龍之原的鄰國等著皇尊即位嗎？」

日織只能想到這種可能性，馬木卻低聲說出了更駭人的猜測。

「或是從殯雨期間就已經躲在護領山了。」

「怎麼會呢？」

「只是猜測罷了。」

無論答案是哪一種，他都沒有這麼做的理由。

反封洲的使者接到遊子就會離開，也就是說，他們只是遵照龍之原的要求而承擔了無意義的義務。他們又不知道新皇尊何時即位，不可能為了這種無意義的義務而先到別國或下雨的山中等待多日。

可是反封洲的使者已經來了。

（這事真是詭異。我明天就要跟那個人見面嗎？）

若能事先看看伴有間，或許可以減少一些擔憂。

「那人已經住進祈社了吧？馬木，你知道反封洲的使者住在哪間殿舍嗎？有辦法偷看嗎？」

「沒問題。」

「那就去吧。把我也帶去。」

馬木吃驚地睜大眼睛。

「您在說什麼啊？空露大人一定不會允許的。」

「我知道空露不會同意，所以才要趁他不在的時候去看。我明天要去見伴有間，如果能先看看他，我才能做好心理準備。這事應該不會太難或太危險吧，你能帶我去嗎？」

「我從前前任皇尊的時代就開始擔任鳥手了，但是從來沒聽過這種命令。竟然要我帶皇尊去窺探……」

「做出如此失態的事真是抱歉，但我已經顧不得那些了。拜託你。」

馬木嘴角上揚，像是在忍笑。他的眼中明顯露出興致盎然的神情，一看就知道他覺得這位皇尊很奇怪。

「遵旨，我們鳥手也不是什麼講究禮儀的人。」
馬木以共犯的姿態笑著說道，接著小聲地說「請往這邊走」，站了起來。
「八洲的使者都會被帶到祈社西側的來殿，那地方比皇尊住的這座殿舍低很多，可能跟祈社大門一樣低。從這裡往西進入森林，再往山下走，就能到達來殿的背後，也就是南側。」
所幸今晚有淡淡的月光，只要帶個提燈照亮腳邊，就能在森林裡行走。馬木走在日織前方幾步之處，兩旁和後方也有鳥手們的腳步聲。
由於枝葉遮住陽光，樹下幾乎沒有長草，只有經年累月落下的枯葉，一不小心就會滑倒。風一吹來，上方的樹枝就發出聲響，小小的葉片隨之散落。
雖然要去的殿舍被林木遮住，馬木還是能準確掌握目前位置，毫不遲疑地向前走。
在白杉的濃郁香氣之中，突然有一陣更濃郁的樹皮味道竄入鼻腔。日織剛聞到味道，馬木就停下腳步，視線銳利地掃向四周。
視野突然暗下來，像是褪色一樣。
抬頭一看，樹上的月亮被雲層遮住了。
鳥手們迅速跳出來，圍在日織的左右和後方。
日織正想問「怎麼了？」，只見馬木轉過頭來，把食指貼在嘴上。日織知道他是在表示「不要出聲」，就乖乖閉上嘴巴，繃緊全身。

啪嚓，啪嚓。遠處傳來小樹枝折斷的聲音。窸窣，窸窣。還有枯葉被踩過的聲音。

（發生什麼事了？）

月亮完全被雲遮蔽，黑暗愈發深濃。

周圍的鳥手們悄然但透出緊張氣氛的呼吸聲靠得更近了。

樹枝斷裂、枯葉碎裂的聲音漸漸逼近。

有什麼過來了。

不是人類。

白杉的樹枝比魁梧的馬木還高，既然那東西能碰斷樹枝，想必比人更高大。踩踏枯葉的聲音層層相疊，聽起來不是兩隻腳，而是四隻腳的生物。

是熊嗎？熊應該沒有這麼高大。

眾人屏息時，雲縫之中灑下些許月光。

在黯淡的月光中，白杉林立的輪廓宛如迷宮的漆黑柱子。樹影之間有東西在動。

搆得到樹枝的高大身軀，長長的鼻子上長著細鬚，像鹿一樣頂著兩根分岔犄角的頭顱正在移動。身體細長彎曲，纖細的四肢踩過枯葉，走動間緩慢搖曳著長長的尾巴。

像是剝下樹皮般的濃烈味道飄了過來。

（龍……不……那真的是龍嗎？）

雖然只能看見輪廓，但那東西怎麼看都是龍。牠慢慢地、慢慢地走著。

日織可以感受到身旁鳥手們的緊張。

她嚥下一口口水。

背脊冒起一陣寒意。那是出自本能的敬畏，或是恐懼。

像龍的黑影從日織等人前方二十步左右的地方經過。

龍這種生物不會在地面行走，只會貼著地面飄浮，在空中變換姿勢，有時則是靜止不動，但從來不會踩在地上，頂多只是飛高之前踢一下地面。

龍從雲中誕生，向來棲息在天空，不會降到屬於地龍管轄的地面。

話雖如此，這條龍卻踩著枯葉、緩慢笨拙地行走。這景象讓日織深受震撼，鳥手們一定也很訝異。

沒有龍會在地上走，經過他們眼前的黑影真的是龍嗎？

正是因為會飛，龍才顯得如此神聖而優美。

這黑影在黑暗中笨拙緩慢行走的模樣，就像一隻從黑暗中爬出來、疲憊而詭異的生物。由於身體很長，甚至有些遲鈍又可悲。

像龍的黑影沒注意到提燈的光芒，逕自走掉了。或者牠已經注意到，卻根本不在意？

黑影留下的濃郁味道被林間的夜風吹散後，馬木才放鬆緊繃的肩膀。遮蔽月亮的雲也在此時飄走了。

鳥手們的表情都非常僵硬。

「馬木，剛才那個是龍嗎？」

日織緊張得心臟狂跳，一邊深呼吸鎮定心情一邊問道。

「我不知道，我也是第一次看到。那東西看起來像龍，但龍不會在地上走，只會在穿越森林時降到地面附近，鑽過樹木之間。我對護領山很熟悉，卻從來沒見過那種東西。如果有皇尊一族的女性在這裡，就能分辨那是不是龍了。」

馬木打量四周，低聲說道。

「皇尊，還是回去吧。不管那東西是不是龍，發生了這麼離奇的事，我們一定要把皇尊帶回安全的地方。」

「可是我還沒看到伴有間……」

「不行，出現了那種東西，請恕我們不能再遵從皇尊的命令。」

日織還沒搞清楚這個動作快到不可思議的反封洲使者到底是怎樣的人，如果能先看他一眼，明天見面時應該會比較鎮定。都走到這裡了，她真不想就此折返，但是……

「皇尊。」

馬木催促似地叫道，日織看到他的眼神就嘆了口氣。既然馬木願意帶日織到這裡，可見他絕非不通情理之人，既然他都說了不行，日織只能聽從。

「好吧，回去吧。」

日織跟著馬木循著原路折返，一邊遺憾地回頭望去。

微弱的樹皮氣味。這味道是隨著龍出現的……但龍不可能在地面上行走。

（那是龍嗎？還是棲息在護領山裡、長得像龍的某種生物？）

日織突然想到。

（應該把悠花叫來。）

悠花聽得到龍的聲音，而且比誰都敏銳。悠花應該能分辨出那東西是不是龍。

二

隔天早上，空露的情緒降到了冰點。

昨晚他依照日織的命令去通知真尾「皇尊明天要接見反封洲的使者」，但是談得很不順利。

真尾拚命反對，回道：「他又不是八洲國主，只不過是區區一個使者，怎麼能見皇尊。」

雖然談得不順利，不過空露知道日織的考量和決心，還是繼續軟磨硬泡，甚至語帶威脅地說服了真尾。等他回到殿舍卻發現空無一人，日織和鳥手們都不知去哪了，嚇得他大驚失色。

空露擔心發生了意外，正想衝出去時，日織他們就回來了。聽到日織離開殿舍的原因之後，空露很罕見地發了脾氣，橫眉豎目地喝斥：

「妳要記住自己的身分！」

然後就一直板著臉不說話。

到了隔天，他的臉色還是一樣難看。

「很好吃呢。」

日織吃完了只有白粥和末醬（註3）的簡樸早餐後，空露把一碗熱開水端給日織，一邊說道：

「能說出好吃是因為妳還活著，這真是再好不過了。」

「你還在生氣嗎？」

「不，我沒有生氣，只是愕然。」

註3　大豆發酵製成的醬料。

「……對不起，原諒我吧。」

日織知道空露不會隨便生氣，這次他會氣成這樣，都是因為她做了有失身分的事。

「我知道自己的行為不太好……不，是很糟糕，但我一想到自己拚命當上皇尊的原因，就覺得必須做些什麼。為了姊姊、月白，還有居鹿。」

空露輕嘆一口氣，剪齊的短髮緩緩晃動。

「日織，別太心急。」

「如果不快一點，居鹿就……」

「妳知道在妳即位之前有多少像宇預殿下和居鹿一樣的遊子嗎？太心急說不定會害妳丟掉皇位，或是丟掉性命，而且遊子今後還是會繼續受苦。妳決心即位不就是為了避免這種情況嗎？要是太過短視，就會毀掉未來。」

「難道你要我對居鹿見死不救嗎？」

「如果真的沒有辦法，那也只能認命了。」

聽到那符合護領眾豁達態度的回答，日織不悅地閉口不語。

空露說得確實有理。

日織雖然認錯，還是有些不高興，空露大概也不忍心繼續教訓她，於是換了個話題。

「妳和鳥手們昨晚遇到的是什麼呢？我當護領眾很久了，對祈社和護領山都很熟悉，但我從來沒聽過那種生物。」
「應該是龍吧。」
「龍不會在地上行走，連穿越森林時都是用飄浮的，睡覺的時候也是飄在半空。」
「我本來也是這樣想的，但那黑影怎麼看都是龍。我打算把悠花找來。我昨晚已經叫鳥手送信給他了。如果下次再遇見那東西，悠花聽得見龍語，可以分辨出那個是不是龍。」
「妳又要在深夜跑進山裡嗎？」
日織喝光熱開水，把碗放回托盤上，起身說道：
「沒有，只是為了保險起見。因為悠花很可靠，我也希望有他陪在我身邊。在我迷惘時，他的堅強能鼓勵我。好了，差不多該去見反封洲使者伴有間了。」
空露也站起來，幫日織整理腰帶時問道：
「妳真的想叫反封洲的使者等到宣儀結束嗎？現在還不確定能不能重新舉行宣儀呢。」
日織是為了「尋回呼笛、重新舉行宣儀」才要見反封洲使者，她自己也知道這個前提不一定會成立。
「你說太心急會毀掉未來，我同意，但我不能因為這樣就眼睜睜看著居鹿被帶走。我不會魯莽行事的，但能做的事我還是要盡力而為。」

「每次碰上這種事，妳就會想起宇預殿下，如今又加上月白小姐，既然如此，不管我怎麼阻止，妳也不會聽吧。」

「嗯，對不起。」

日織誠懇地道歉，空露拍拍日織的背。

「從妳七歲立下心願後，我一直陪在妳的身邊，我可以理解妳的心情。好了，服裝儀容整理好了，走吧。」

日織帶著空露和馬木離開殿舍，走上迴廊。在途中和大祇真尾會合，一起走向反封洲使者留宿的來殿。

位於祈社西側邊緣的這座殿舍是檜皮屋頂的高架式建築，柱子用的是普通杉樹，而非白杉。這座殿舍和其他殿舍以迴廊相連，但是非常偏僻，顯然是給祈社認為比較不重要的客人用的。祈社畢竟是供奉地大神及其眷屬的地方，這樣做也是應該的。

祈社並不是看不起八洲，不過祈社是信仰的重地，自然會忠於《古央記》的建國神話，將八洲人民視為罪人的子孫。

《古央記》是這樣記載的。

央大地湧出泉水，治央尊把該處定為央大地的中心，取名為龍之原。

原的意思是水源，指的是滋潤央大地的源頭。水源分成幾條河川流入大海，劃分出八個無人的洲。

這時有八個人犯下了禍亂龍之原的罪行。

治央尊將這八人逐出龍之原，分別流放到八洲。八洲各自以流放者的罪名來命名，而這八個罪人就成了八洲的國主。

如果國主能贖清罪債，將來就能重回龍之原。

這八人犯下的罪就是龍之原明定的大罪——八虐。

謀反、謀叛、惡逆、不道、不義、大不敬、謀大逆、不孝，總共八條。而八洲之名由北到南分別是反封洲、叛封洲、葦封洲、逆封洲、附道洲、附義洲、附敬洲、附孝洲。

八洲之民是背負著上古罪名的人民——至少祈社是這樣看待他們的。

馬木留在來殿外面的廊臺。

格子窗和門都開著，可以聽到裡面的男人正在低聲說話。因為隔簾擋著，無法看清屋內的情況，但是從透光的絹布還是能看出裡面坐著五個男人。

「皇尊駕到。」

門邊兩位采女的其中一位喊道，另一位號令所有人向皇尊行禮。

「朝拜。」

空露帶頭走進門內。

為了迎接皇尊，采女已經整理過來殿了。

面向門口的房間底端掛著五色布，前方擺著蒲團和憑几，左右圍著隔簾，做為皇尊的座位。

皇尊通常會在祈社的正殿接受覲見，但這次要見的不是龍之原的人民，無法讓他們進正殿，只好在這裡為皇尊臨時準備座位。

八洲國主以外的人直接面見皇尊是少見的特例，皇尊很少接見大臣和皇尊一族以外的人，龍之原的人民幾乎沒有機會看到皇尊。

日織坐在皇尊的座位，真尾和空露隨侍一旁，五個男人低著頭坐在左側。

「抬起頭吧。」

日織說道，反封洲的人紛紛抬頭，他們毫不膽怯地直視著日織。坐得最近的那個男人吸引了日織的目光。

（怎麼會是這種顏色？）

只有那個男人是一頭白髮。像絲綢一樣閃亮的白。

其他人都和龍之原人民一樣是黑髮，只有這個男人是白髮。他看起來和日織差不多年紀，他的頭髮、眉毛，甚至連睫毛都是白色的。

眼睛是漆黑的。在純白髮色的襯托下，那雙黑眼睛顯得更加鮮明。

反封洲的男人都沒有束髮，他的白髮也披垂在背後，看起來格外耀眼。為什麼只有他的髮色不一樣呢？

那些男人都穿著和烏手相似的合身長褲和窄袖上衣，腰側掛著像是狐狸尾巴的毛皮墜飾。白髮男人的裝扮也差不多，但他還多了一件披在單肩上的鏤空花紋大衣。

從座位和穿著來判斷，那個白髮的男人應該就是伴有間——反封洲國主的長子。

馬木聽說伴有間是個「強悍而美麗」的人，日織終於明白這是為什麼了。他盤起的雙腿長到有些局促，站起來想必很高大；他的身軀和馬木一樣修長，隔著衣服也能看出他的肩膀和手臂很粗壯，由手背明顯隆起的關節和靈活的粗手指就能看出他一定是自幼飽經鍛鍊。

他除了身體強壯有力，容貌也很端正，白色的頭髮、眉毛和睫毛更是襯托出了他成熟洗練的美貌。日織明白別人為何會說他美麗了，他的美會讓人聯想到銳利的鋼刀。

有間奇特的外貌讓日織有些驚訝。如果昨晚看過他的模樣，今天見面的時候一定會更從容吧。

伴有間豎起單邊膝蓋，恭敬地行禮。

「能親眼見到皇尊是我的榮幸，非常感謝。這次前來是奉反封洲國主伴屋人之命，實現龍之原皇尊和反封洲的約定。我是國主的長子，名叫有間。」

「長途跋涉辛苦了，有間。多謝你來達成約定。」

「能面見皇尊真是令我受寵若驚，但我不明白這是為什麼。」

「我有事想當面問你，所以才命人安排這次會面。感謝你們為了約定而來，不過你們來得還真快，我即位的消息應該還沒傳到反封洲吧？真是令人想不透。」

有間瞇起長著白色睫毛的眼睛，露出笑意。

「關於這點嘛，也沒什麼奇怪的，因為我們是在逆封洲等殯雨停止。」

「等殯雨停止？」

「是的，我很早就離開反封洲，到各國周遊歷覽，原本就打算來龍之原，到附近時卻下起殯雨，便知道皇尊駕崩了。依照往例，我知道在新皇尊即位之前都進不了龍之原，只好繼續留在逆封洲。本以為皇位空懸的時間不會太長，沒想到拖了這麼久。」

雖然他態度恭敬、措詞有禮，卻給人一種傲慢的感覺，或許是因為他的目光一直不客氣地打量著日織吧。

（原來他真的在鄰國等？為什麼呢？國主的長子有這麼閒嗎？還是他說的周遊歷覽只是藉口，其實還有其他目的？）

雖然見到伴有間，跟他說了話，日織卻越來越搞不懂這個人。雖然摸不清眼前此人的底細，但日織還是得把他留下來。此舉或許形同懷抱毒蛇，然而若放任事情照常進行，居鹿恐怕明天或後天就沒命了。

居鹿不抱希望的哀傷眼神讓日織想起宇預和月白，為此心痛難耐。但她也很清楚，就像空露所說，太心急只會毀掉未來。

即使要懷抱毒蛇，她也不想讓居鹿被帶走。

日織微笑著說：

「這倒是我的不是了。就當作是賠禮，你們留下來看完我的宣儀再回國如何？這段時間可以先留在祈社。」

「您在說什麼啊！」

真尾轉頭望向日織。

「我讓反封洲的使者等了這麼久，所以我想讓他們好好休息，順便參觀一下宣儀再回去。龍之原的人民看到宣儀都很高興，讓八洲的人民一起看看也不是壞事吧。」

「這不是好壞的問題。為什麼要這樣做？」

或許是因為憤怒，真尾的最後一句話聲音低沉又緊繃。雖然他壓抑了情感，但心中一定非常驚愕且不滿。日織還以為他會大吼「您怎能擅作主張」。

祈社一向不讓八洲的人久留，況且真尾絕對無法容忍把皇尊主持的儀式拿來當別國人民的餘興節目。

「祈社不能贊同這種安排。讓別國人民在祈社久留，如果發生了什麼事……」

「真尾。」

日織打斷了他的話。

「還是聽我的吧，遵從祈社的規矩才會造成疏失。」

真尾知道皇尊在諷刺他呼笛的事，臉上閃過被揭瘡疤的不悅表情便不再開口。

日織又轉向有間。

「如何？」

有間直勾勾地凝視日織，沉默不語。片刻以後，日織不耐煩地又問了一次。

「怎麼啦，有間？」

「唔……該怎麼辦呢？」

有間氣定神閒地開口了。

「我們恐怕沒有那麼多時間。等殯雨停止已經拖了很久，老實說，我更希望立刻回國。」

「你們應該累了吧？既然你是出來周遊歷覽的，多待幾天也不要緊吧。」

「這個嘛……」

有間摸著下巴，再次陷入沉思。日織暗自感到焦急。

他明明只是出來遊歷，還悠哉地等到殯雨停止，如今還有什麼好猶豫的？有間沉默良久才又開口，說出來的卻是駭人聽聞的話。

「關於要不要留下來的事，如果皇尊願意和我單獨談談，我可以考慮一下。」

有間既非大臣又非皇尊一族，也不是八洲國主，想和皇尊單獨說話是不可能的。果不其然……

「太無禮了。就連八洲國主都不能輕易和皇尊談話。」

空露出言批評，但日織抬手制止。

「有間，為什麼要和我談過才能決定是否留下來？」

「因為有些事不方便在大庭廣眾之下說出來。如果不行的話，我們就依照慣例，不再久留，直接帶小姐回國。對我來說都沒差。」

「我知道了。那就這樣吧。反正有間是反封洲國主的長子，遲早都會成為國主。」

「可是這樣不合禮數……」

真尾探出上身說道。日織轉頭看著他說「無妨」。

日織本來就不在意禮數這種事，還被空露教訓過「要記住自己的身分」。

和別國的人單獨相處，最該擔心的是他們攜帶的刀劍。不過他們的武器應該一進祈社就寄放在護領眾那裡了，不可能用刀攻擊她的。

「我已經決定了。沒什麼大不了的。你們都到廊臺上等著。我想多半不會有事，反正只是隔了一扇門，有事我會叫你們的。再說鳥手們也在。」

日織用眼神示意空露和真尾出去，兩人不情願地站起來。有間也抬了抬下巴，示意反封洲的人出去。

所有人出去後，兩位采女便關門離去。

人都走了，屋內陷入寂靜。兩人默默相對好一陣子，日織先開口說：

「有間，這樣可以了嗎？你有什麼不方便在大庭廣眾之下說出來的事？」

有間揚起了嘴角。

「我什麼時候說過我有不方便在大庭廣眾之下說出來的事了？」

「你剛才不是說了嗎？你說有些事不方便在大庭廣眾之下說出來。」

「那句話不是指我自己，我是為你著想。有事不方便在大庭廣眾之下說出來的應該是你吧，皇尊。」

有間臉上的微笑完全不像剛才那種客氣的笑容，而是帶有野性、像獵人看到獵物一樣的笑容。

如同狼脫下了披在身上的兔皮。

三

「什麼？」

「你希望我們留下應該有什麼理由吧？」

有間像是解開了束縛，活動肩膀的筋骨，由盤腿改成豎起單膝的坐姿，眼含挑釁地看著日織。

「您想找我商量也行喔，皇尊。」

他的語氣和措詞都跟先前截然不同。

日織心裡非常緊張，卻故作鎮定地瞇起眼睛，就像動物面對獵食者時本能地察覺到一旦表現出害怕就會被吃掉。

「找你商量？你這話說得真奇怪。」

「是嗎？你想把我們留到宣儀之後應該是為了某種理由，但你無法公開這個理由，連身邊的人都不能說，要是說出來，他們一定會阻止你，或是妨礙你。為了避免這種情況，你才沒有把理由說出來。你是剛即位的皇尊，說話也沒有分量，畢竟你連龍都叫不出來。」

（他怎麼會知道！）

有間露出微笑，似乎看出了日織的訝異。

「殯雨結束之前，我們一直待在逆封洲，但雨停之後就立刻越過龍之原的國境，悄悄地進入護領山。我心想若能看到皇尊叫出神的眷屬，或許我會對龍之原更加敬畏吧。我為了見識宣儀，在山裡待了幾天，沒想到你卻沒有叫出龍。我很失望呢，皇尊，這樣我根本沒辦法臣服於龍之原嘛。」

這人真是狼子野心。日織的手在袖子裡握緊。

「既然你不打算臣服於龍之原，為什麼要來實現和龍之原的約定？」

「我最大的目的是親眼看看龍之原是怎樣的國家，結果收穫比我想得更豐富，我發現了你這個皇尊是多麼地無力。你希望我幫忙也行，但是要給我一些好處。」

「好處？」

「我要你寫一封書信，說龍之原的皇尊支持伴有間擔任反封洲國主。對了，還要註明這是地大神的意思，幫我增加威信。如果和神結緣的神國皇尊幫我背書，反封洲那些蠢貨應該會更聽話吧。」

「你已經被視為國主繼承人了，有必要做這種事嗎？」

「我有我的理由。只不過是一封書信，只要你答應，我就幫你的忙，這樣不是很好嗎？」

「我拒絕。」

日織不加思索地回答。

龍之原的皇尊沒有權利插手八洲的事。龍之原並不是以神國的崇高地位統治八洲，而是以神國的角色守護央大地，生活在央大地上的每個人都知道這一點。

「這件事我辦不到，龍之原不能干涉八洲的內政。就是因為不干涉別國，龍之原才能維持安定。」

彼此衝突不斷的八洲之所以沒有侵犯龍之原，是出自對神國的敬畏。有皇尊在，央大地才能平安無事。

三百年前確實因為皇位空懸一年而發生過大災禍。

不過，那已經是非常久遠的歷史了。

地龍真的是因為有皇尊在才繼續沉眠嗎？地底下真的有地龍這種神話生物嗎？就算有人懷疑，甚至不相信，也不是什麼奇怪的事。

就算這樣，八洲的國主們還是沒有侵犯龍之原，這是因為龍之原一直秉持著神國的精神，不插手八洲的事。因為龍之原是無害的神國，才會受到尊敬。雖然他們不知道央大地是不是真的會因為沒有皇尊而沉入海底，既然神國安分守己，也沒必要冒險嘗試。

若是龍之原開始干涉八洲的內政，甚至想要指手畫腳，情況就不一樣了。一有不慎或許會激怒八洲，以致他們不再理會建國神話，開始對龍之原動兵。

情緒很簡單地就能推翻信仰。

「我不是要求你插手八洲國境的糾紛，只是要你寫信支持反封洲一國的國主繼承人，這樣又不會影響到神國的立場。」

「就算只是干涉一些小事，也難保不會在其他方面演變成嚴重的後果，所以歷代皇尊才會完全避免這種行為。這是確保龍之原長治久安的原則。」

「確保龍之原長治久安？喔？真的嗎？」

有間突然低下身子，一個箭步往前衝，眨眼間就逼近日織。日織急忙閃避，但是已經來不及了，她的雙手被有間抓住。

日織像跌下蒲團似地向後仰，雙手被緊緊抓住，有間單膝跪地，惡狠狠地盯著她。

一綹白髮落在日織的肩上，他的氣息吹到她臉上。

「你想做什麼……」

日織痛到聲音拔尖，她的雙手快被捏碎了。

「你光是外表好看，力氣卻這麼小。龍之原若是繼續這樣下去，不見得能長治久安喔，皇尊。如果出現一個像我一樣有力、又不怕你的人，龍之原就完了。」

他輕聲細語，如同情話綿綿。

身為皇子的日織從沒遇過這麼粗暴的人，這蠻橫的態度令她驚恐不已，那強大的力氣更是讓她被抓住的雙手近乎發顫。日織努力撐住，瞪著對方。

「把手放開。」

大概是因為隔著袖子，有間並沒有發現日織的手腕纖細得不像男人，但是難保他哪天不會突然回想起自己握住的手腕不對勁。

（如果他發現我是女人……）

一想到這裡，日織就嚇得汗毛直豎。若是被這個像豺狼一樣精明的男人發現她的祕密，他一定會以此威脅她，將龍之原蠶食鯨吞。如果事情演變到那個地步，日織就得自行了斷，否則龍之原慘遭蹂躪，受害的就不只是遊子，而是所有人民了。

（一切都完了嗎……都是因為我今天來見這個男人。）

日織的背上冒出冷汗，恐懼從她被抓緊的雙手逐漸擴散到全身。

「給我把手放開，你這無禮之徒。」

日織喝斥的聲音卡在痙攣的喉嚨中。

「很遺憾，皇尊，神在我的眼中只是虛構的角色，我沒有理由尊敬侍奉這種東西的皇尊，所以我對你無禮很正常。」

有間更用力地把日織拉近。如果身體緊貼，他一定會發現日織衣服底下的身軀有多纖細。日織扭身抗拒，像是要嚇退他似地嚴厲喝道：

「難道你想謀害皇尊，讓央大地沉入海底嗎！就算你入侵龍之原也得不到任何好處，龍之原只有人民、稻田，以及皇尊。」

有間低聲笑了。

「對我們這種嚴寒之地的國家來說，氣候溫暖的土地已經很吸引人了。就算龍之原的國土只有反封洲的十分之一，只要有溫暖的土地，就能種出足以養活我們人民的農作物，也可以把這裡當成新的國土，讓反封洲的人民遷移過來。神話不也是這麼說的嗎？負罪的人民將會得到赦免，回到龍之原。」

「你沒聽到我說的話嗎？如果你消滅了龍之原，整片央大地都會沉入海底，難道你不怕嗎？」

「只要不殺死皇尊及其一族就沒事了。譬如說，把皇尊一族圈養在某個地方。」

「圈養？」

這聳動的詞彙聽得日織雙目圓睜。

「那可是細心體貼、禮遇有加地把你們關起來，讓你們幸福快樂地過活。你們照樣能懷抱美女，養兒育女，生下子嗣，繼承皇位。只要好好地養著你們，央大地就不會有事了。」

「你這傢伙……！」

他怎麼想得出圈養活人這麼冷酷的主意？簡直就像把遊子當成玩物一樣。日織勃然大怒。

（原來這傢伙和我最討厭的那種人一樣！）

那作踐別人的發言讓日織血氣上衝，全身發熱，她死命掙扎，但抓住她的那雙手太強壯，令她動彈不得。

「別激動，皇尊。冷靜點，我只是說八洲有可能做出這種事，我們反封洲是不會這樣做的。就算我們想入侵龍之原，反封洲和龍之原中間還隔著其他國家，換成海路也一樣，所以這是不可能的。」

日織明白掙扎也沒用，因此喘著氣，邊呻吟似地斷斷續續問道：

「那麼，你做出這種無禮之舉，又是為了什麼？」

「你說歷代皇尊認定、遵守的原則是有意義的，必須維護下去，但時勢是會變的。我只是希望你不要抗拒我的要求。你一定也有某些心願需要我的幫助才能實現吧？」

日織突然被他制伏，又驚又怒，心情和腦袋都亂成一團，不過她還是想通了一件事。

（他是用自己的風格在和我談判嗎？）

真是太粗暴了。這就是極北之國的剽悍作風嗎？

日織原本擔心留下有間就像懷抱毒蛇，但他並不是毒蛇。他如同原野上的白狼，勇敢、強壯，又有智慧。

真不甘心。日織恨得牙癢癢的。

（我被他看穿，還被他嚇得方寸大亂。我真是個蠢貨，竟然讓人摸透了底細。）

就算早知道會演變成這種結果，日織還是不能不見有間。因為她不能對居鹿見死不救，無論如何都要留下有間。

（我該怎麼做才好？快想想，快想想……）

日織雖然懊惱，還是想出了擺脫當下窘境、達成自己心願的方法。

（我得狠下心才行……就算我再不情願。）

她必須狠下心欺騙有間。

眼下先答應他，會在宣儀結束之後幫他寫那封書信。

但有間在宣儀之後來拿書信，她不會給。他要是抗議皇尊不守約定，她就說自己改變心意了。

有間發現上當，一定會很生氣。

然而他再生氣也不能怎麼樣，就算他們拿著刀殺過來，也只不過是寥寥幾人，有鳥手和衛士擋著，他們什麼也做不了。

即使他暴跳如雷、不肯輕易罷休，也不可能派出反封洲引以為傲的軍隊。有間自己也說過，反封洲和龍之原隔著其他國家，反封洲想要大舉入侵龍之原，就得經過別國，但別國絕不會讓他們的軍隊隨便進出。

反封洲的國主健康狀況不佳，很快就要改朝換代了。

自己的國家正在動盪不安，有間不可能只為了發洩得不到書信的怨氣，不惜和別國衝突也要攻打龍之原。

（話說回來，他既是國主繼承人，為什麼還需要皇尊的背書？）

有間曾經調侃日織是沒有地位的皇尊，或許他的處境也一樣岌岌可危。若是如此，就算他再怎麼生氣，也沒辦法當上國主、向日織復仇。
這些都只是猜測。她沒有足夠的資訊。
雖是猜測，應該不會差太多吧。
日織迅速地思考，做出決定。
她要欺騙有間。
這不只是拋棄皇尊的威嚴，也是拋棄自己的人格。
為了守住龍之原皇尊的職責，為了實現自己的心願，她只能這麼做。若是把少女的性命和龍之原放在天平上衡量，甚至是把少女的性命看得比龍之原更重要，那就太愚蠢了。日織沒辦法這樣做。
她不能放棄任何一邊。與其放棄那些事物，她寧可放棄自己的人格。
談判本來就是這麼一回事，騙人與被騙都是家常便飯。
她也不願意這樣做，但她沒有其他方法了。
（我也很無奈啊，而且這個人的想法也很邪惡。）
日織對有間深感厭惡。他的外表看起來那麼潔白美麗，卻想得出如此令人噁心的主意，騙這種人沒什麼好內疚的。日織知道自己這種想法很卑劣。
做出決定之後，日織放鬆全身，低頭深深嘆氣。
「……我知道了。你放手吧。」

有間依言放開日織，她整理一下衣服，重新坐好。

單膝跪立在近處的有間凝神注視著日織。

在他緊盯之下，日織緊張到背脊發涼。日織突然很擔心，剛才的近距離接觸是不是讓他發現自己的祕密了？以有間的作風來看，就算他發現了也不會立刻揭穿，而是會等到適當的時機再拿來利用。

若真是如此，到時自己會有什麼下場呢？日織想不出答案。

（這個男人讓我感到害怕。）

日織強烈意識到這件事。她從沒感受過這種恐懼。

即使如此，她還是要留下有間。

「我希望你在這裡待到宣儀結束。宣儀之後，我就幫你寫那封書信。」

日織說出了虛假的承諾。

她也考慮過，或許可以在反封洲一行人帶著居鹿翻過護領山之前，命令鳥手偷偷把居鹿帶走，但鳥手一定不會聽從這種違法的命令。鳥手效忠的對象不是日織，而是皇尊，他們不可能無視歷代皇尊制定的法令。

她也可以把一切都告訴有間，請他假裝帶走居鹿，事後再偷偷送她回來，可是這樣仍會讓有間發現她的弱點，有間一定會逼她寫下那封書信做為回報。

（我得查出這個人的底細。）

在完全沒有準備的情況下來見有間，讓日織非常懊悔，但她事前根本來不及做好萬全的準備。

「那我們就依照皇尊的意思，留下來休息一陣子，順便參觀宣儀。」

有間大剌剌地說完，重新坐好，露出笑容。

「皇尊，下一次宣儀讓我們看看你召喚龍的英姿吧。如果你叫得出那麼神祕的生物，我就向你下跪。」

日織的情緒已經很疲憊了，只是平淡地、面無表情地回答：

「我會讓你見識到的。一定會。」

見過有間之後，日織告知真尾反封洲的使者會在祈社待到宣儀結束，就回自己殿舍去了。

真尾本來還想反對，但接見有間已經讓日織精疲力竭，她只用一句「我已經決定了」就不理他了。空露看到她這態度，就面露責備。回殿舍的途中還叫了「日織」好幾次，她卻聽都不想聽，只回答「我現在不想說話」。

（每件事都不順利。我到底在幹什麼。）

日織一邊埋怨自己能力不足，一邊走回殿舍。

她一回去就叫馬木調查反封洲國主繼位之事是否有爭議，以及有間身為繼承人的處境。馬木回答「給我三天」。他大概是要派鳥手去逆封洲的碼頭吧。反封洲的船停靠在逆封洲的碼頭，他可能會去那裡打聽消息。

沒過多久，真尾就派人來傳召空露。空露也猜得到真尾是要找他抱怨，忍不住擺出一副苦瓜臉，日織總算對他說了句「抱歉」。空露離開後，屋內只剩日織一人。

她靠在憑几上，感覺眼皮彷彿有千斤重，不由自主地閉上眼睛。

（我當上了皇尊，朝著長久以來的心願踏出了一步。但這一步好沉重，像是才走一步就踏進了泥沼。）

意識正恍惚時，隔簾的絹布隨風搖曳，在白杉地板摩擦出沙沙的聲音。

那個聲音像是衣襬在地上拖行，令日織想起月白。

日織每次去到月白的府邸，她都會拖著大紅纈裙的裙襬跑出來，有時則是小心翼翼地端著一碗熱開水，在日織的身邊坐下。她的乳母大路叨念「如果不溫柔婉約一點會被日織殿下討厭喔」，她也會努力地改善，那裙襬輕輕掠過地板的聲音透露出她的努力，非常惹人憐愛。

（月白，妳說過希望我的朝代到來，但我真的能打造出妳期望的朝代嗎？光是第一步都這麼困難了。）

日織試著想像，若是月白還在她會如何？有柔弱的月白陪在身邊就能激勵日織。為了月白，自己一定要振作起來。

可是月白已經不在了。除了傷心難過之外，日織更覺得寂寞。就像是不自覺依靠的小樹突然消失，她連站都站不穩了，日織發現了自己的脆弱，卻又無可奈何。如果月白此時在這裡，日織一定會讓她趴在自己腿上，摸摸她的頭。乍看是月白在向日織撒嬌，其實是日織自己想要撒嬌。

（月白……）

日織在半夢半醒之間呼喚著月白，卻得不到回應。已經不在的人當然不會回答。失去月白竟是這麼寂寞。虧她還是欺神之人，竟然這麼脆弱。

她好寂寞，寂寞得不得了，好想抱著別人，向別人哭訴。

「會感冒喔，日織。」

背上涼颼颼的。

日織正在發抖時，突然有個聲音傳來，她頓時驚醒，從憑几上起身。太陽正要下沉，屋內很暗，唯一的亮光是從門窗照進來的夕陽餘暉，一位美人背對著餘暉端坐在日織面前。那是悠花。

「悠花？」

「幹麼這麼驚訝，不是妳把我叫來的嗎？妳說看到龍在地上行走？妳在信裡提到的事真奇怪。」

「我真的看到了啊……你怎麼這麼快就來了？」

「我在黎明前收到鳥手送來的信，就立刻從龍稜出發。我一路上拚命催促轎夫，他們之後可能會來抱怨，妳幫我去道歉吧。」

悠花厚著臉皮說道。

「你沒必要這麼急啦。」

「是嗎？我看到那封信就覺得妳在催我快點來呢。」

悠花漫不經心的一句話讓日織好想哭。悠花竟能從那麼簡短的一封信讀出日織的焦躁迷惘和不安，才會不等天亮就匆匆趕來。

「怎麼了？妳的表情怪怪的。」

「悠花，我……」

我真是愚蠢，真是笨蛋，我好擔心好害怕，我該怎麼做才好。日織想說的話很多，卻不知道應該先說哪句，忍不住撲在悠花身上。

「悠花……！」

悠花吃驚地繃緊身體，不過很快就放鬆下來，摟住日織。

「怎麼了呢，我的夫君。喔，對了，一定是打瞌睡時著涼了吧，妳的背摸起來好冷。」

日織忍著淚水，點頭說：

「嗯，好冷……我好冷喔。」

第四章　既是稚子

一

被悠花溫柔地按摩著太陽穴，日織舒服地輕輕閉上眼睛。

「書信？這樣是干涉他國內政吧。」

悠花一邊摸著日織的頭，不以為然地說道。

太陽下山後，屋內只擺著一盞燈臺，光線有些黯淡。之所以沒有多點幾盞燈，是因為空露和杣屋的體貼。

空露在日落後回來了，他從門外看到日織和悠花的樣子，立刻轉身走開。之後杣屋靜靜地出現，在門邊點了一盞燈就走了。

日織枕著悠花的腿。她輕聲敘述昨晚到今天發生的事，身體越來越放鬆，不知不覺就躺了下來。悠花的腿好溫暖，手也好溫柔。

她說起了被不津的女兒與理賣丟石頭的事。
還有宣儀使用的呼笛是仿造品，真正的呼笛下落不明。
她為了找出呼笛、重新舉行宣儀而決定留在祈社。
看到龍在地上行走。
以及她接見反封洲使者伴有間，答應了他的要求。
悠花偶爾出聲附和，一邊輕撫著躺在自己腿上的日織。
「別人一定會說我是把少女的命看得比龍之原的安寧更重要的蠢蛋吧。」
「那只是一封書信，就算過問他國的繼位之事，也不一定會引起麻煩。要說這樣是把國家放在天秤上衡量，也不至於吧。」
「或許吧，但是被他威脅寫那封書信還是讓我很生氣，都是因為我的焦急和心願被他看穿了。」
「也就是說，妳是因為輸給了有間而不甘心吧。妳先前一定覺得自己可以更簡單、更順利地把有間留到宣儀結束。」
日織決定要拖住反封洲使者時的確想得太美了，她以為只要熱情款待、說些好聽的話，對方就會開開心心地答應。
她真恨自己的天真想法。
「雖然受他要脅，但我……」

日織差點說出自己卑鄙的計畫，連忙把話吞回去。悠花問道「什麼？」，她只是敷衍地回答「沒什麼」。

如果悠花聽了她的計畫一定會皺眉吧。無論是做為皇尊，還是做為一個人，這樣都太惡劣了。

「不管怎樣，總之妳已經把有間留下來了。不過，最大的問題還是宣儀能不能重新舉行？如果找不到呼笛就沒辦法舉行宣儀，有間也會一直被拖著，回不了國。要是拖得太久，說不定他會等到不耐煩，連皇尊的書信也不拿就離開。」

「呼笛當然要找，不過到底有沒有人知道真正的呼笛在哪？一定是對祈社很熟悉的人掉包的。」

「但是空露說得沒錯，就算有人慫恿護領眾和采女，他們也不可能偷神器。」

「住在祈社的人只有護領眾和采女，此外就是居鹿和與理賣這些遊子少女。你和杣屋也在祈社住過一陣子……」

日織被自己說的話點醒了，她把頭從悠花的腿上抬起。

「……是與理賣。」

「什麼？」

「住在祈社，對我懷恨在心，會想破壞宣儀的人只有與理賣。」

「不可能吧，她只是個七歲的孩子耶。我教過居鹿和與理賣寫字，她天真又單純，而且不如居鹿那麼聰明，就像一般的七歲孩子。」

如同空露和悠花所說，侍奉神、對神充滿敬畏的護領眾和采女不可能偷走神器，不過門鉤的用法和放置地點只有住在祈社的人知道。如果不是護領眾和采女偷的，那就是居鹿和與理賣這兩位遊子了。

居鹿很高興看到日織即位，所以一定是與理賣。

「沒有其他的可能了。悠花，我有事想拜託你，你能不能把與理賣叫來這裡，問問她知不知道呼笛的事。居鹿說與理賣現在都不理她了，與理賣向來仰慕你，她對你或許願意說實話。你只要說你是心不甘情不願嫁給我的，與理賣就會把你當成自己人了。」

「我確實不想嫁給妳啊，因為我寧願當妳的丈夫。我可以幫妳這個忙，不過這樣好像是在騙她，感覺真不舒服。」

「我也覺得很對不起你。」

看到日織愧疚的模樣，悠花輕戳她的臉頰。

「沒關係，既然是我可愛夫君的請求。」

「可愛？」

這意想不到的形容令日織大吃一驚。她上次被說可愛都是小時候的事了。這像是調侃的溫柔話語大概是悠花在安慰她吧。日織一想到這裡，就內疚得忍不住轉開目光。

「我在皇尊選拔的時候也受過你不少幫助，我知道你幫助我是為了改善自己的處境，但我現在卻什麼都不能為你做。我真的很想為你做些什麼，如果我能給你證據就好了。這種事才該寫成書信呢，不過寫下來恐怕會被別人看到。我該給你什麼當作證據呢……」

日織越說越小聲，她因為無法為悠花做什麼而感到難堪。

日織目光閃避，悠花卻故意湊到她面前。

「我們是結了親的夫妻，妳不需要跟我客氣。」

「既然要締結關係，就該有證據……」

「我才不需要什麼證據，只有不敢相信別人的膽小鬼才需要那種東西。我又不膽小。如果妳真的想給我什麼，那就用言語態度來表示，這樣更讓我開心。」

悠花說到這裡就瞇起眼睛。

「譬如說，妳可以對我說『我好愛你』，或是吻我一下。」

「這……！」

日織的臉紅得像是要燒起來了。

「妳真可愛。」

悠花心滿意足地笑了，開心地出去叫來杣屋。他讓杣屋多點幾盞燈，然後寫了一行字交給杣屋，要她拿給與理賣。

「我跟她說，我被妳叫來祈社，想順便見見她，還說了妳的壞話。我說妳明天不在，叫她偷偷來找我。」

「悠花，謝謝你。」

「如果不完成宣儀，即使妳和地大神結緣，也是個沒有和龍結緣的半吊子皇尊，如此一來不但穗足他們會對妳挑三揀四，不津恐怕遲早會有動作。」

悠花說到這裡，在腿上拍了一下。

「好啦，這些事以後再來煩惱吧。我好想喝酒呢，日織。」

像是要轉換心情，悠花開朗地說道，還叫空露拿酒來。日織苦笑地看著板著臉的空露和找藉口討酒喝的悠花。

悠花說不需要證據，讓日織很開心。這句話代表著悠花的真心，也代表著她受到悠花信任。

他真是個好妻子。

隔天早上，日織一吃完早餐就躲到房間底端的五色布後面。

日織不知道與理賣什麼時候會來，甚至不確定她會不會來，但她要來一定是悄悄地來，不會事先通報，如果與理賣一來就看見日織在這裡，一定會立刻跑掉。

日織也事先叫空露和杣屋離開殿舍。

鳥手們依然守在殿舍周圍，日織囑咐他們如果看到與理賣偷偷跑來，絕對不可出聲，只能默默放她進來。

馬木看過與理賣向日織丟石頭，有點擔心地問「這樣沒關係嗎？」，不過與理賣只是個小女孩，日織說不要緊，他就爽快地退下了。

「怎麼還不來。」

悠花坐在五色布前面，靠著憑几，無聊地說出不知是第幾次的抱怨。日織早就懶得算悠花說了多少次「怎麼還不來」，在五色布後默默嘆氣。

午後氣溫上升，屋內暑氣蒸騰，日織坐在五色布擋住的地方吹不到風，熱到滿身大汗。

森林深處隱約傳來提早羽化的蟬的唧唧聲。等到所有的蟬都羽化，夏天就到來了。

（真討厭。）

日織拉著衣襟散熱，邊對逼近的夏天感到厭惡。日織討厭夏天，討厭夏天的刺眼陽光、蟬鳴聲和悶熱的暑氣。她小時候喜歡奔馳在閃閃發亮的草木、陽光和河水之間，但是從那一刻開始，她就變得討厭夏天了。

從她在暑氣蒸騰的山裡看到宇預屍首的那一刻。

籠罩全身的暑氣、草叢裡的溼氣、燦爛的陽光，都跟那景象一起刻劃在日織心中，令她開始討厭夏天。對她來說，夏天成了不祥、不愉快又殘酷的季節。

階梯傳來細微的聲響。有個輕盈的腳步聲爬上階梯，日織立刻感到坐在五色布外的悠花緊張了起來。

終於來了……日織壓低聲息。

「哇……真的是悠花殿下耶！」

那稚嫩的聲音確實是與理賣。一陣噠噠的腳步聲輕快地跑進屋內。

日織從五色布的縫隙之間窺探，看到與理賣坐在悠花面前，撒嬌似地抬頭望著悠花。

她頭上的兩個髮髻沒有飾品，淡黃色的上衣和纈裙都變得髒兮兮的，像是沒有成年人照顧。居鹿說過與理賣變得很拗，或許她現在也不讓采女或居鹿幫忙整理儀容了。

（我一定得為她做些什麼。）

這孩子曾經哭喊想見母親，不難想像她被父母丟下之後會受到多大的打擊，因此日織很想幫助她。

「我好想妳，悠花殿下，我一直好想見妳。」

悠花拿起身旁的紙筆，寫了一些字，拿給與理賣看，與理賣縮了一下脖子，露出笑容說：

「原來悠花殿下也沒有忘記我。我好高興，太高興了……」

悠花又寫了一些字，與理賣看了就天真地點頭回答「嗯」，然後反問「那悠花殿下呢？」。兩人用這種方式閒聊了一陣子，這次悠花寫得比較久，然後遞出紙張。

與理賣看完之後，一臉淘氣地笑著說：

「是啊，那傢伙很煩惱呢，太愉快了。嗯，是啊，笛子是我偷走的。有人跟我說，如果笛子不見，會讓那傢伙非常傷腦筋。」

悠花一聽就露出緊張的表情。

（她說她偷走了笛子？）

日織貼近五色布的縫隙，按在地上的手更用力了。與理賣說的笛子一定就是呼笛。

「悠花殿下，妳要看嗎？我一直帶在身上，因為這是重要的東西。」

與理賣露出孩子和親近之人分享珍藏的寶貝時故弄玄虛的表情，把手探進懷中，拿出一支粗短的灰褐色横笛。

（呼笛！）

日織忍不住立起一隻腳，幾乎想當場衝出去抓住與理賣。

悠花比她更快地把手伸向呼笛。

但悠花還沒摸到呼笛，與理賣就把呼笛收回懷裡，興奮地蹦蹦跳跳，像是想到了什麼開心的事，她高聲說道：

「對了！悠花殿下，妳可以逃跑啊。我會幫妳的。悠花殿下，逃走吧，我知道一個好地方。」

與理賣興奮地說，用雙手握住悠花的右手。

「和我一起逃跑吧。我們逃走吧，悠花殿下。」

悠花苦笑著搖頭，與理賣挑眉說道：

「為什麼？妳怕那個人嗎？那個人沒什麼好怕的，因為我有神的幫助。」

（神的幫助？）

聽到這奇怪的發言，悠花皺眉表示不解。

「我們逃吧。」

與理賣拉住悠花的手，悠花用另一隻手指著自己的腳，搖頭表示自己不能走路。與理賣「啊」了一聲，像是此時才想起這件事，她喃喃說著「怎麼辦」，四處張望。

「悠花殿下不能走路。怎麼辦？怎麼辦？如果再不走，那傢伙就要回來了。」

與理賣一臉焦慮地轉著眼珠，彷彿有個看不見的敵人正在逼近。她失魂落魄地念著「怎麼辦？那傢伙要回來了」，那緊張到異常的神情讓悠花看得一臉擔憂。

日織也被與理賣的樣子嚇到了，她不知道應該在什麼時候衝出去抓住與理賣。如果自己現身，卻沒有抓住她，那少女不知道會變成怎樣……日織不禁感到害怕。

「怎麼辦？怎麼辦？」

悠花正想摸摸與理賣的手來安撫她，突然吹來一陣風。從格子窗鑽進來的風吹起了五色布，日織驚覺不妙，連忙往後退。

但是她慢了一步。

風揭開了五色布，日織霎時暴露在與理賣面前，兩人四目交會。

與理賣發出慘叫般的聲音。

「那傢伙在這裡！他在，他在，他在！他在這裡！」

與理賣尖聲驚叫之時……

一陣強風突然從敞開的門外吹進來，五色布激烈飄舞。從森林筆直吹來的強風掀倒了隔簾，推倒了燈臺，油燈碟摔得粉碎。

「在這裡！」

與理賣繼續尖聲大叫。

悠花面孔扭曲，一手摀著耳朵，縮起身子。從那痛苦的表情和動作可以看出他似乎聽到了什麼聲音。那聲音在場的人都聽不見，只有悠花一個人聽得見……

悠花的一隻手依然被與理賣緊緊抓著。與理賣雙手握緊悠花的手腕，不停地叫著：

「他在這裡！快救我！」

日織趴低身子避風，一邊試圖從翻飛的五色布下爬向悠花，但強風吹得她睜不開眼睛。

在咆哮的風聲中傳來有人衝上階梯的聲音，還有一個像是馬木的聲音。

「皇尊！您沒事吧……！」

一陣強風迎面吹來，令人幾乎無法呼吸，馬木的聲音變得支離破碎。風中那股類似樹皮的強烈味道讓日織大吃一驚。

（這味道……）

半邊關著的門扉被咆哮風聲和強風猛然推開，一隻銀白色的生物衝進殿舍。

劇烈的強風驟然停止。

殿舍外豔陽高照，明亮刺眼，門外的方形視野是一片白杉林，在這片背景的襯托下，一條細瘦的龍抬起脖子，甩動鬍鬚。

被那溼潤的金色眼睛一瞪，日織汗毛直豎。

那條龍不算大，從頭到尾的長度頂多只有日織身高的兩倍，披著銀白色鱗片的身軀細得可以用雙手抱住，有著四隻爪子的前腳及後腳和孩子的腳一樣細。牠的身上散發出龍特有的強烈香氣，擺動著鬍鬚和尾巴，靜靜地望向這邊。

與理賣眼睛發亮地轉過頭來，悠花瞇著眼睛抬頭望去。

「救我！快救我！」

與理賣朝著龍大叫。

日織聽見了悠花緊張到極點的急促呼吸聲。

站在門邊的馬木整個人都愣住了。

（為什麼龍會來到這裡？）

龍踏出一步，爪子踩在地板上，發出喀的一聲。說時遲那時快，龍突然往前衝出。

悠花被牠攔腰咬住，全身猛然一顫，整個人往後仰，像是昏過去了。龍唧著悠花昂起頭，如同炫耀自己的勝利。

「悠花！」

日織叫道，但是被龍唧在口中的悠花頹然無力，雙手自然下垂，眼睛也沒有睜開。

與理賣衝了過去，一把抱住龍的脖子。

「快逃啊！」

嘴裡唧著悠花、脖子上掛著與理賣的龍像是被釣上岸的魚一樣翻身，揮動爪子，地板的木片都被掀起，隔簾應聲倒下，五色布撕裂，龍尾一次次撞在牆上，接著牠甩著身子，從大門竄了出去。

龍跳上廊臺的欄杆，用力一踢，欄杆發出喀嚓的聲音斷裂了，龍藉著這股反作用力往前一躍，壓低身子、夾帶著強風衝進林間。四周颳起旋風，白杉的細葉碎裂飄舞，如沙礫般撲打在日織的臉上，讓她睜不開眼睛。

想要跑去追龍的馬木和鳥手都被強風推得跪倒在地。

日織趴在地上大叫：

「悠花！」

二

日織失神地癱在地上。

（悠花……）

屋子裡隔簾翻倒，破碎的五色布散亂一地，墨水飛濺，紙筆和其他小東西掉得到處都是。

一邊門扉被巨大的龍尾打歪了，廊臺欄杆也悽慘地斷裂了。

「皇尊，您沒有受傷吧？」

馬木擔心地問道，日織顫抖著回過頭去。

「悠花他……」

「鳥手已經去追了……不過人跑得沒有龍快，多半是追不上。我們還是可以循著痕跡找尋，一定會……」

「龍？」

日織因深受打擊而變得遲鈍，她神情恍惚地看看四周的慘狀，搖著頭說：

「不是龍。沒有那樣的龍。」

「可是那東西怎麼看都是龍……」

「那生物不會飛，而且牠還會聽與理賣的指揮，所以不可能是龍。就算外表長得像，那也不是龍。那生物不可能是神的眷屬。」

那生物的外表怎麼看都像龍，留在屋內的濃郁味道也很像龍的香氣，但牠的行為太奇怪了。

龍是會飛的生物，沒人見過哪條龍只會在地上走。龍是神氣在高空雲團裡凝聚而成的，牠們一邊飛翔，一邊吸收空中的神氣而成長，天空可說是龍的棲所，也是龍的故鄉。

天空是龍的領土，地面是地大神、地龍的領土。

而且不常接近人、和人不會往來的龍竟然會聽從與理賣的指揮。龍絕不可能聽從人的命令。

就連一生能呼喚龍一次的皇尊都得靠著呼笛才能叫出龍，這就是人與龍自神代維持至今的隔閡。

「不然那是什麼東西？長得像龍的其他生物嗎？」

馬木皺起眉頭。

日織突然覺得太陽穴附近很痛，抬手按著頭。

「我不知道，那到底是什麼東西……？而且牠……還吃掉了悠花。」

這句話一說出口，日織頓時全身冰涼，彷彿血液都結凍了。

「這還說不準。我檢查過地板和森林，都沒有發現血跡，悠花殿下應該沒有受傷。如果快點找到那生物，一定可以把悠花殿下救回來。」

不安和恐懼籠罩著日織。

她必須抱住自己的上身，否則就會開始發抖。

悠花沒事嗎？他還活著嗎？日織越來越擔憂，想要叫著悠花的名字不顧一切跑出去的衝動也越來越強烈。

采女和護領眾聽到騷動都趕來了。事先迴避的空露和杣屋也回來了，他們看到殿舍的慘狀都愕然無語，杣屋聽到悠花被抓走，當場哭倒在地。

空露走近日織身旁，聽完了事情經過，就皺著眉頭說：

「我覺得那個不是龍，而是其他的生物。」

「所以那到底是什麼？明明長得像龍……卻又不是龍。」

被爪子撬開的地板縫隙之間有個亮晶晶的東西，日織靠近一看，發現那是悠花插在頭上的曙草銀釵。她用顫抖的手緊緊握住釵子。

「這一切都是我造成的，都是我不好。」

為了找尋呼笛，日織請悠花幫忙向與理賣打聽。日織猜得沒錯，呼笛確實是與理賣偷走的。

然而，確認那件事的下場卻是如此。

「沒人知道把與理賣找來問話會演變成這種結果。日織，妳沒必要怪罪自己。」

「不，這是我的錯。一定是我做錯了某些事，才會造成這種結果。」

在入道之後，日織一直有這種感覺。

每當她想要踏出一步，就會被各種事物絆住，不是別人的惡意，就是別人的議論。她一直想要徹底斬斷這些東西，卻始終沒有去做。

她犯了錯。

日織把銀釵貼在胸前，告誡自己絕對不能停下腳步。

（別發抖。）

她斥責著自己，一次又一次，強迫自己忍住顫抖。

如果悠花在這裡，他一定會說「先想想妳現在做得到的事，還有妳必須做的事吧」。

日織很想立刻親自去追趕那隻抓走悠花的生物，但她是皇尊，身手也不好，就算去了也只會拖累鳥手。現在只能把悠花的事交給他們。

日織現在能做的，就是找出造成這個狀況的原因並設法解決。

（我不能去找悠花，但我還有其他人要找。我不能放過造成這一切的始作俑者。）

與理賣的懷中藏著呼笛。是與理賣把呼笛偷走的。她從小就被家人送到祈社，對祈社的每個角落都很熟悉，因此她才會認識寄居在這殿舍的悠花。如此說來，與理賣一定看過護領眾和采女開啟寶倉，得知門鉤的所在和使用方法。

可是……

與理賣還那麼小，她不可能知道宣儀對皇尊是多麼重要的儀式，也想不出要用偷走呼笛這種方法來阻礙宣儀。

這些事一定是別人教她的。與理賣說過「有人跟我說，如果笛子不見，會讓那傢伙非常傷腦筋」。

一定有人利用了與理賣的憤怒、孤獨和悲傷，把她當成棋子。

有人不希望日織當上皇尊。他們有自己的立場和想法，所以就算他們攻擊日織，謀畫推翻她，她只會盡力對抗，並不會懷恨在心。

但是，她無法容忍有人利用少女的傷痛來達成自己的目的。

（我一定要讓這個人供出自己的卑鄙行為。）

憤怒的情緒壓過了害怕失去悠花的擔憂，日織咬牙切齒地下達命令：

「馬木，把龍稜的鳥手全都叫來祈社，全力搜尋與理賣和那隻生物。能多快就多快。還有，趕緊把那兩人叫來，就算硬拖都要把他們拖來。」

□□□

好熱。

背子和纈裙裡充滿令人不舒服的溼氣，脖子也好悶熱，肩膀和腰部被硬邦邦的東西壓著，痛到有些麻木。

（這是什麼地方？）

悠花在黑暗中醒來了。他睜眼一看，朦朧的眼前有個歪曲的半圓形輪廓，似乎是洞穴的出口。現在是黑夜，還好有黯淡的月光，他可以看見洞穴外的白杉和長滿青苔的岩石。他的身邊一片漆黑，不過往前幾十步的地方較明亮，足以看到東西。

悠花掙扎了一下，正想起身時，一陣夾帶著樹皮濃烈香氣的風迎面撲來。他驚訝地往旁邊望去，發現有一雙溼潤的金色大眼睛盯著他。

他愕然屏息，全身僵硬。

（是龍……）

悠花聽得到龍的聲音。他從小就比別人更快注意到飛在天上的龍發出的聲音，不是一次、兩次，他幾乎每天都會聽到。

但他從來沒有近距離看過龍。最近的一次，是皇尊選拔時有龍出現在龍稜大殿上方，卻也沒有近得能摸到。

龍呼出的氣息吹到他的臉上。即使在黑暗中，他還是能看到覆蓋著透明溼潤薄膜的金色雙眼中的豎瞳，由中央往外呈現出深綠色、褐色、黑色的複雜色彩，因為龍的眼底散發著微微的光芒。

悠花稍微動一下，那對瞳孔就瞇起來。龍正在注意他。

（聲音……龍的聲音……）

他本來以為能聽見盯著自己的這條龍的聲音，但他什麼都沒聽見。

在龍衝進殿舍之後，悠花聽到了一個凶猛的聲音。說是聲音，其實只是算不上言語的吼叫，但悠花卻聽得懂意思。

——我來救妳了。

龍如此叫道，然後大鬧了一場。

悠花緊張地屏息，眼睛眨也不眨，他的肩膀突然被碰了一下，他嚇得立刻坐起，差點發出尖叫。

「悠花殿下，太好了。」

是與理賣的聲音。悠花很想問她發生了什麼事，但還是繼續裝作不會說話。他不知道該怎麼辦，也不敢伸手確認與理賣真的在他身邊。老實說，這個小女孩讓他很害怕。

（龍聽從了與理賣的命令……）

沒有龍會聽人的命令，而且這條龍不會飛，只會在地上走。悠花本以為這是長得像龍的其他生物，但他卻又聽得到牠的聲音。這麼說來，這應該是龍……卻和龍不太一樣。

這條龍太詭異了。能使喚這條龍的與理賣也讓他很害怕。

與理賣究竟是何方神聖？不，更奇怪的是這條龍。

「已經沒事了，悠花殿下。那傢伙不會追到這麼遠的地方。」

這麼遠的地方？她說的是哪裡？

悠花再次望向洞穴出口。

（這裡是什麼地方？）

他的背後流下冷汗。

只能靜待鳥手找出悠花的所在，讓日織非常焦慮。

新社已經派鳥兒送信到龍稜，鉅細靡遺地報告了這件怪事。

阿知穗足鐵定會幸災樂禍，到處散播「真不吉利啊，這個皇尊即位之後老是發生不吉利的事，一定是因為此人不配當皇尊」。

太政大臣淡海皇子倒是有些積極的作為，他回信建議叫宮內上或刑部上派出賦役的衛士去搜索護領山。

日織找馬木商量，但馬木不同意淡海皇子的提議。

賦役的衛士都是普通的農民，要是讓他們到山裡四處瞎撞，反而會破壞痕跡，妨礙鳥手找人。

那隻生物逃進了護領山。護領山環繞整個龍之原，面積非常遼闊，如果不追蹤痕跡、到處瞎撞，只是在浪費時間。

派身懷追蹤技術的鳥手去搜索，才是最有效率的做法。

悠花已經被抓走大半天了。

現在過了大半夜，但今晚雲層很厚，看不到月亮，山上一片漆黑，鳥手要在這麼陰暗的地方搜索也不容易，他們仍不停地搜索。
護領山太遼闊了，就算鳥手體力過人又擅長追蹤，也不見得能找到悠花。
為了慎重起見，日織要真尾派護領眾去監視祈社的廚房，以及護領山周圍的里和鄉，因為與理賣若是餓了可能會偷偷跑出去覓食。
外表像龍、但怎麼看都不是龍的生物出現在祈社，抓走了皇尊的妻子。在呼笛遭竊之後，又發生了這種從神代至今不曾有過的凶事，連真尾也感到惶惶不安。他此時在正殿裡舉行驅邪儀式。
正殿傳來護領眾寧靜低沉的誦禱聲。聲音爬上白杉林立的昏暗山坡，圍繞著日織。驅邪香的味道淡淡地飄過來。持續焚燒了一天一夜的香氣彷彿瀰漫在整個祈峰。
日織忍住心急吼叫的衝動，聽著護領眾低聲誦念的禱詞，還有草叢中高亢的蟲鳴聲，靜靜地站在廊臺上。
她擔心到無法入睡。
（悠花現在不知道怎麼樣了……）
迴廊上出現了一盞燈火，一位采女出現了，走到日織面前行禮。這不是常見的情況，采女在深夜跑來絕對是有非常重要的事。
「妳找皇尊有什麼事？」
守在日織身旁的空露向采女問道。

「深夜來訪真是抱歉，但皇尊吩咐過無論是早晨還是半夜都得立刻通報……皇尊要見的那兩人已經到了。」

聽到采女的通知，日織從額頭到全身漸漸變得冰冷。

她平靜地下令：

「把他們帶過來。」

日織朝空露使了一個眼色後往迴廊的反方向走去，站在燈火照不到的地方。

過了一會兒，采女領著兩位青年從迴廊走上廊臺，進入屋內。

采女離開以後，留在屋內的兩人訝異地四處張望。潛伏在暗處的日織從敞開的格子窗觀察著他們的表情。

「這是怎麼回事？該不會是皇尊發狂了吧？我從來沒見過祈社搞成這樣。」

皮膚晒得黝黑、看似酷愛騎馬遠行和打獵的壯碩青年嘲諷地說道。

旁邊那位身材纖細、長相溫和的青年謹慎地提醒說：

「兄長，別亂說，外面會聽到的。」

日織叫來的是不津的兩個兒子，能市王和高千王。

三

「聽到又怎麼樣？皇尊又不在這裡。我都說了明天再來，使者卻催我們立刻就來。」

阿知穗足在左宮有一座用來辦公的宅邸，能市王和高千王都住在那裡，來祈社得花不少時間。日織下令召見他們是在午後，他們收到命令就立刻策馬趕來，雖然半夜才到，但他們已經來得很快了。

看來鳥手忠實地執行了日織的命令。

「兄長，請注意一點。」

高千王規勸哥哥，但是一點用都沒有，能市王反而更大聲地嚷嚷。

「把我們叫來，自己卻不露面，這是怎麼回事？外祖父和母親也很不滿，說這個叫不出龍的皇尊對不津王的兒子們太無禮了。而且把我們叫來這一片混亂的地方，真是令人不舒服。連一個人都看不見。到底打算做什麼？」

「兄長，請冷靜點……」

躲起來聽他們說話的日織嗤之以鼻，望向空露。

「他們似乎急了。走吧，空露。」

「妳打算做什麼？就算妳問他們話，他們也一定會裝傻的。」
「我也這麼想。」
「那妳為什麼還把他們叫來？」
「我要套他們的話，讓他們自己露出破綻。走吧。」
空露還想問得更清楚，但日織已經走到門前，高聲喊道：
「久等了，兩位治部任。」
能市凶狠地轉過頭來。日織輪流望向充滿敵意的能市和吃驚瑟縮的高千，故作輕鬆地從他們面前走過，站在房間的底端。站在比他們更尊貴的位置之後，日織露出淺笑，問道：
「治部任啊，你們的頭是不是抬得太高了？」
高千一聽就連忙跪下叩首，能市還是橫眉豎目，氣得顫抖。高千看到哥哥這副模樣，趕緊拉著他的袖子說：
「兄長，快行禮啊。」
「我才不承認叫不出龍的人是皇尊。」
「兄長……」
弟弟的低聲懇求被日織嚴厲的大吼蓋過去了。
「你這蠢材！給我跪下！」

能市被日織的氣魄嚇得後退一步。

「是誰平息了殯雨？是誰完成了入道？不津王就是因為承認我是皇尊，才離開了龍之原，如果你不承認這一點，就是不認同你父親的判斷。難道你不明白，你這種行為等於是公然指責自己的父親判斷錯誤嗎？難道你們的父親是因為誤會而離開龍之原的蠢貨嗎？」

高千驚恐地俯伏於地，能市不甘心地咬牙，依舊像被人按著頭一樣僵硬地跪下叩首。

跟著走進來的空露投來責備的目光，像是在指責日織做得太過火，但日織還不打算放過他們。

若是心軟而鬆懈下來，讓人看出自己的天真，就會被啃食殆盡。別人只會嘲笑她的軟弱和溫吞，在背地裡謀畫對她不利。與其等著被人啃食，還不如先下手為強。累積在日織心中的怒火讓她不得不這樣想。

此時的日織依然焦躁不安，憂心不已。

為了讓他們說出真話，她必須繼續扮演強者。

「很好，值得褒獎。這點程度的表演你還是做得到嘛。」

能市像是死命忍耐著日織的羞辱，他按在破裂地板上的手指用力到有些扭曲。高千很擔心哥哥，頻頻轉頭看他。

「抬起頭吧。我有事要問你們兩人，是關於你們妹妹的事。」
能市用殺人的目光瞪著日織，癟著嘴問道：
「妹妹？」
他的語氣充滿疑惑，像是沒聽懂日織說的話。
「就是與理賣。」
「喔喔，那個啊。怎樣？」
能市發出嗤笑。他的眼神不屑得彷彿想起了路邊成堆的爛菜葉。那充滿鄙視的簡短回答更令日織火冒三丈。
「你們唆使與理賣去做什麼？」
「唆使？唆使那個？我聽不懂你這話的意思，我們跟那個一點關係都沒有。」
能市挺起胸膛，一臉自豪地說道。
「了解宣儀細節的人，只有護領眾和參與過前任皇尊宣儀的少數人。不過治部是負責準備儀式的部署，你們身為治部任，翻閱治部的文書就會知道宣儀的大致內容。」
「那又如何？」
「有辦法唆使與理賣破壞宣儀的人只有你們兩個。是你們唆使她的，沒錯吧？」
與理賣不可能想到要偷走呼笛、破壞宣儀，藉此動搖日織的地位，這一定是別人教給她的。與理賣已經不理居鹿和祈社的人了，沒多少人有機會教她這些事。

她願意聽從的，只有她確定立場和她相同的人——也就是家人。因為和不津有血緣關係的人一定希望不津當上皇尊。

除此之外，這人必須知道宣儀的詳細內容。

符合這兩項條件的只有能市王和高千王。

能市驚訝地睜大眼睛，然後仰頭大笑。

「我還以為你要說什麼呢，原來只是誣賴人。」

嘴角仍掛著笑意的能市諷刺地說道。

「你想把宣儀失敗、叫不出龍的責任推給我們嗎？這也太可悲了吧？我看你還不如快點把皇位讓給我們父親，免得還得拚命找藉口來掩飾自己沒資格當皇尊的事實。」

要皇尊禪讓皇位，等於是叫日織去死。

能市敢對皇尊說出如此冒犯的話，或許是因為他身為不津王兒子的自信吧。空露一臉緊張，但日織只是帶著冰冷的心情、面無表情地聽著。

（他還真有自信。）

能市從小看著外祖父穗足和父親不津被身邊的人們巴結吹捧，或許他把那些人對穗足和不津的尊敬和恭順都當成是給他的了，至今還沒解開這個誤會。

不津是皇尊的外甥，在族裡算得上血統純正，但他的兒子還比他差一級。

能市是左大臣阿知穗足的孫子，將來有可能繼承左大臣之位，但也不見得一定是如此。還有其他臣下的家族也出過很多大臣，如果那些家族裡有更優秀的人選，左大臣一職說不定會從阿知一族落入其他家族的手中。

能市理智上知道這件事，但他並沒有真正認清現實。日織看得出來，他有的只是從小培養出來的、毫無根據的自信。

他不像日織總是在反省自己、仔細拿捏自己和周圍的距離及角色、小心翼翼地活過來的。因為日織不這樣做就有可能喪命，她非得如此不可。

但能市從小就在堅固的繭中受人呵護，快樂幸福地長大，還誤會這個堅固的繭是自己打造出來的。

能市像是要發洩被叫來祈社的怨氣，繼續說道：

「話說回來，到底發生什麼事了？那個做了什麼？不管她做了什麼，都跟我們沒關係。」

「兄長，別再說了。」

高千注意到日織冰冷的臉色，小聲地制止哥哥，但能市根本不理會，還是繼續說：

「父親離開龍之原後，高千無謂地同情那個，不時會去關心一下，但我跟那個沒有任何瓜葛，那個可是遊子。」

「我的兄長有點激動了，請皇尊不要見怪。」

高千低頭致歉，能市卻不高興地罵道：

「別人故意來找碴，你還低頭道歉。哪有這麼笨的人！」

「非常抱歉，請皇尊不要怪罪。」

「高千！」

看到口沫橫飛大吼的能市和畏懼低著頭的高千，日織突然沒有把握了。

她本以為有可能唆使與理賣的只有他們兩人。

但能市如此驕傲自矜，一定不會和與理賣往來，而高千一直努力安撫哥哥，對日織看似沒有絲毫的敵意。

空露懷疑地看著日織，大概認為不是他們兩人做的。日織也不禁起了疑竇。

可是除了他們之外就沒有其他人有嫌疑了。最有可能的就是他們兩人。

（慎重地聽，慎重地說。）

日織默默告誡自己，繼續說道：

「高千，你很同情與理賣，不時會去關心她？」

「是的，偶爾會去看看。」

高千被這麼一問，縮著脖子、戰戰兢兢地回答。

「不津和加治媛在離開龍之原前有去看過與理賣嗎？除了你們兄弟兩人以外，與理賣還有其他親近的親人嗎？」

「父親和加治媛都沒有去探望。」

和日織想的一樣。不津決定離開龍之原的三天後就出發了，他走得如此匆忙，多半沒空去探望自己丟下的女兒，就算有空，他應該也不會去。

不津不是那種喜歡玩弄計謀的人，應該不會吩咐自己拋下的孩子去做什麼。

至於加治媛，她恐怕連宣儀的內容和呼笛的事都不知道。

日織明知這些事，卻還是故意這樣問他。她只是想讓他們開口說話。

高千看到日織用眼神示意他說下去，就繼續說：

「她沒有其他親近的親人了，因為她是遊子。」

高千這句簡單的回答，令日織聽得心頭揪緊。

「其他親人都不想理與理賣，為什麼你會關心她？」

此時高千的嘴角首次露出微笑。

「就算是那個，畢竟還是繼承了我父親的血脈。」

日織心想「又來了」。她從高千的話中聽出了一些端倪。

「你比能市更容易溝通呢，高千。」

日織刻意讓表情和語氣變得比較柔和。

「我的兄長個性直率，或許會惹您不高興，不過他和我一樣沒有做任何虧心事。」
「你沒有唆使與理賣做什麼事來破壞宣儀嗎？」
「我連想都沒想過要破壞宣儀。」
「真的嗎？」
「皇尊。」
高千像是在安撫無理取鬧之人，語氣懇切地說：
「我可以為兄長的無禮再三道歉，但我實在不明白皇尊說我們破壞宣儀是什麼意思，我聽得一頭霧水，完全不明白是怎麼回事。就算那個偷了什麼，跟我們也沒有任何關係。皇尊懷疑我們破壞宣儀我可以理解，但我們對皇尊一直很順服，叫我們來我們也立刻來了，如果您只是猜測，而不是有憑有據的指控，能不能讓我們先退下呢？現在已經很晚了，皇尊應該也累了吧？」
聽到這段合情合理的說詞，日織瞇起了眼睛。
空露不知是如何理解她這種反應的，輕聲說道：
「日織，今晚就到此為止吧。」
看到日織沒有反應，空露以為她還在猶豫，就體貼地對他們兩人說：
「高千大人說得沒錯，皇尊已經累了，兩位請先回去休息吧。」
能市似乎還想抱怨，但高千一副鬆了一口氣的模樣，行了禮就趕緊拉著兄長走向門口。

走出門的那一瞬間，日織看見高千的側臉浮現了笑容。那不是放心的笑容，而是不懷好意的奸笑。

「慢著。」

日織沉靜地說道。高千和能市停下腳步，轉過頭來，日織露出冷酷的笑容，對他們說：

「慢著，待在那裡別動。」

日織帶著笑容慢慢走向他們兩人。她沒有看能市一眼，而是走到高千面前凝視著他，近到幾乎貼在他的臉上。

「皇尊還有什麼事嗎？」

「你的真心話已經被套出來了。我要感謝你的粗心大意，高千王。」

日織不斷逼近，高千一步步地後退，直到整個人都貼在門上。

「您在說什麼啊，皇尊，我完全聽不懂。」

「你當然不懂，所以才會被套出來。」

第五章　白邪

一

「日織？」

空露皺起眉頭，對日織的行動感到不解。

被丟在一邊的能市有些錯愕，但他立刻湊過來說：

「你還不想讓我們走嗎？既然你這麼蠻橫地把我們叫來，又遲遲不肯放人，那我們也有自己的打算！」

「給我讓開，能市王！這裡沒你的事，我要找的是高千王。」

日織看都不看能市一眼，但語氣非常嚴厲，能市不禁後退一步。

高千求救似地游移著視線。

「怎麼了呢，皇尊？我對您做了什麼無禮的事嗎？」

「你沒有對我無禮，但你說了謊。」
「我說了什麼謊？」
「從你們的反應看來，能市應該不知道這件事。是你做的吧。是你慫恿了與理賣。」
能市還沒從日織的氣勢之下恢復過來，他張著嘴巴，愣愣地站在離日織和高千幾步之處。
空露責備似地叫著「日織」，正想跑過來，但日織瞪他一眼，暗示他「別打岔」。
「您說這話有什麼根據嗎？這才真的是誣賴人呢。」
高千模糊焦點似地笑著說道。
日織繼續朝他逼近，近到可以感受到彼此的呼吸。
「你也和能市一樣不把與理賣當成自己的妹妹、自己的親人，卻為了利用她而假裝關心她。從你說的話就能聽出你對她根本沒有任何關懷，也沒有半點同情。」
「怎麼會呢？我去看那個當然是因為多少有一點感情……」
「就是這句話！」
日織打斷了高千的話。
「你沒有叫過與理賣的名字，你一直叫她『那個』，根本沒把她當人看待。跟能市一樣。」

日織聽高千說話時，總是覺得有些不對勁。

如果他同情與理賣，對她多少有一點感情，絕對不會把同父異母的妹妹稱為「那個」。能市和高千從頭到尾都沒有提過她的名字，彷彿連提起她的名字都會髒了嘴巴，只是冷漠地稱呼她「那個」。用這個詞彙來稱呼親暱的對象會有一種暖意，但日織從他們的語氣之中感覺不到這種暖意。他們兩人都一樣。

「而且你沒有說過她是你妹妹，也不說她是你的親人。我問你為什麼去看與理賣，你只說她『繼承了你父親的血脈』。就好像要跟她撇清關係、彷彿她跟你無關似的。」

「我並沒有這樣想。」

「你想說我在誣賴你嗎？那你倒是說說看啊，說與理賣是你的妹妹，是你的親人。」

「有這個必要嗎？這麼愚蠢的話，我沒必要特地說出口。」

「愚蠢也無所謂。就算沒有必要，就算一點用也沒有，但我既然要求你說，你又何必拒絕呢？你不想說嗎？只是這麼簡單的一句話，說出來不就沒事了嗎？」

高千求助似地望向能市，能市大概意識到自己的畏縮，又恢復原本跋扈的態度了。

「叫人說出這麼汙穢的話，一點意義都沒有。」

日織冷冷地瞥了他一眼，平靜地回答：

「汙穢？是嗎？你是說高千去關心一個連提起名字都覺得汙穢的人嗎？是這樣嗎，高千？為什麼你要關心那麼排斥的人呢？」

「汙穢是我兄長說的，不是我。我沒有說過那種話。」

「既然你不這樣想，那你就說說看啊，高千，說與理賣是和你血脈相連的寶貝妹妹。你說完就沒事了，只要你說出來，就代表你承認這是事實。你說你是與理賣的哥哥，是和她有著同一個父親、血脈相連的親人。只要你敢說，我就相信你。」

「高千，你要是說出那種話就太荒謬了。」

能市高聲說道，像是要穩住慌張的高千。

「就算他說出來，也不代表他承認那是事實。你何必非得強迫他？你到底想要做什麼？」

能市說得沒錯，日織堅持要他說出那句話，只是毫無意義的文字遊戲。日織明知如此卻還是繼續堅持，就是為了讓他們意識到這句隨口說說就能完事的話對他們而言是多麼沉重，非得像這樣死命抗拒才行。

她逼高千說出不想說的話，藉此築起他心中的高牆。

「說啊，說與理賣是你的妹妹，是你的親人，是你寶貴家族之中的一人，只要你說出來，我就相信你是真心關懷與理賣、同情與理賣。不只如此，我還可以為你作證，我會向大眾宣布你說了這種話。就算我不說，空露和外面的鳥手們也會聽到，他們也可以為你作證。」

「這……」

高千咬緊牙關，交互望向哥哥和日織，聲音顫抖著。

「你應該不會說謊吧？你可是不津王的兒子，身分高貴得很。來吧，快說吧，說與理賣是你的妹妹、你的親人、是寶貴的家族。」

日織越是如此要求，越能察覺到高千的反感。

（他對與理賣真的這麼排斥嗎？）

他們光是提起與理賣的名字都覺得骯髒。

但高千還是利用了與理賣。

她哭著吵著要見的母親、哭訴哀求的父親都拋棄了她，但她無法憎恨父母，只能憎恨把她父母趕出龍之原的皇尊，推開身邊所有的人。而高千卻輕蔑地把這深受傷害的小女孩稱為「那個」，利用了她。

「說啊！高千！」

日織厲聲喊道，高千渾身一顫，他的忍耐終於到達極限，像是變了個人似地激動大吼：

「我怎能說出這種話！就算打死我，我也不會說的！」

高千顫抖地用手指著日織。情緒激動的高千似乎沒有意識到自己正無禮地指著皇尊，這動作完全表現出了他的心態。

高千和能市一樣，都沒有把日織視為皇尊。

「我們是不津王的兒子，你竟然無憑無據地指責我們，叫人如何忍受！」

「我當然有憑據。因為你說了謊，我才指責你。」

「我說了謊？你剛才也說過這句話，你到底有什麼證據？」

「你自己說的話已經露出馬腳了。」

「我不記得自己說過那種話。」

「你自己也沒意識到，當然不會記得。那我就告訴你吧。」

日織平靜地說道。

「我一次都沒提到與理賣被人慫恿做了什麼。」

「不，你說過她破壞了宣儀。」

聽到高千喘著氣如此回答，日織忍不住笑了。

「是啊，我確實說過這句話。你就是聽到這句話才誤會的，因為我就是故意要讓你誤會。」

「我不懂你的意思，皇尊。你到底……」

「我確實說過有人慫恿與理賣破壞宣儀，但我並沒有具體說出與理賣做了什麼。但你剛才是怎麼說的？」

高千一臉迷惘，似乎還沒想起自己說了什麼話。

日織用力握住他指著自己的手指，低聲說道：

「偷了什麼。」

一陣微風吹來，夾雜著溫暖黏膩的溼氣。

「她偷了什麼。你是這麼說的。」

高千臉色大變。

站在幾步之外盯著日織背影的空露倒吸一口氣，喃喃說道：

「高千王確實說了偷。」

日織只說與理賣破壞了宣儀。

高千卻明確地說她偷了東西。

知道與理賣用什麼方法破壞宣儀的只有日織、空露、悠花和真尾四個人。真尾不可能把祈社的疏失說出去，日織、空露和悠花當然也不會說。

除了他們四人之外，只有唆使與理賣的人知道她是如何破壞宣儀。

高千短短一句「偷了什麼」，就暴露了他的祕密。

「高千，你就是教唆與理賣破壞宣儀的人。」

日織下令召見能市和高千，卻故意躲起來，讓他們等到不耐煩，之後又一直拉著他們說話，這一切都是她的計謀。

她那些話不是隨便說說的，她謹慎地選擇措詞，繃緊神經注意他們說的每一句話，任何細節都不放過。

雖然表面上裝得很憤怒，但日織心裡一直保持冷靜。她用各種方式挑動他們的情緒，令他們時而怒吼，時而驚嚇，抓住他們因激動而分散注意力的機會。

能市愕然地喃喃說道：

「偷？偷什麼東西？」

「能市聽不懂你那句話是什麼意思呢，高千。你就告訴你哥哥與理賣偷了什麼東西吧。」

「……我不知道。」

日織握緊高千的手指，像是在威脅要折斷他的手指。

「你說她偷了東西。空露都聽到了，為了保護我而守在廊臺上的幾位烏手應該也聽到了，你想裝傻是不可能的。」

高千顫抖的手指漸漸失去力氣。他臉色蒼白，額上冒汗。

「與理賣偷了什麼東西？」

「我不知道。」

日織目不轉睛地注視著高千。他都到這種地步了還想裝蒜？日織感到滿心的厭惡和輕視。

她再次平靜地問道：

「與理賣偷了什麼東西？」

「我不知道。這件事跟我無關。」

日織沒有等他說完，就面無表情地用力打了高千一個耳光。

高千發出哀號，扭著身體想要躲開，但是被日織緊握的手指因為掙扎而扭得更痛，令他更大聲地哀號。

「饒了我吧！」

高千渾身無力，縮著身子靠在背後的門上，用另一隻手護著自己的頭。他身為不津的兒子、左大臣的孫子，從來沒有被人打過，第一次體驗到的疼痛和恐懼讓他整個人都慌了。

日織賞他耳光不是為了發洩怒氣，也不是因為憤恨，而是冷靜選擇的策略。雖然她對自己的冷酷也感到害怕，可是她仍聽從了心底浮現的聲音：「這是現在該做的事」。

「與理賣偷了什麼東西？」

日織把高千疼痛的手指握得更緊，第三次開口問道。

高千啜泣著，邊小聲地回答：

「……呼笛。」

日織放開了高千的手指。

「說得好。你剛剛說的話就是你自己的罪證。」

高千抱著自己的頭癱在地上，縮成一團低聲啜泣。能市驚恐地呆立不動，連空露都一臉難以置信地僵在原地。

日織低頭看著自己的手。打高千一個耳光，她的手都紅起來了。

（只不過是一個耳光。他連這點疼痛都承受不起，竟能漠視一個孩子撕心裂肺的傷痛。）

日織的心中充滿了難以形容的鬱悶。

對人施暴的野蠻行為讓她自己都覺得想吐。

「你的目的是為了逼我退位嗎？是不津指使的嗎？」

「我父親才不會做出如此卑劣的事！」

聽到能市顫抖的反駁，日織嗤笑著說：

「就算不津能利用一個少女飽受折磨的破碎心靈，以他重視秩序的個性也絕不會破壞龍之原自古傳承的重要儀式。高千，這是你自己的意思吧？你這麼想讓你父親當上皇尊嗎？就算不津當上皇尊，你也得不到好處的。」

「如果父親當上皇尊，我們兄弟就是皇子了。」

能市像是要保護哭泣的弟弟，憤恨地說道。

「這算是好處嗎？」

「這樣我或高千將來就會繼承父親的皇位。」

「你想當皇尊嗎？」

「當然，我和高千都期待將來我們之中有一人會成為皇尊。高千一定也是……」

「你當了皇尊又能怎樣？」

能市「啊？」了一聲，不明白日織為什麼這樣問。

「你當上皇尊以後要做什麼？」

「還能做什麼？當然是住在龍稜，讓所有人伺候。我就是想當皇尊，哪裡需要什麼理由。」

日織深深地嘆氣。

「所以你不是為了某種目的而想當皇尊，你的目的就是成為皇尊。」

說到底，只是虛榮罷了。他們兄弟只是想要滿足自己的虛榮心，這也是高千教唆與理賣破壞宣儀的動機。

（他利用與理賣破碎的心，就只是為了這種理由？）

日織交互望向依然聽不懂她話中意思的能市和只會怯懦哭泣的高千，默默地下了結論。

這兩人不配當她的對手。

「我要解除你們治部任的職務。這件事我也會通知左大臣的。快滾吧。」

能市像是大受打擊，忿忿丟下一句「外祖父不會坐視不管的」，就扶起高千逃命似地離開了。

唉，日織在心中默默嘆息。

（虛榮……絆住我腳步的竟然是這種東西。）

她打從心底感到輕蔑。

既然是這麼無聊的東西，那就冷酷地踢開吧。日織靜靜地如此想著。

看著兩人的背影逐漸遠去，日織全身冒出一種類似空虛的厭惡，深深感到無力。等到他們的身影消失在迴廊的黑暗中，日織就抱著頭癱坐在地上。

對自己的反感、對與理賣悲慘處境的心痛混雜在一起，在她的胸中肆虐，讓她好一陣子都動彈不得。

白杉的枝葉在屋簷上沙沙作響。

溼氣、土味、樹木的濃郁香氣混成一團，充斥於黑暗中。

「日織。」

空露有些猶豫地叫道，日織苦笑著抬起頭。

「我做得太過分了，輕率、粗暴，又太過情緒化。你不用說我也知道，但我想要快點解決。我知道正當的程序是詳細調查、掌握證據、問過大家的意見再斷罪，可是我更想快點除去造成混亂的原因，否則不知道還會發生什麼事。現在的情況已經很嚴峻了，如果再發生什麼事，我怕我真的會失去悠花，失去一切。」

跪在日織面前的空露表情凝重地點頭。

「我還是不贊同這種做法。這樣不只會傷害對方，也會傷害妳自己。」

深夜的寂靜中只有一隻蟲發出鳴聲，沒有其他的蟲鳴。這孤單的蟲鳴聲聽起來格外脆弱。

□□□

一片寂靜。看到父親靜靜地流淚，讓孩童時代的他非常難受。

悠花每次因為哭鬧著要出去而被杣屋責罵，父皇都會立刻趕來，向悠花道歉，然後靜靜地哭泣。

看到父皇哭了，悠花的眼淚就停了，然後他比哭鬧時更沮喪地低頭。

——對不起，父皇。都是因為……我是這個樣子。

父親聽到年幼的悠花道歉就抱住他，哭得更傷心了。

（不要哭，父皇。不是父皇的錯，都是我不好，因為我是這個樣子。）

淚水滑落的觸感讓悠花醒了過來。

黑暗悶熱的洞穴。他躺著的地方是一塊從岩壁突出、如棚架般的岩石。與理賣縮成一團，靠在他的身邊沉睡。

他作了一個悲傷的夢。每當心情不平靜，他都會作這個夢。明明已經好一陣子沒有過，如今又作了相同的夢。

他用袖子擦拭脖子上的汗水，坐直身子，張望四周，看到洞穴的出口亮亮的。他又轉頭望向洞穴深處，遠處有一片昏暗的光芒灑在地上。他在昨天日間已經發現更深處的頂端有個洞，光從那裡照了進來。

那片光芒之下趴著一條龍，牠把下巴靠在前腳上，閉著眼睛。一部分鱗片在光芒中散發出淡淡的光暈。

仔細一看，龍鱗上長滿了青苔，到處都髒兮兮的。在天空飛翔的龍不可能是這副模樣。牠右邊的角缺了一截，龍鬚有一邊比較短，大概是折斷了。

從髒汙程度來判斷，牠至少在地面遊蕩了幾十年。這條龍並不年輕，但體型非常小，和這種年紀的龍應有的體型相比，牠簡直小得不可思議，跟四、五歲的龍差不多。

現在是悠花被擄來的第三天早晨。

與理賣不打算離開洞穴，龍也照著她的心意，一動也不動地打盹。

悠花和與理賣的身邊散落了很多枯萎的白花。那是忍冬花。洞穴入口攀爬很多藤蔓，與理賣摘了那邊的花，吸食花蜜。她也幫悠花摘了很多花，但是靠那一點點的花蜜根本填不飽肚子。

悠花餓著肚子，不停思索那生物到底是什麼東西，始終沒有答案。

（與理賣能操縱這隻生物，是不是因為她帶著呼笛呢？）

呼笛既有召喚龍的力量，說不定也能操縱龍。雖然與理賣操縱的那隻生物不是真的龍，但牠既然外表像龍，或許也會受到影響。

（如果呼笛具有我們不知道的力量，或許不只能操縱龍，還能操縱魔物。可是聽與理賣指揮的只有這隻生物，沒有龍跑來。難道龍不會受到影響嗎？這樣說來，這事或許跟呼笛無關？）

呼笛除了召喚龍以外還有其他力量嗎？如果有，會是怎樣的力量呢？不管再怎麼猜，大概也沒人知道答案吧。呼笛的起源和能力在神代或許廣為人知，但經歷了漫長的歲月早已被人淡忘，只留下了關於起源的傳說。

或許是因為與理賣的身上帶著不知有何力量的神器，她才能控制這隻莫名其妙的生物。

與理賣醒著的時候都待在悠花身邊，講些無關緊要的事，那些都是她還沒被送到祈社時的日常瑣事，還有她父母說過的話，與其說是懷念從前，她更像是把這些當成剛發生過的事，講得眉飛色舞。

悠花身上沒有紙筆，只能一邊聽一邊點頭。

他害怕與理賣。

與理賣憑著孩子的莽撞，從可恨的皇尊身邊搶走了悠花。如果她今後變得更偏激，再加上她擁有力量不明的呼笛，不知道還會做出什麼事。悠花無法不害怕。

不過她說話的樣子、撒嬌地靠在悠花身邊睡覺的樣子，怎麼看都只是個孩子。

（這孩子為什麼會變成這樣呢？）

與理賣或許感染了風寒，有點鼻塞，呼吸聲很大。悠花撫過她的髮際，摸起來溼溼的，還有汗水和泥土的味道。

悠花的衣服也都被汗水沾溼了。

（日織一定會很擔心的。不只如此，她還會很自責，很痛苦，怪罪自己太輕率、做了蠢事。）

日織連活著都有罪惡感，她一定會覺得悠花被抓走都是她的責任。

她一定會很自責，不斷思索要怎麼承擔起自己的責任。

沒人能料到事情會變成這樣，悠花明知會有危險，還是決定幫日織的忙，所以日織根本不需要放在心上。話雖如此，她一定還是會責怪自己。日織從小就一直認定自己是個大罪人。

正是因為這樣，她總覺得發生在身邊的壞事都是自己造成的。

悠花對這種想法也很熟悉。

只不過悠花刻意從心中抹去了這種想法。他小時候還會低頭道歉說都是自己的錯，但是隨著年歲漸增，他越來越不會這樣想，只覺得「我這樣又沒什麼不對的」，或許是因為他的個性比較強勢吧。

「悠花殿下，妳醒了嗎？」

與理賣大概是被他摸頭而驚醒的，她揉著眼睛爬起來，睡意惺忪地說：

「我肚子餓了。」

悠花也餓得不得了，而且喉嚨好渴。與理賣似乎來過這裡很多次，洞穴裡放著幾個碗。昨天她用碗盛了一些水給悠花，但現在全都空了。

悠花做出吃飯的動作，與理賣一看就點頭說：

「嗯，悠花殿下也餓了吧。我去找吃的。」

與理賣站起來，走出洞穴。她的身影消失在門外，腳步聲漸漸遠去。

（現在有機會逃跑了。）

轉頭一看，龍依然閉著眼睛、枕著前腳打盹。

悠花悄悄地把腳伸出岩棚，正準備站起來……

——別動。

嚴厲的聲音竄入耳中，悠花吃驚地轉頭。

龍依然趴著不動，但牠已經睜開眼睛，望著悠花。

悠花被牠盯得寒毛直豎。

（這隻生物完全理解與理賣的心思。與理賣竟然這麼徹底地控制了這隻生物……）

二

「關上祈社大門，沒有我的允許不准打開。」

天色一亮，日織就這樣吩咐真尾。

真尾一臉詫異，不明白日織為什麼這樣要求。日織解釋說：

「我待會兒要叫采女把能市王和高千王解職的敕命送去給式部上。依照祈社和左宮的距離，還有送文書的程序，式部上應該今晚就會收到。」

真尾驚訝地眨眨眼。

他也猜得到式部上收到敕命就會驚恐地跑去通知左大臣阿知穗足，而穗足得知此事必定會鬧得不可開交，明天一大早就會氣急敗壞地衝來祈社。

所以日織才要求真尾關上祈社的門。

真尾驚訝得說不出話，但他也不希望祈社除了接連不斷的凶事之外還要增加更多麻煩事，因此很乾脆地答應了。

祈社已經封鎖兩天，現在是悠花被抓走的第三天早晨。

護領眾已經完成驅邪儀式，但持續焚燒的驅邪香依然籠罩著祈峰，祈社到處都聞得到香味。

護領眾和采女們都關著門，靜悄悄地不出聲。

昨晚日織還是一夜無眠，只是靠著憑几閉目養神。她不想搬出一片狼藉的殿舍，因為這是悠花被抓走的地方，她覺得待在這裡離悠花比較近而捨不得離開。

她也沒有食慾，但還是勉強吃完了空露送來的膳食，因為她知道不吃東西一定撐不下去。可是她實在無法入睡，就算聽空露的勸告躺下來，還是沒有半點睡意。

「皇尊，有事稟告。」

馬木的聲音從門外的階梯下方傳來。一聽到稟告二字，日織立刻跳起來，走向門外，卻差點被門檻絆倒，還好空露扶住了她。

日織站在廊臺上，抓著欄杆，看著跪在階梯下方的獨眼男人。

「什麼事？」

「稟告皇尊，我們在祈峰的山頂找到了那隻生物的蹤跡。」

「然後呢？找到悠花了嗎？」

日織焦急地探出上身，但馬木搖頭說：

「我們只知道那隻生物跑到山頂，其他事就不清楚了。不過他們應該在附近，我感覺他們的足跡走得不遠。後來我們分頭搜索……」

馬木說得吞吞吐吐，像是有些心虛。

「怎麼了？」

日織問道，馬木停頓了一下才說：

「鳥手們有些不知所措，因為對手是龍……像龍的生物，如果牠又像兩天前那樣大鬧，他們不知道該怎麼辦。」

「那生物不是龍。」

「但是牠的外表像龍，而我們都是龍之原的人民。」

龍是神的眷屬，鳥手們身為龍之原的人民，從小就仰望著、敬畏著飛翔在天空的龍，他們想都沒想過龍會攻擊人。如果那尊貴的生物突然攻過來，他們一時之間恐怕不敢反擊。

即使那不是龍，而是長得像龍的生物。
就連馬木的態度也有些猶豫。
龍之原的人民對神的眷屬都懷著根深柢固的敬意，自然不敢與神為敵。如果對方是人類，無論是多麼勇猛的士兵、多麼狠辣的人，鳥手們也不會害怕，但他們對神充滿了敬畏。
「原來是這麼回事。」
日織有些自嘲地笑了。
如果龍朝日織撲來，她一定會毫不遲疑地揮刀砍過去。很少有人像她這樣從小就痛恨著龍、想要和神對抗。
如果那隻像龍的生物被逼急了，開始反擊，說不定會犧牲幾位鳥手。若有敢對龍動手的人一起去會比較保險，可是有這種膽量的人似乎只有日織一個。話雖如此，就算日織一起去，她也只會給鳥手扯後腿。
（連鳥手都不敢動手，那該怎麼辦呢？在龍之原沒有人不敬畏龍。）
就算鳥手們能克服恐懼，勇敢地和龍作戰，也不知道他們能支持多久。
憑著赤手空拳不可能贏過力氣大到能折斷欄杆的生物。鳥手的身上都有小刀，但刀刃太短，只能用於近身戰。
（如果鳥手們有太刀就好了。）

那隻生物很像龍，如果牠也和龍一樣討厭金屬，他們就有勝算了。但是小刀的刀刃太短，想要靠近到小刀的攻擊範圍內都很困難，而且短短的小刀連嚇都嚇不住那生物。

他們需要殺傷力更大的鋼製兵器——太刀。

最接近太刀的武器是皇尊賜給皇子皇女的護身短刀，但是所有的護身短刀加起來不到五把，而且短刀的長度只有太刀的一半，對戰時還是得靠近對手，就算她能為鳥手們準備短刀，依然不太可靠。

（我必須承認不津的想法確實有道理。以龍之原的條件真的很難應付這種特殊事態。）

不津說他當上皇尊就要建立都城，讓龍之原追上八洲，他還抱怨龍之原連一把太刀都做不出來。

日織認為沒必要把龍之原改造得像八洲一樣，而且龍之原是神國，想要追上八洲勢必引起各國的警戒，所以她不贊成。

不過，龍之原還是應該慢慢調整，彌補不足之處。

想到這裡，日織突然浮現一個靈感。

「馬木，關於反封洲的使者伴有間，你查到什麼了嗎？」

日織突然問起這事，馬木不解地歪著頭，但還是立刻回答：

「是的，我才剛收到報告。」

「反封洲的國主繼位者有爭議嗎？」

馬木點頭。

「伴有間是伴屋人的長子，家臣們都很支持他成為下一任國主，但他的父親屋人卻很厭惡他，還叫他『白邪』，打算把國主之位傳給其他兒子。支持有間的家臣也擔心屋人這次命令有間出使龍之原，或許就是打算趁他不在的時候削減他的勢力。還有人說，有間會毫無理由地離開國家這麼久，也是出自屋人的指示。」

「這樣啊。我就知道。」

日織早就料到反封洲的繼位之事一定有爭議，有間才想靠著皇尊的書信鞏固自己的地位。

有間調侃過日織是沒有地位的皇尊，其實他自己也是地位不穩的繼承人。

「屋人是有間的親生父親，為什麼會那麼討厭他？還有，屋人叫他『白邪』是什麼意思？」

「我不知道，或許是因為有間的頭髮變白了吧。」

「變白？他的髮色不是天生的嗎？」

「聽說不是。」

對有間來說，皇尊的書信是當上國主的重要助力，他一定不會輕易放棄。

（如果用皇尊的書信做為交換條件，就能利用有間。）

他想從日織這裡拿到好處，日織也可以藉著這點反過來利用他。如同有間先前的手法，日織也抓住了他的弱點。

而且日織打算欺騙有間。等到事情結束後，她不會給他那封書信。

有間的地位不穩到要靠日織寫信為他背書，可見他將來不太可能當上國主、對龍之原出兵。他若輸掉了繼位之爭，不是被殺，就是被流放。

日織才不管這麼多。那男人想得出那麼邪惡的手段，她才懶得擔心他的將來。

沉默片刻之後，日織下定決心。

「我明白了。馬木，多謝你，我會好好利用這個情報的。」

站在一旁的空露擔心地問道：

「日織，妳想做什麼？」

「我要把可以利用的東西拿來善加利用。馬木。」

她再次望向階梯下方，對鳥手的首領下令。

「我要去來殿，你跟我一起去。」

「等一下，日織。妳去那裡做什麼？妳貴為皇尊，怎能一而再地去到來殿？這樣會讓反封洲的人看輕的。」

空露擋在前方，像是不想讓日織去。日織拍拍空露的肩膀說：

「這是私下會面，沒必要死守皇尊的威嚴。再說有間本來就不怎麼敬畏皇尊了。」
「就算是這樣……不，正是因為如此，妳去見有間才會有危險。他不敬畏皇尊更讓人擔心。」
「他是不是敬畏皇尊不重要，只要他有能力保護我就好了。他想從我身上得到好處，那我就用這個好處當作條件，這次換成我抓住他的弱點了。我說空露啊……」
日織開始回顧和空露共度的歲月。
「我們懷著相同的心願，為了實現這個心願，我們長年以來只能一邊祈禱一邊等待機會。」
日織知道每年有多少位遊子喪命，有一次她真的忍不下去了，準備衝去祈社把她們救出來，藏匿在某處，之後再讓她們逃到八洲。但空露阻止了她。
他說若是遊子在祈社裡失蹤，護領眾為了自己的信譽一定會拚命地把她們找出來。就算起初幾個人能躲過護領眾的眼睛，成功逃亡，祈社之後必定會加強警戒，很難再救出其他人。
而且日織做的事若是被人發現，她自己的人生就毀了。
與其如此，她還不如等待機會當上皇尊，廢除放逐遊子的法令。只要皇尊沒有生下兒子，她就有機會繼任。
想要魯莽地救人，就等到皇尊生下兒子，沒希望繼任之後再說吧。

所以日織一直在等待。

為了守住自己的祕密，她低調地生活，不輕舉妄動，只是靜靜地忍耐。

想要得到皇位，她非得如此不可。

「之前我們必須忍耐，為了實現心願，最重要的就是什麼都不做，靜靜地待著，免得引起別人注意。但我現在已經是皇尊了，繼續安靜地躲著是行不通的。」

日織和空露都很難擺脫長年蟄伏壓抑的習慣，他們謹慎地隱藏自己、不輕舉妄動，一發現危險就會立刻逃走。

但是入道之後，日織漸漸意識到情況不對。

她明明很小心地觀察狀況，慎重周全地進行計畫，卻不知為何陷入了泥沼。

為什麼會這樣呢？她不明白自己做錯了什麼。

現在她終於想通了。

當她還在謹慎行事、小心思考的時候，早已有人基於無聊的理由在她身邊布下了泥沼，害她才剛踏出一步就被絆住。

日織的身分已經不一樣了。

過去她只是個不起眼的皇子，沒人會想絆倒她，如今她擊敗了像不津那樣身負眾望的對手、當上了皇尊，當然會有很多人想來絆倒她。

「現在的我就算面對危險或威脅，還是得展開行動，否則連我最重要的心願都會被毀掉。」

空露愕然地盯著日織的眼睛。日織默默地點頭，他露出擔心的神情，問道：

「妳能答應我不會做出魯莽的行為嗎？」

「我答應你。雖然我有面對危險的心理準備，如果失敗機率太高，我也不會貿然行事的。」

「我總覺得妳越來越像悠花殿下了。」

空露無奈地說道，然後轉頭看著馬木。

「馬木大人，日織……皇尊就拜託你了。」

馬木用力地點頭。

日織跟著馬木走進了森林。

樹木之間瀰漫著淡淡的霧氣，白杉的香氣比平時更濃郁。

日織覺得視野明亮得出奇，抬頭一望，看到杉樹上方的黎明淡紫色天空。她已經兩晚沒睡了，但她卻不覺得睏，也不覺得累，只覺得體內有一種輕飄飄、不太踏實的感覺。

來殿終於出現在眼前，日織驚訝地發現來殿的大門開著，有間正在庭院，或者該說是一片看似庭院、白杉環繞的空地。他拿著一枝不知從哪撿來的粗長樹枝，正在和另一個拿著樹枝的男人對戰。

反封洲的男人們坐在階梯上，態度散漫地看著那兩人，但他們的眼神和態度不同，很認真地盯著有間的動作。

那男人雙手握著樹枝，正面朝向有間，但有間只是輕鬆地用單手拿著樹枝，側身而立，一副沒幹勁的樣子。對手攻了過來，有間甩動白髮，一手拿著樹枝輕鬆撥開，對方使盡渾身解數擊出的力道頓時消散在空氣之中。

坐在階梯上的男人們緊盯著有間的招式，似乎正在努力偷學。

閃過對方幾次攻擊之後，有間突然朝這邊看過來。

他似乎看見了站在林中的日織和馬木。

對手再次攻來，有間由下往上將他的樹枝彈起，接著手腕一轉，用自己的樹枝滑過他的樹枝向下壓。這一招來得又快又凌厲，那男人的握力跟不上這一上一下的急遽動作，樹枝被震得脫手，掉在地上。

「不練了。有客人來了。」

有間拋開樹枝，坐在階梯上的其中一人迅速跑出來，凌空接住。

看到有間走向森林，那些人才發現林中的兩人，詫異地交頭接耳。有間毫不猶豫地大步走來，站在日織面前。他的脖子上微微滲出汗水。

「能見到皇尊真是光榮之至。」

有間彎腰行禮，恭敬地說道，但他立刻抬起臉，流露出打量的目光。

「皇尊大駕光臨是為了什麼事呢？」

他那客套又摻雜著幾分傲慢的問候令日織感到一陣厭惡，但這個男人有利用的價值，而她現在不得不利用他。

「有間，我有事要拜託你。你們應該有注意到祈社三天前的騷動吧？」

「確實注意到了，因為當天沒人來送晚餐，我知道一定出了狀況。我向一位采女催促晚餐，順便打聽發生了什麼事，但她什麼都沒說。到底是怎麼了？」

「三天前的午後，有一隻像龍的生物闖入我的殿舍，抓走了我的妻子。」

「喔？」

有間十分驚訝，睜大了覆蓋著白色睫毛的眼睛。

「像龍的生物？那是什麼？」

「不知道。牠的外表看起來像龍，但是不會飛，只會在地上走。龍都是生於天空、棲息於天空，不可能有不會飛的龍。此外，龍不會聽人使喚，但那隻生物卻聽命於一位寄居在祈社的遊子少女。那位少女很仰慕我的妻子，就把她帶走了。我派了護衛的鳥手去追那位少女和那隻生物，但鳥手們都很害怕。」

「為什麼？」

「因為龍之原的人民都對龍滿懷敬畏。那生物長得很像神的眷屬，如果突然被牠攻擊，他們或許不敢反擊。」

「就算對手長得像神，受到攻擊一定會反抗吧。」

八洲人民當然會有這種反應，他們無法理解龍之原人民對神的敬畏。

「如果敵人長得像你尊敬、仰慕的人——譬如你的母親——就算知道是假的，你受到攻擊時能毫不遲疑地反擊嗎？連一秒鐘都不會遲疑嗎？鳥手只要拿出決心，還是能和龍動手，但他們拿出決心之前或許會有短暫的遲疑，需要有人幫忙先撐著。而且龍討厭金屬，那生物的外表像龍，或許習性也很類似，說不定拿著太刀包圍就能制住牠。龍之原沒有太刀，但你們有。只要有太刀，就能包圍那隻生物。」

「皇尊是要我們去追那隻抓走您妻子的生物，還要跟牠動手？也就是收服妖怪？您要拜託我們的就是這件事？」

看到日織點頭，有間盤起了雙臂。

「這樣啊。可是我們沒有義務幫您去做這麼危險的事。」

這句話一聽就是要談條件。日織心想「我就知道」，回答：

「我答應幫你寫那封支持你當國主的書信。希望你幫我這個忙做為回報。」

「您不是本來就需要寫那封書信來把我們留到宣儀之後嗎？」

「你也需要那封書信吧？如果你不需要的話，那就沒辦法了。我不請你幫忙了，那封書信也不給你了。」

「這樣您真的無所謂嗎？」

「如果不能平安救出妻子，我永遠都不會原諒自己。與其如此，我寧可捨棄自己懷抱的一切希望。如果你不肯幫忙，那我就只能自己去了。為了救出悠花，我會置性命和未來於度外，親自找到那隻生物，和牠拚個你死我活。這樣就算是死，我也死得瞑目了。」

日織聽到身後的馬木倒吸了一口氣。他身為鳥手的首領，職責就是保護皇尊，日織這番話實在非同小可。

「皇尊，還有我呢。就算他們不肯去，您也沒必要自己去。」

「您自己去還不是一樣？您也是龍之原的人，難道您不怕龍嗎？」

有間調侃地問道，日織平靜地看著他。

「我不怕龍，我從七歲起就對龍滿懷怒火，甚至是憎恨。鳥手們看到龍會畏縮，但我可以毫不遲疑地揮刀砍過去。」

「……皇尊？」

馬木喃喃叫道，像是聽見了不敢置信的話。日織轉頭，笑著對他說：

「我就是這種人，馬木。」

馬木稍微皺起臉孔，輕輕搖頭說：

「恕我直言，就算您是皇尊，也不該對神懷著這種心思。」

「我會入道就是為了向神確認，痛恨神的我能否即位、能否打造我所期望的朝代，結果殯雨停了，我也平安無事地出來了。這就是神的回答。」

馬木愕然無語，日織把視線移回有間身上。

「如果你不幫忙，我就自己去。但我不保證自己能活著回來，所以未來的事也沒什麼好談的了，答應給你的書信當然也沒轍了。」

有間的眼中第一次浮現驚慌。

日織的決心一半是真的，一半是誇大的。她若是親自帶頭找尋悠花就太愚蠢了，但她確實心急到很想這樣做。

只不過，她不會真的這樣做。

她說出這麼愚蠢的決心，純粹是為了說服有間。

（有間會來到龍之原，本來並不是為了那封書信。）

兩人凝視著彼此。

（他是見到我之後看穿了我的弱點，才想到要我寫下那封書信。他原本覺得那封書信可以輕易到手，一定捨不得就這麼放棄。）

有間身為國主繼承人的地位並不穩固。

「那我乾脆立刻帶著遊子離開龍之原吧。」

有間滿不在乎地說道，日織也平靜地回答：

「要走就走吧。只要你真的覺得這樣無所謂。白邪。」

聽到「白邪」一詞，有間立刻臉色大變。

「我把您想得太簡單了，看來您也不容易對付呢。是這幾天查到的嗎？」

「第一次見面是我準備得不夠周全，才會被你占了上風。這次我不會再重蹈覆轍了，我要連上次的份一起討回來。」

「皇尊是在威脅我嗎？」

有間皺起了臉孔。

「你不也是一樣嗎？既然對彼此都有利，也沒什麼好抱怨的。反正你在宣儀結束以前都無所事事，你看起來又是一副精力過剩的樣子，幫我這個忙也沒有損失吧。」

「是沒有損失，只是想到要對您言聽計從就很火大。」

「既然你不服我，何必要我的書信？」

「因為坐在我國國主寶座上的笨蛋會把您的書信當成一回事。換成是我，就算您的信充滿了隆恩盛德，我也只會嗤笑著揉成一團丟掉。」

這男人甚至說過要圈養皇尊，所以這種程度的冒犯還嚇不到日織。

「我不是在命令你，而是在跟你談判。」

「談判？要說是談判，您拿的好處未免太多了，要我留到宣儀結束，又要我幫忙救人，而我能拿到的只有一封書信。」

「難道我的書信抵不上那兩個條件嗎？那兩件事對你來說根本不痛不癢，簡單得很。」

有間露出了笑容。

「皇尊，您沒有發現嗎？所謂的談判，必須雙方立場對等才能成立。如果有一方的立場勝過對方太多，或是自以為勝過對方太多，就沒必要跟對方談判了。您現在可是把我視為立場對等之人呢。」

「那又怎樣？」

「龍之原的皇尊怎能和罪人的後裔站在對等的立場談判？而且您也知道我在自己的國家被稱為白邪。」

「我確實是站在對等的立場和你談判，我相信這樣做是正確的。這跟你是不是罪人的後裔，或你被人怎麼稱呼，都沒有關係。」

就算日織當上皇尊，她仍是被皇尊一族看不起、不屑提到名字的遊子。看到能市和高千那樣鄙視與理賣，又一次令她意識到這件事。

但是那又如何？

她既是皇尊一族最鄙視的遊子，又是最高貴的皇尊。即使別人不知情，她確實同時受到別人的鄙視和尊敬。

如此看來，鄙視罪人後裔或遭神厭棄之人都是無聊的成見，尊敬和神結緣的皇尊也一樣可笑。

日織不認為自己應該受到鄙視，也不覺得自己高人一等。同樣地，她也不在乎有間在自己的國家地位如何、被人怎樣稱呼。

只要他有利用價值，能提供協助，就能拿來利用。要日織跟他談判或是打心理戰都無所謂。

沉默片刻之後，有間瞇起了眼睛。

「……您這個人真有意思。」

他喃喃說道，然後又說：

「好吧，皇尊，我就幫您這個忙。」

三

為了請反封洲的人幫忙搜索，需請祈社歸還他們寄放的太刀。

日織把真尾叫來她的殿舍，向他提出這個要求，他卻一口拒絕了。

「萬萬不可。」

真尾坐在到處都是木屑的破裂地板上依然神色自若，他的語氣之中摻雜著怒氣。

「他們的太刀或許能制伏那隻像龍的生物。既然像龍，金屬應該克制得了牠，所以我才想請他們幫忙。太刀是必要的。」

「皇尊，您讓別國的人在斫社這個聖域恣意妄為，到底想做什麼？」

「聖域應該不是禁止進入的地方吧？」

「八洲之民是罪人的後裔，有罪之人會玷汙聖域。」

「無聊至極。」

日織打斷了真尾的話。真尾睜大眼睛，像是聽見了不敢置信的發言。

「無聊？您是這麼說的嗎？」

「我確實是這麼說的。被治央尊流放到八洲的人雖是罪人，但那都是神代的事了。難道現在生於八洲的人都是罪人嗎？經過了這麼漫長的歲月，就算本來有罪，也會淡化消失的。」

「根據《古央記》記載，他們是罪人的後裔。」

「罪人的後代都是骯髒的嗎？這就像是認定一滴紅色落在河川，經過幾百年、幾千年都不會消失，始終堅稱『河水是紅色的』一樣愚蠢。川流不息，一點顏色也不會留下。」

「不，不只是這樣，現在的情況更嚴重。讓他們拿著太刀太危險了。斫社是供奉地龍和龍的地方，經常有龍出現在斫社的周圍，在這種地方揮舞太刀會威脅到龍，若是這樣做，說不定龍會發怒。」

「他們又不是要拿太刀攻擊龍，也不會胡亂揮刀。如果龍連這樣也要發怒，那就到時再說吧。總之我不是在徵求你的同意，而是在命令你。」

「那我直接回覆皇尊，請恕我不能從命。」

日織承受著真尾銳利的視線，停頓了一陣子才開口。

「真尾，在追究神代罪人的罪責之前，你是不是應該先追究自己的罪責呢？」

真尾的眉毛微微抖動了一下。

日織平淡地繼續說：

「只因高千是與理賣的親人，祈社就准許他和與理賣見面，這件事導致了與理賣偷走呼笛，這顯然是祈社的疏失。呼笛被偷是因為祈社看守不周，連遭竊的原因也是祈社造成的。那結果又是如何呢？」

真尾的視線從日織身上移到了地板。日織繼續說道：

「結果就是我的妻子悠花陷入了危險。如果悠花發生了什麼事，祈社負得起責任嗎？難道你不覺得祈社再不情願也該睜隻眼閉隻眼，借用反封洲那些人的力量，准許他們佩戴太刀，才算是彌補嗎？我已經說過不會追究祈社的責任，但也希望祈社能放下原則盡量配合。」

「像您這樣……」

真尾感慨地說道。

「像您這樣漠視所有規矩的皇尊，自古至今從未有過。」

「我不是漠視規矩，而是重新審視了規矩。因為我很清楚，就算是大家都覺得理所當然的事，也不見得是正確的。」

「您在各方面都和從前的皇尊不一樣呢。」

「我就當作你是在稱讚我吧。」

真尾的眼神明顯表示了「並不是」，但他沒有開口，良久以後才點頭說：

「我知道了，我會歸還他們的太刀。」

於是鳥手們和伴有間率領的、佩戴太刀的反封洲好手們，開始仔細搜索祈峰的山頂。

請有間來幫忙的隔天。

馬木回來報告說，有一位護領眾看到了與理賣。

在祈峰山腳某個里監視的護領眾在黎明前發現了與理賣的蹤影，他看見她偷偷溜進農家，然後抱著飯桶出來。護領眾在遠方緊盯著她的行動，但是沒多久就跟丟了那嬌小的身影。

護領眾看到的人一定是與理賣，他看見她跑向祈峰的山坡。鳥手沿著她的足跡找出了她的行進方向。

根據那生物帶著悠花逃走的痕跡，再加上與理賣這次留下的足跡，能找到他們的機率提高了不少。

除此之外，與理賣必須出來覓食，很可能會再看見她。馬木在發現與理賣的里和附近一帶加派了不少鳥手。

馬木說：「動物只要嘗過一次甜頭，就會再回到同一個地方或附近。孩子不像大人知識豐富，只會遵循本能行動。」

除此之外，鳥手們也因為有間他們的同行而增添了不少信心，行動不像先前那樣畏縮了。馬木說完之後又繼續回去搜索。

他們漸漸接近悠花的所在了。

與理賣很仰慕悠花，應該不會傷害他。

但是那隻生物呢？

不安和焦慮依然占據日織的心，令她坐立難安。

更麻煩的是能市王和高千王的事。

罷免他們兩人的敕命送到左宮的隔天，阿知穗足就怒氣沖沖地帶著幾個人跑來祈社大吵大鬧。日織早就料到會有這種事，已經命人關上祈社大門，還叫真尾去轉告他「皇尊暫時不會離開祈社，也不會開門」，把他趕走了。

穗足當然不會就此善罷甘休，他立刻跑去找太政大臣淡海皇子哭訴，於是淡海皇子寫信給真尾，要他勸日織開門。淡海似乎很不喜歡皇尊碰到事情只會躲在祈社裡的態度。真尾去問日織該怎麼辦，日織不加理會，只說「不用管他」。

今天早上，穗足自己帶著淡海皇子勸日織開門的信件來到祈社門前，以送信的名義求見皇尊，還要求祈社開門。

日織依然沒有回應，只向真尾下令「告訴他皇尊身體不適，叫他回去」，真尾沒有心力再跟日織爭吵，一臉無奈地離開了。

空露目送著真尾的背影遠去，不安地看著日織。

「妳一直不見左大臣不太好吧？左大臣等得越久，一定會越不高興。」

「反正我是絕對不會原諒能市王和高千王的。我現在沒空應付穗足，等一切都結束後，我再來想要怎麼處置。」

「到時事情一定會變得很嚴重。」

「我決定要罷免那兩人時，就註定會有這種結果了。」

目前最重要的是救出悠花，日織沒有時間、也沒有心力去搭理穗足或思考如何應付他，現在跟他見面可不是聰明的做法。

空露說事情會變得很嚴重，日織也這麼覺得。她做決定的時候就知道會變成這樣了。

因為她實在不能原諒。

她決定不原諒，也不打算改變心意，所以她絕不能中了穗足的計。她上次就是太倉促、毫無準備地去見有間才讓對方占了上風，她絕不能再犯同樣的錯。

（悠花，你在哪裡？）

日織坐在破碎的地板上，靠著憑几，注視著門外的白杉林。一陣風吹入林間。日織的妻子被藏在這座靜謐的森林裡。

（鳥手和有間他們還在不停地搜索，一定很快就會找到他。）

日織如此盼望。自從悠花被抓走，她一直覺得喘不過氣，彷彿憂心到連呼吸都沒力氣了。

她已經失去了月白。看著自己決心要好好保護的妻子死去，她的心裡至今依然充滿了後悔和寂寞，如果她再失去一個妻子……

（別想那種不吉利的事。）

日織用力閉起眼睛，斥責自己。

（我必須相信，悠花一定會回來的。）

日織極力說服自己，她一定能再次見到悠花美麗臉龐上的好勝笑容、再次聽到他那輕浮的揶揄語氣。

一定能再見到他……好想見到他。一想到這裡，字句洶湧地從心中溢出。

（我好想見你，悠花。好想見你，好想見你，好想見你！）

日織突然無法呼吸，抱著胸口彎下身子。空露吃驚地喊著「日織」，一邊撫著她的背。

「悠花，你在哪裡？」

日織發出無力的呻吟。空露彷彿體會到了日織的心痛，壓抑似地沉默片刻，才簡短地回答「鳥手們已經去找了」，接著繼續撫摸日織的背。日織想要回答「是啊」，卻無法發出聲音。

居鹿聽說悠花被抓走後來看過日織，她還哭了。或許她不只是為擔心悠花的安危而哭，更是為了與理賣的悲慘遭遇、為她的心情而哭。

但是居鹿後來沒再來過，大概是不想打擾日織他們吧。她轉而跑去照顧因為悠花被抓走而傷心病倒的杣屋。

馬木固定每天上午回來向日織報告情況。

在發現與理賣蹤影的兩天後，馬木卻遲遲不出現。

日織正覺得奇怪，到了傍晚樹林開始變暗時，有間突然跑回來了。

他說鳥手們正在忙，馬木一時走不開，才由他代為報告。空露聽到他這麼說，一臉詫異地進屋問日織：「有間是這麼說的。妳要見他嗎？」

日織表示同意後跟著空露走出殿舍。日織也很驚訝，望向跪在階梯下方、配戴著太刀的白髮瀟灑男人。

（馬木竟然把向我回報的任務交給了有間……）

更令她驚訝的是，有間竟然願意幫馬木跑腿。

有間好歹也是國主繼承人，而馬木雖是鳥手的首領，畢竟只是個下人，像有間這種地位的人照理來說不可能幫馬木跑腿。如果他很執著於身分，或許還會大罵「這簡直是在侮辱我！」。

（這個人一點都不在意身分地位呢。）

難怪他對日織總是那麼無禮。

看到日織出現，有間先行了禮，規規矩矩地說：

「我代替鳥手首領馬木回來報告皇尊，馬木現在走不開，鳥手們發現了一些東西。」

「發現了什麼？」

「詳細情況我不清楚，我只看到馬木匆匆地跑掉了。我們反封洲的人都守在從那隻生物的痕跡和與理賣那孩子的足跡推測出來的藏身地點附近。」

馬木做出了平時不同的行動，令日織充滿希望。

「找得到他們嗎？」

「鳥手們很精明，像馬木這種人也不會隨便大驚小怪。但我不保證他們一定會有收穫。」

從有間這番話可以聽出他和鳥手們合作密切。

「有間，看來馬木很信任你嘛，還把自己的任務交給你。」

「因為我們反封洲的人只負責看守，剛好閒著沒事做，他才會把任務交給我。不過我也自認是個值得信任的人，只要立場一致，彼此沒有利益衝突，我都能很快得到別人的信任。」

他講起話來自信十足又條理分明，感覺非常可靠，難怪內心不安的鳥手都想依賴他。

雖然有間是被抓住弱點才答應幫忙，但他很忠實地做著自己答應的事。意識到這一點，令日織非常內疚。

這男人想得出慘無人道的手段。日織原本覺得沒必要為這種人感到內疚，只想利用他……

「這樣啊。謝謝你，伴有間。」

日織很自然地向有間致謝。他有些意外，隨即微笑著說：

「你很愛你的妻子呢。」

「那是因為！呃……那是我的妻子啊。」

有間說的話讓日織很尷尬，她不自覺地想要反駁，但又覺得反駁也不太對，只好含糊帶過。

一旁的空露低下了頭，似乎在偷笑。

有間的眼神變得很柔和。

「有什麼好緊張的，皇尊，我可是在誇獎您。愛護家人很好啊。」

這句話讓日織有種異樣的感覺。

（給有間取了「白邪」這種蔑稱的人就是他的親生父親，反封洲的國主伴屋人。）

日織會想起這件事，是因為有間的語氣似乎帶有一絲羨慕。他看到別人愛護家人，微笑著說這樣很好。

這是日織第一次在有間身上看到人類的溫情。她本來只覺得有間是個想法邪惡的男人，把他看得像野獸一樣討厭。

在這一瞬間，他露出了和日織的印象截然不同的面貌。

（難道……）

有間的無禮態度和惡劣發言或許不只是談判技巧，也是他的自我防衛。

（難道是我們已經談好條件，他不需要再自我防衛，所以展露了真正的樣貌？）

放下防衛之後，有間的忠誠足以得到鳥手們的信賴，而且他還能不拘泥於身分，誠懇地和別人相處。

如此看來，有間跟她原本想的完全不一樣。

「那麼我要回夥伴們那裡去了。」

（夥伴？）

有間把自己的手下和鳥手們統稱為夥伴。一個國主繼承人竟然會把跟隨自己的手下和身分低下的鳥手稱為夥伴。

看到有間起身準備離開，日織忍不住喊道：

「慢著，有間。」

有間停下腳步，轉過頭來。

日織答應過要給他書信。

但是……她打算對他毀約。

日織一想到自己的計謀，就感到如坐針氈，非常不舒服。

（我明明打算騙他，憑什麼叫住他、問他事情？可是……我還是想搞清楚他是怎樣的人。）

日織抑制不了心中的衝動。她覺得若是不搞清楚這件事，自己可能又會犯下大錯。

要怎麼做才能試出他的本性呢？

「怎麼了，皇尊？」

「有間，你為什麼想當國主？」

日織脫口問道。她一時之間只想得到這個問題。

「怎麼突然這樣問？」
站在一旁的空露也疑惑地看著日織。
「只是突然想問。請你回答我。」
有間毫不遲疑地回答：
「答案很簡單，因為我想讓反封洲變成一個不會讓人民餓肚子的國家。」
從他乾脆的語氣可以看出他早就有這種想法了。
日織不禁愕然。
她問過能市相同的問題，他的答案只顯示出虛榮心。
而有間的答案完全是為人民著想的決心。
（我竟然想欺騙這種人……）
見日織愣著不說話，有間蹙起白色的眉毛。
「怎麼了，皇尊？您的臉色真難看。」
「像你這樣的人為什麼會被稱為白邪？」
日織忍不住問道。她從有間的一句話就能看出他擁有國主的資質，而且他只經過短短幾天的共同行動就得到了馬木的信賴，個性剽悍，又有謀略，讓這樣的人當國主繼承人應該不會有人反對吧。
有間愕然地眨了眨眼，然後笑了一聲。

「您盡是問些奇怪的問題。」
「為什麼呢？請你回答我。」
「我父親很怕我，因為我是從洞裡回來的人。」
「洞？」
日織用眼神詢問空露。
「我曾經聽說過，反封洲會把罪人丟進某個地方。」
有間盤起雙臂，回答：
「你說得沒錯。我五歲的時候和母親一起被丟進那個地方。如字面所示，那是用來處置罪人和忤逆國主之人的巨大天然洞穴。那個洞穴大到像是大地的裂縫，但我們都稱作『洞』。裡面是無法攀爬的峭壁，底下有縱橫交錯的複雜地道，延伸到岩石的深處。把罪人丟進那個地方就是反封洲最殘酷的刑罰。」
「刑罰？你身為國主的長子，為什麼會被處罰？」
「因為我父親心胸狹窄。我的母親是葦封洲一方望族的千金，為了平息國境糾紛而被送給我的父親做為和談的證明。我的母親非常美貌，但這正是她的不幸。我父親的其他妻子看不慣我母親和我這麼受寵，就向我父親造謠說我母親和某臣子有染，甚至說我不是他的親生兒子，結果我父親就處決了那個臣子，把我母親和我丟進洞裡。那個臣子也真可憐，他完全是被我們牽連的。不過還是有些善良的臣子勸諫了我父親，所以我才能在十年之後被救出來。」

「在洞裡待了十年?真不簡單……」

空露不禁喃喃說道。有間瞇起了眼睛。

「洞裡有少量的泉水，還有雜草和蟲子，偶爾還會有布料或木柴被丟進來，一年也會有幾隻鹿或兔子不小心掉下來。每年被丟到洞裡的罪人大約有五十個，為了生存，洞裡充滿了殘酷的鬥爭和交易。人們都說女人到了洞裡根本活不到十天，但我母親活了四年，而我活了十年。」

「你在那種地方是怎麼活下來的？」

日織問道，但有間搖頭說：

「還是別問比較好，免得聽了噁心。以前也有一位臣子問過我這件事，他聽完之後整整三天吃不下飯。那不是普通的地方，雖然我在洞裡活了下來，被救出來之後頭髮卻變成這種顏色。」

有間抓起一綹披在肩上的白髮。

「我只能說，我見識到、體驗到了世上最醜惡的事物。」

他眼底的陰暗令日織不寒而慄。

日織本來以為有間是惡毒到想得出圈養人類這種事的人，但事實並非如此。

（那或許不是他想出來的，而是他親眼見到、甚至是親身體驗過的，才能說得這麼稀鬆平常。）

洞中的情況光聽就覺得可怕，有間必定在那裡見識到各種慘絕人寰的事。他提過的殘忍點子並不是他自己想的，而是來自他的經歷。

「臣子早就不抱希望了，所以他們發現我還活著都非常訝異。我父親也不敢相信我竟然能活下來，而且還變成這副模樣。他也知道自己罪孽深重，才會這麼怕我吧。」

「你不打算向國主報仇嗎？」

聽到日織的問題，有間笑了出來。

「說什麼傻話！我怎麼可能不報仇？我又沒有蠢到不在乎這些事，也因此我父親才會那麼怕我，不過光是把他殺掉未免太便宜他了。等我拿到您的書信，順利當上國主之後，我再來好好思考要用什麼殘忍的方式來報復他。」

有間提起了書信的事。他經歷過各種奸邪狡詐之事，不可能沒猜到自己會被騙。日織確定他已經猜到了，問道：

「有間，你沒想過我可能是在騙你嗎？你沒想過我事成之後或許不會給你書信嗎？」

果不其然，有間聽到這些問題並沒有表現出意外或驚慌，反而揚起了嘴角。

「騙人和被騙是常有的事，您會這樣做也不奇怪。」

「那你為什麼還是答應留到宣儀之後？為什麼還是答應幫我的忙？」

「因為答應了也沒有損失。留到宣儀之後和幫忙救人都能讓我更了解龍之原的國情。雖說龍之原是神國，多了解別國的國情也不是什麼壞事。就算最後拿不到書信，也只是耗掉了一些時間和精力。我確實想要那封書信，因為我父親很敬畏地大神，鎮守地大神的皇尊說的話他應該會聽，但我也不是為了這個理由才來到龍之原。懂得放棄是很重要的。」

有間用挑戰的目光注視著日織。

「不過，既然千里迢迢來到了龍之原，我還是想要搞清楚一些事。」

看到他的眼神，日織突然會意過來。有間想搞清楚的事也包括了日織會不會欺騙他。

他想知道龍之原的皇尊是怎樣的人，等他開始治理自己的國家以後，才會知道該用怎樣的態度對待龍之原。為此他想看看日織最後的決定。

有間默默地試探了日織。他忠實地遵從了日織的期望，而日織又會如何對待他？他會根據結果來判斷日織身為皇尊的器量。

有間的知識和經歷都遠超過日織，他早就想過所有的情況了。日織突然意識到他的強大，也明白了他為什麼能在短短幾天內得到鳥手的信賴。

日織緊張到手心冒汗。

有間毫無疑問擁有國主的資質。
（一個如此強大的人正在試探我。）
此時森林中傳來高亢的喊叫。
「少主！」
有間猛然轉頭，日織和空露也望向聲音傳來的方向。
有一個人忽左忽右繞過白杉狂奔而來，他繫在腰間的太刀沉重地搖晃。那是反封洲的人。
「與理賣出現了！」

第六章　古老約定和證據

一

（與理賣！）

日織急忙衝下階梯，站在有間身邊。有間的手下同時氣喘吁吁地跑過來，跪在有間面前。

有間嚴肅地問道：

「馬木有什麼指示？」

「鳥手們正偷偷地跟蹤她。從行進方向來判斷，應該離我們看守的地方不遠。他要我們埋伏在那一帶，從那裡跟過去一定能找到與理賣的藏身之處。」

「我立刻過去。」

有間正要拔腿奔跑，日織卻一把抓住他的手腕。

「我也要去！帶我一起去！」

跟著日織跑下來的空露高聲喊道：

「胡說什麼！萬萬不可！」

「悠花是因為我才會被抓走，我不能光是坐在這裡等！與理賣也得有人保護才行！鳥手們太激動了，不知道會做出什麼事，我得一起跟去才能保護與理賣。」

「我拒絕。帶您去只會礙手礙腳。」

有間冷淡地回答，接著又說：

「如果發現與理賣的藏身地點就是另一回事了。您的妻子一定在那裡。如果找到她的藏身地點，我在進去之前會找您一起去的。畢竟關係到您妻子的性命，有些事或許需要您來做決定。這樣可以嗎？」

「好的，這樣很好。萬事拜託了。」

「沒問題。」

有間簡短地回答，就領著手下跑走了。

「日織，妳真的打算去嗎？」

空露擔心地問道，日織沒有轉過來，神情卻很堅毅地回答：

「我要去。就算你阻止，我也要去。」

空露無奈地回道：

「我知道了。我也一起去。」

四周很快地褪了色，視野越來越不清楚。漸漸被黑暗籠罩的護領山中絲毫察覺不到鳥手和有間等人緊張追蹤的氣氛，只有一片寂靜。

驅邪香的味道飄了過來。

日織坐在階梯上等待，太陽下山之後不久，馬木出現了。

「情況怎麼樣？」

日織站起來，緊張地問道。

「祈峰西邊靠近山頂的地方有個洞穴，我們的人看見與理賣走進去。悠花殿下多半也在裡面，但那隻生物恐怕也在。我們和反封洲的人一起包圍了洞穴，正在思索要怎麼抓住與理賣和那隻生物、救出悠花殿下。皇尊也要去嗎？」

「當然，麻煩你帶路。」

馬木帶著日織和空露走進森林。今天的月亮不是滿月，而是缺了一小塊的圓形，但還是明亮到不需要提燈。

接近洞穴時，馬木說「請保持安靜」，要日織壓低聲息、放輕腳步。他們靜靜爬上蓋滿落葉的山坡，坡度漸趨平緩，白杉後方出現一塊緊鄰崖壁的開闊空間。或許是日照不足，崖下沒有大樹，而是長了一叢叢的藤蔓和細竹。

崖壁上有一條漆黑的垂直裂縫。

那裡想必就是與理賣的藏身之處。

（悠花就在裡面。）

日織頓時心跳加速。

有間單膝跪地躲在一叢竹子後方，其他反封洲的人當然也一樣，鳥手們也都分散地躲在各處，包圍了洞穴。

日織和馬木一起蹲到有間身旁，有間抬起下巴示意洞穴的方向：

「裡面沒有任何動靜。現在要怎麼辦？」

「先抓住與理賣吧。如果立刻引出那隻生物，恐怕會有一場苦戰。」

聽到馬木的回答，有間板起了臉。

「所以還是要等與理賣肚子餓了自己走出來吧。雖然要花很多時間，但也沒辦法了。皇尊的妻子在裡面，我們也不能貿然地衝進去。」

與理賣說過呼笛是重要的東西，一直隨身帶著。如果抓到她，一定要立刻搜她的身，把呼笛拿回來。

呼笛的重要性僅次於悠花的性命，如果沒有呼笛，日織連皇尊的寶座都坐不穩了。

從細細的竹葉之間，可以看見覆蓋著厚厚一層深綠色和淺綠色青苔的斷崖。通往洞穴的裂縫周圍攀爬著忍冬，藤蔓上還殘留著幾片枯萎的白色花瓣。

這是未經整頓、溼氣密布的所在。

日織不知道祈峰還有像這樣人跡罕至的地方，或許根本沒有任何人知道這個地方。這裡似乎沒人來過，如同一塊處女地。

真是不可思議。

護領眾經常進入護領山採摘山菜、撿拾木柴，尤其是祈峰附近。雖然此處位於祈社西邊外緣接近山頂的位置，但是離祈社這麼近的地方居然沒人來過，真是匪夷所思。

彷彿布下了讓人走不進來的微弱結界。

如果這裡真的有類似結界的東西，或許是那隻像龍的生物搞出來的。

（悠花在裡面嗎？）

日織凝視著岩壁上的黑暗裂縫，突然發現漆黑之中有東西在動。那東西慢慢地從洞穴裡走了出來。

日織不禁屏息。

（是與理賣！）

髒汙的衣服，鬆開的髮髻。從遠處也能看出她的模樣有多狼狽。她的眼神像夢遊一樣恍惚，臉上掛著微笑，那神情令日織非常心痛。

（我一定要幫助那孩子。）

與理賣正處在絕望的黑暗之中。就算有悠花陪著她，他一定也無法走進包圍著與理賣的那片黑暗。如果走得進去，他早就回到日織身邊了。

日織想要把與理賣從黑暗中救出來，牽著她的手，把她帶到光明的地方。她不想讓與理賣變得像她救不了的月白一樣。

與理賣從洞穴入口的藤蔓上摘了幾朵忍冬花，丟到用一隻手撩起的纈裙上。馬木、有間和空露都散發出緊張的氣氛。

有間默默地用眼神向馬木詢問「現在要怎麼辦」，馬木指了指自己，然後用一隻手比出抓東西的動作。有間點點頭，應該是看懂了。

馬木又向周圍的鳥手們打了幾個手勢。

有間也豎起手指，向手下發出信號，他們紛紛把手按在刀柄上，擺好架勢。有間也抓住刀柄，彎下身子，準備衝出去。

與理賣轉頭望向這邊。她撩起的纈裙之下露出了枯瘦髒汙的小腿。她四處張望，似乎在找尋其他的忍冬花。日織等人藏身的竹子叢的方向有一棵枯樹，與理賣似乎注意到攀爬在枯樹上的忍冬，一邊小心地提著裙子以免把花弄掉，一邊朝這裡走來。她正在數摘了多少花，視線和注意力都集中在她提起的裙子上。

鳥手們緩緩移動，逐漸縮小包圍。

唧唧。細微的蟲鳴在與理賣的腳邊響起。就在此時……

馬木和兩位鳥手從不同方向跳出來，撲向與理賣。

孩子的高亢尖叫聲傳出時，三條人影已經把與理賣撲倒在草地上了。

有間跑了出去，日織也跟著衝出去。

與理賣兩腳亂踢，見人就咬，拚命掙扎，卻被三位鳥手死死地按在地上，仰躺著動彈不得。她哀號似地大喊著「不要！不要！不要！」。

「與理賣！」

被抓住的與理賣抬起頭，看到日織，立刻停止呼喊，變得滿面怒容。

她怒吼道：

「我討厭你！去死吧！去死吧！」

與理賣的恨意令日織有些退縮，但她卻又對與理賣的傷痛感同身受。與理賣只因自己與生俱來的模樣而被最愛的父母拋棄，這天生的模樣是多麼可悲、多麼悽慘，日織完全可以理解。

日織也一直對自己與生俱來的模樣感到悲傷、懊惱、悽慘，甚至充滿了罪惡感。

但是年幼的與理賣無法承認自己的悲傷和悽慘，她稚嫩的心靈隱約覺得自己一旦正視那些悲傷恐怕就會崩潰，所以她只能把責任推給別人，憎恨別人，好讓自己不用承認這些事。

「救我！」

與理賣的視線從日織的身上移開，死命地甩著腦袋。日織猜到她是在向誰求助，心中暗叫不妙。

一陣類似樹皮剝開的濃郁香味飄了過來。

有間突然拔刀，從樹叢裡跳出來的手下們也跟著拔出太刀，警戒地看著同一個方向。

轉頭一看，他們正在逐漸散開，呈半圓形的陣勢包圍了洞穴入口。

喀啦，喀啦。堅硬爪子踏過岩石的聲音從黑暗的深處傳來。

黑暗的洞穴亮起兩團金光，光芒漸漸移向洞口，長著犄角的頭從黑暗中冒出。頭、脖子、前腳、身體，像龍的生物慢慢地走到月光底下。被抓住的與理賣似乎察覺到那生物出來了，立刻放聲大喊：

「救我！拜託，救救我！絕對、絕對不能把悠花殿下交給這傢伙！拜託你，保護我！救我！救我！」

低吟的聲音從像龍的生物的牙縫中發出。那生物發出震動初夏溫暖溼潤空氣的聲音之後，扭動著鬍鬚。

突然間，牠急速向前衝來。

有間等人蹲低身子擋住去路，那生物立刻停止動作。牠和有間等人保持著一段距離，似乎不想靠近他們。

（牠怕金屬……怕太刀嗎？）

像龍的生物停在原地不動。鳥手們也分散開來，加入有間他們的包圍網。洞穴的入口和那隻生物之間有一段距離。

（那隻生物現在背對著洞穴，我得趁機鑽進去。）

日織不知道悠花現在情況如何，如果他的模樣能讓人一眼看出他是男人，那就糟糕了。在別人看見之前，日織必須先去幫他掩飾。

日織仔細地望著被太刀包圍的那隻生物，一邊安靜而緩慢地繞到鳥手們的背後，漸漸靠近攀爬著忍冬藤蔓的洞穴。

只剩幾步，她就能走進崖壁上的裂縫。

「保護悠花殿下！」

與理賣的聲音高亢地響起。日織愕然回頭，看到被抓住的與理賣扭頭瞪著這邊。

「那傢伙想要帶走悠花殿下！不行，絕對不行！」

如同在回應與理賣的呼喊，那像龍的生物突然眼睛發亮，抬起頭來，像是要震懾全場似地大聲咆哮，白杉的樹幹、青草、忍冬花全都為之震動，在崖底爆出的巨大音量震得眾人耳朵發疼。不只是日織，在場所有人都用單手或雙手摀住耳朵。

這動作等於露出破綻。鳥手們手上的力道放輕的一瞬間，被抓住的與理賣像貓一樣溜出他們的手中，站起來狂奔。她咬緊牙關忍受著耳朵的疼痛，一邊全力衝過來。

「快追！」

馬木單手摀著耳朵叫道，但與理賣已經逼近了日織。

像龍的生物也扭頭望向洞穴，邁開四腳壓低身體，再次大吼。日織的腳底感覺到大地都在震動。那隻生物如脫了弦的箭一樣衝出，靠著憤怒和亢奮從包圍牠的太刀之間硬闖過來，鱗片擦過刀刃，發出清脆的聲響。

（糟糕！）

日織無路可逃。

只能躲進洞穴了。她正想轉身逃跑，與理賣已經跑到她的面前。與理賣伸出手，想要揪住日織的衣服，用雙手摀著耳朵的日織側身閃避。與理賣用力過猛，收不住勢而往前倒，一樣東西從她的懷裡掉出，滾到日織的腳尖。那是只有一個音孔、帶有淡淡光澤的灰色橫笛。

（呼笛！）

日織立刻撿起呼笛，收進懷裡，此時一陣強風夾帶著樹皮香氣朝她衝來。

她趕緊跑向黑暗的洞穴中，大叫著：

「悠花！」

黑暗中傳出了拍手的聲音，像是在回應她。

悠花就在裡面。

日織如此確信，邁開腳步衝向黑暗深處。洞穴深處有著淡淡的光芒，日織靠著那光芒顛簸地奔跑。靠近光芒之後，她看見岩棚上坐著一個纖細的身影。

一陣強風從背後撲來，那生物如爆炸般的咆哮聲隨即撞上日織的背。

洞穴被這巨響撼動。

後方發出巨大岩石崩落的聲響，揚起一片煙塵。日織被一陣強風推倒在地，頭上受到猛烈撞擊。

她還想再喊悠花，眼前卻突然一黑。剛才還在眼前的光芒消失了。在她還沒搞懂狀況時，意識就逐漸模糊了。

二

有人輕柔地按摩著日織的太陽穴，讓她覺得很舒服。她感覺自己躺在很堅硬的東西上，身體到處都疼痛不已。除此之外還有頭痛，悶熱也令她渾身不舒服，但那按摩的手令她放鬆了心情，不舒適的感覺也稍微舒緩了。

（是悠花的手。）

日織恍惚地想到了這一點，頓時清醒過來。

「悠花？」

她抓住按摩著自己太陽穴的那隻手，抬眼一看，一張美麗的臉孔正盯著自己。

悠花苦笑地說道：

「妳怎麼跑來這麼危險的地方呢？」

周圍雖然昏暗，日織還是認出了悠花。她看見了他直挺的鼻梁、線條優雅的嘴脣和長睫毛，毫無疑問，他就是悠花。日織正躺在悠花的腿上。

（是悠花。這是悠花的手。好溫暖。）

日織更用力地抓住他的手。

「悠花……」

「嗯？」

見到他歪著腦袋的模樣，日織頓時淚水上湧。他的妝全都脫落了，看起來很疲憊，整個人也瘦了一圈，但他還是原本的悠花，看起來平安無事。日織視野晃動，悠花的臉變得有些扭曲。

（還好他沒事……）

至今緊緊捆在身上的不安一下子全鬆開了，日織一直壓抑的東西再也壓抑不住了。

「日織？」

聽到悠花訝異的聲音，日織的眼淚奪眶而出。

「我好想見你。」

她的聲音可憐兮兮地顫抖著。

悠花被抓走都是自己的錯。為了負起責任，一定要平安地救出悠花。為了責任……日織本來是這樣想的。

如今見到悠花安然無事，日織卻完全沒想到責任之類的事。

她只是因為和悠花重逢而喜不自勝。

她表層意識到的是責任，但心底深處只是很單純地想再見到悠花。好想再一次見到他。如果見不到該怎麼辦？期盼和擔憂交互搖撼著她的心。

「我好想見你。我好擔心你，擔心到都要發瘋了。」

日織不知道心中湧出的情緒該怎麼形容，她第一次感受到這種衝動。想要撲在悠花的懷裡哭訴「好想見你」的衝動。

「悠花，我好想見你。」

□　□　□

悠花心想，她的模樣還真悽慘。

這個人貴為皇尊，卻穿著汗溼的衣服，全身髒兮兮地躺在岩石上。難得看到皇尊這麼悽慘的模樣，但日織躺在他腿上淚流不止的樣子實在太惹人憐愛了。

他不自覺地露出笑容。

「悠花，我好想見你。」

聽到她哭著這麼說，悠花更是開心不已。

悠花早就料到，日織看到他被抓走一定會覺得這都是自己的責任，不顧一切地想把他救出來。但他沒有料到，她會用這麼懇切的語氣說她好想見他。

（原來她這麼需要我……）

在又熱又溼的黑暗中等待著不知何時會來的救援，實在是太折磨人了，除了和這隻莫名其妙的生物大眼瞪小眼之外什麼都不能做，更是大幅耗損了悠花的心神。他之所以能撐到現在，是因為相信日織一定正在想辦法救他。

日織在責任感的驅使下一定會來救他的。

不過如今腿上感受到的溫暖讓他明白，日織來到這裡並不只是因為責任感。

（這個人是我的丈夫。）

悠花用指尖輕輕抹去日織眼角和臉頰上的淚水。

「謝謝妳來救我，我也好想見妳。」

悠花輕聲說道，屈身貼近日織的嘴唇。

□□□

日織順從地接受了悠花的親吻。這個吻令她感受到無可言喻的安心，一直折磨著她的東西彷彿都被悠花的這一吻融化了。

悠花吻了日織之後，把手掌輕輕貼在她的臉上。

這對異於常人的夫妻第一次有了真正的親密接觸，他們對彼此的愛意從互相碰觸的地方傳達給了對方，這愛意填滿了兩人的心，他們注視著彼此，洋溢著充實感。悠花不像平時那樣一臉戲謔，而是眼神溫柔地注視著日織，光是這樣就令日織覺得平靜祥和、胸中滿是暖意，情緒也都舒緩了。

「悠花，你沒受傷吧？」

過了一會兒，日織才開口問道。

「我才想問妳呢。妳沒受傷吧？」

聽到悠花這麼說，日織才發現自己滿身塵土，她坐起來摸摸自己的手腳和身體各處，檢查是否受傷，不過到處都沒有異狀。

「應該沒事。」

悠花鬆了一口氣，微笑著說：

「那就好。我很高興能見到妳，不過妳也太亂來了，竟然跑到這種地方。」

「這裡……」

日織看看周圍，不禁愕然。

她正在洞穴之中，這裡又溼又熱，一片漆黑，但洞穴頂端的一部分崩塌了，有光線照進來，所以勉強能看見。現在似乎是早晨，微弱光芒灑下的地方趴著一條龍，牠將下巴靠在前腳上。

不，那不是龍。

那是聽從與理賣指揮、像龍的生物，右邊的角缺了一塊，其中一邊的鬍鬚比較短，某幾處的鱗片上覆蓋著青苔，全身呈灰褐色，像是沾滿了灰塵。牠背上的鱗片有些紅色，可能是血跡。

「這是怎麼回事？」

「妳進入洞穴以後，那玩意兒追了進來，牠的咆哮震動了洞穴，又用尾巴拚命亂掃，入口就崩塌了。」

「崩塌了？」

「是啊。」

悠花露出戲謔的表情。

「我們被關在這裡了。」

「怎麼會這樣……」

「我們不會被丟著不管的，妳來的時候應該有鳥手跟著吧？鳥手知道我被關在洞裡，而且連妳也在這裡，他們一定會救我們出去的。」

「鳥手們在外面，他們一定會想辦法救我們出去。可是，這裡還有這個東西……」

日織戰戰兢兢地回頭，那生物閉著眼睛，似乎正在睡覺。

「鳥手們一定有辦法對付牠。還好這生物不打算攻擊我們。牠只是聽從與理賣的命令，其他時候還挺溫馴的。與理賣呢？」

「她被鳥手抓住了。對了，我拿回呼笛了。」

日織摸摸懷中，確認呼笛還在。不知為何摸起來溫溫的，大概是被她的體溫捂熱的吧。

「那孩子不知道怎麼樣了。」

聽到悠花這樣喃喃自語，日織告訴他與理賣偷竊呼笛是因為高千王的唆使，他一聽就皺起眉頭，漂亮的臉孔扭曲了起來。

「我父皇還在世的時候，那男人曾經來求過親。明明連我的臉都沒見過，他只不過是想要娶一個皇女。」

聽到悠花這番話，日織不禁嘆氣。

「我罷免了能市和高千，阿知穗足氣得不得了，親自跑來祈社兩次，在門口吵著要人開門，說要找我談。我還不知道今後該怎麼辦……不過，一切都得等我們平安離開這裡再說。」

溼熱的洞穴裡充滿了剝開樹皮般的氣味。那隻像龍的生物一直閉著眼睛，發出嘶嘶的呼吸聲。

如同悠花所說，那隻生物看來並不想攻擊他們。

空露、馬木、有間他們一定正在想辦法救人。他們會怎麼做呢？召集人手搬開洞口的石頭，應該是最容易想到的方法了。

如果在四處搜索，發現了洞穴頂端崩塌的地方，他們可能會考慮從那邊救出日織等人。

無論用哪一種方法，都得花費不少時間。

「我們只能在這裡等了……」

日織靠著岩壁屈膝而坐，悠花也走到她的身邊坐下。

「我們之後會如何呢……」

悠花望向沉睡中的那隻生物。就算外面的人來救他們，也不知道這隻奇妙的生物會有什麼反應。現在牠很安分地睡著，但到時不知還會發生什麼事……

「只能相信馬木他們了。」

日織只能這麼說，悠花像是要振作精神，縮著脖子說：

「也是啦，問妳也沒有用。不過，從神代至今一定沒有皇尊被關在洞穴裡吧。能當上這樣稀罕的皇尊的妻子，讓我得到不少有趣的體驗呢。」

「你不埋怨我嗎？」

「比起關在殿舍裡一步都不能出去的日子，現在這樣還比較好。」

日織苦笑著回答「這樣啊」，接著說起了悠花被抓走之後的情況，其中最令悠花吃驚的就是有間答應幫忙救人的事，還有他過去的經歷。

「我早就覺得這個人不簡單了，看來他確實有成為強悍國主的資質。強悍的國主才能保護國家，他應該是最適合當下任反封洲國主的人。只要妳在宣儀之後給他那封書信，他一定能順利當上國主的。」

日織沉默不語。

悠花說得多半沒錯。

皇尊的書信能為有間繼承國主之位提供極大的助力，但也是這樣才讓日織更迷惘。

像有間這樣的人當上國主，他們國家的人民一定能得到有力的救助。難道她不應該幫忙有間嗎？只因龍之原是和八洲不一樣的神國，就把自己封閉在殼中，這樣是正確的嗎？

包括這些問題在內，她應該如何決定？有間想試探她身為一國統治者的器量，她在宣儀結束之前必須想好要給有間怎樣的答案。

「宣儀啊……」

日織從懷裡掏出呼笛，悠花望著那東西說：

「終於找回呼笛了。只要能離開這個洞穴，就能重新舉行宣儀了。」

悠花才剛露出安心的表情，但他一抬頭，表情卻頓時僵住。日織沿著他的視線看過去，發現原本在微光之中打瞌睡的生物依然把頭靠在前腳上，眼睛卻盯著他們這邊。

「牠在看我們……」

悠花像是壓抑著恐懼般小聲說道，日織也驚恐得全身僵直。

「那個……到底是什麼東西？」

她不禁說道，悠花更小聲地說：

「不知道。牠的外表看起來像龍，而且我也聽得見牠的聲音。」

「你聽得見？所以牠真的是龍？」

悠花皺起眉頭。

「可是牠又不會飛，只會在地上走，而且牠還會聽與理賣的指揮。龍才不會聽人的話，就連皇尊一輩子也只能召喚龍一次，還得要有呼笛在手。」

日織看看自己手中的呼笛。悠花繼續說：

「我有想過，與理賣能夠使喚那隻生物，說不定就是因為拿著呼笛。」

「就算那隻生物不是龍？」

「呼笛既然能召喚龍，說不定也能使喚類似的生物，畢竟沒有人在宣儀之外的場合使用過呼笛。既然呼笛有召喚龍的力量，就算有其他力量也不奇怪。」

「所以那隻生物沒有攻擊我們，是因為呼笛在我的手上嗎？搞不好我也能指揮那隻生物？」

「有這個可能。」

這支笛子真是奇妙。呼笛摸起來像是有自己的體溫，是因為材質的緣故嗎？觸感和鹿角很像，但是真尾說過，用鹿角做的仿製品發不出聲音。

（祈社流傳下來的神話說，和治央尊親近的龍把自己的角給了他，做為結緣的憑據。）

可是……連祈社的人都不相信這種說法。就連如此重視神話及傳說的祈社都認為呼笛不可能是用龍角製作的。

「祈社的看法是正確的嗎？」

日織突然對此感到疑惑。

「妳說什麼啊，日織？」

悠花疑惑地問道，日織拿起呼笛說：

「據說呼笛是用龍角做的，用鹿角仿製的笛子發不出聲音，會發出聲音的只有呼笛，能叫出龍的也只有呼笛。呼笛確實是用特別的材質製作，具有特別的力量。所謂特別材質難道不就是龍角嗎？相信呼笛是用龍角做的也沒什麼不對的，可是祈社的人卻懷疑這種說法。」

悠花很快就明白過來，點著頭說「是啊」。

「龍一旦死去，身體就會煙消雲散，不會有任何部分殘留下來。龍死了之後，用龍角做成的呼笛也會跟著消失，所以祈社的人不相信那種說法。那呼笛到底是用什麼做的呢？這個問題還是沒有答案。」

日織感受著手掌上微微的溫暖，回答道：

「我認為這確實是龍角。這溫暖的感覺就像是活物的一部分，一定是來自特別的生物。」

「我和祈社的人一樣不贊同這種說法。如果呼笛是龍角做的，就表示和治央尊結緣的那條龍現在還活著。」

「還活著又怎樣？」

「有龍從神代存活至今？龍可以活那麼久嗎？我聽說過龍可以活一百年、一千年，但是從神代活到現在也太誇張了，如果有龍從神代活到現在，一定大到不像話，搞不好會蓋住整片龍之原的天空，又沒有人看過那麼大的龍。」

「就是因為所有人都覺得不可能，真尾才會說那應該不是真正的龍角。可是呼笛能召喚龍，或許它真如神話所說是用龍角做的呢。如果相信這件事，就會相信給了治央尊一截角的龍如今還活在某個地方。」

呼笛是用龍角製作，才會有召喚龍的力量，因此龍之原應該有一條從神代存活至今的龍。

日織覺得這個推論很合理。

「沒有人見過從神代活到現在的巨龍，但牠說不定就在某個地方。如果有缺了一截角的巨龍藏在哪裡的話……」

日織說到一半，悠花的表情突然僵住。

「等一下，日織……」

悠花猛然抓住日織的上臂，用力到手指都發白了。

「怎麼了，悠花？」

「妳說缺了一截角的巨龍？」

「當然，因為牠把一截角送給治央尊製作呼笛了啊。」

悠花變得面無血色。

「怎麼了？」

「『那個』怎麼看都不像是從神代活到現在，牠也不是巨龍，可是……」

他說到這裡先停頓一下，才害怕地接下去：

「我看過……缺了一截角的龍。」

「在哪裡看到的？」

悠花指著日織的背後。

日織轉過頭去，看到把下巴靠在前腳上、用金色眼睛盯著這邊的生物的頭。牠的一邊鬍鬚折斷了，變得比較短，鱗片上滿是塵埃，角也一樣骯髒。仔細一看，其中一邊的角比較短。

牠的角缺了一截。

日織又看看自己的手中。

那生物缺少的一截角和自己手中笛子的尺寸大略相同。

日織的背上冒起一股寒意，拿著呼笛的手微微顫抖。

「不會吧……那是龍嗎？這呼笛就是那條龍的……」

聲音卡在喉嚨裡，沒辦法順利說出口。

不可能有不會飛、又聽人指揮的龍。

但悠花聽得見那生物的聲音。他聽到的是龍的聲音。

悠花緊張地直嚥口水，點頭說：

「那個……或許就是和治央尊結緣的龍。」

三

怎麼可能。日織的心中浮現否認的聲音。和治央尊結緣、從神代存活至今的尊貴的龍不可能是這副悽慘的模樣。

牠的身體只有成年人身高的兩倍，身體瘦到連日織都能用雙手環抱，四腳和與理賣的腿一樣纖細。

以體型來判斷，這條龍看似只活了四、五年。

但牠身體各處的鱗片都長了青苔，鱗片要好幾年才長得出青苔，可見牠至少已經活了幾十年，和牠的體型互相矛盾。

如今這隻生物滿是塵埃，背上的鱗片染了血，大概是被落石砸傷的。牠既不呻吟也不發怒，那靜靜趴著的模樣更是表現出超過了幾十歲的沉著。

（好像很年輕，又好像很老……這生物真是太奇怪了。）

那雙金色眼睛彷彿散發著微光，就連在昏暗之中都清晰可見。

一邊的鬍鬚比較短，似乎是斷掉的。

還有，一邊的角缺了一截。

（真的是這樣嗎？）

如果真是如此，那日織就明白為什麼這隻生物會聽從與理賣的指揮了，因為她帶著這隻生物……這條龍的角，她帶著這條龍身上的一部分，牠才能理解她的心思。牠和帶著牠身上一部分的人可以溝通，因此能照著與理賣的心思來行動。

日織盯著龍看，龍也盯著她看。那細長的瞳孔由中央往外呈現出黑色、褐色、綠色的複雜色彩。她不曾這麼近地看過龍的眼睛，但她可以從中感受到相當程度的理性。

日織心想「說不定……」。

（說不定我能和這條龍溝通。）

既然牠能聽從與理賣的指揮，和牠溝通也不是不可能。

「悠花，我有事要拜託你。」

「什麼事？」

「如果你聽到那隻龍的聲音，可以說出來給我聽嗎？」

「妳想做什麼？」

「對話。」

「妳有辦法跟牠對話嗎？」

「不試試看怎麼知道？」

悠花回頭看看那條龍，緊張地點頭說：

「好吧，我答應妳。」

日織爬下岩棚，朝那條龍走近幾步。

為了讓那條龍看見，她舉起了手上的呼笛。雖然距離還很遠，牠的瞳孔卻瞇了起來，似乎察覺了日織手上拿的東西。

日織怕嚇到牠，輕聲細語地問道：

「這是你的角嗎？」

龍瞇起眼睛，鬍鬚微微抖動。

悠花倒吸一口氣的聲音從後方傳來，過了好一陣子，他才說：

「……牠說，是。」

悠花的聲音在顫抖。

日織的心中冒出了「果然如此」和「怎麼可能」兩個聲音。

雖然多少猜得到，但日織還是驚愕地注視著眼前的龍——從神代活到現在的龍。

（牠真的是龍……而且還是和治央尊相識並結緣、從神代活到今天的龍……）

但牠為何會是這副模樣？

一想到這裡，日織突然意識到手中笛子的微弱溫度。既然這是龍身上的一部分，就算從龍的身上被分離出來，或許還是蘊含著龍的神氣。

龍會不會因為少了一部分而失去什麼能力呢？
「你是因為少了一截角，所以不能飛嗎？」
日織問道。悠花沙啞的聲音在背後回答：
「我聽到牠說，是。」
「既然角是這麼重要的東西，為什麼會少一塊？」
日織迫切地問道。悠花第三次開口說：
「牠說，送給朋友了。」
「送人了？為什麼要把這麼重要的東西送給人？」
「當作證據。」
悠花的聲音在顫抖。
「友情的證據。那條龍是這麼說的。」
悠花爬下岩棚，走到日織背後，靠在她的耳邊說：
「日織，這條龍說的話像幼兒一樣，簡單又笨拙。」
日織一聽大感震驚。
（龍竟然是這樣的生物？）
龍是自由飛翔於龍之原、不理會人類的生死而無情飛走、生活於龍之原天空的神之眷屬。沒有心、只是神的一部分，是超然的生物。

這就是人們以為的龍。

皇尊一族的女性聽得見龍的聲音，但聽到的都是隻字片語。沒有人聽過複雜的句子，龍為了守護龍之原而給予的建議全是零碎的字彙，人跟龍也無法溝通。人們都以為這是因為和地龍成對的「和魂」分裂成很多條龍，無法說出複雜的句子。

不只如此。

龍不會聽從人的命令，沒有人能控制龍。大家都是這麼想的。

所以日織才會如此討厭龍，因為牠們明明是神的眷屬，卻不能回答日織任何重要的問題。

人沒辦法和龍溝通，龍沒有心，原來都只是人們的誤解嗎？

畢竟龍總是在天上飛翔，不會像這樣停留在地面。跟那些總是在飛、一下子就從人的面前消失的生物本來就沒機會溝通。

可是，若是有什麼契機能和龍在地面上靜靜地相處，說不定人和龍還是能達到某種程度的溝通。

（不只是有可能，而是真的可以溝通。這條龍都已經回答我的問題了。）

而且牠剛剛是怎麼說的？

「友情的證據？」

聽到日織複誦這句話，龍就瞇起了眼睛。悠花喃喃說道：

「牠回答，嗯。」

「你把角送給了治央尊嗎？為什麼你得給他證據？」

「牠說牠不知道朋友的名字，還說那個朋友要求『既是朋友，當然會想要證據』。」

接著悠花補充了一句：

「牠的聲音聽起來很開心。」

日織頓時怒火中燒。

（叫龍把角給他做為友情的證據？這條龍因為這樣都沒辦法再飛了。）

治央尊竟然要求稱為朋友的對象給他這種東西？

都是因為把角給了人，才讓這條龍不能飛。

龍必須在天空飛翔，才能吸食神氣而成長，如果不能飛，就無法成長了。這條龍無法吸食神氣，從神代到現在都只能徘徊在地面。大概因為牠是神的眷屬，才有辦法在護領山躲到現在都沒有被人發現。

洞穴和附近都沒有人接近的痕跡，可能也是藉著龍的神氣建構出類似結界的東西吧。

牠少掉的那一截角被製成了召喚龍的呼笛。

其他的龍聽到以神氣孕育出來的眷屬的角發出聲音，自然會好奇地聚集過來。

或許這才是呼笛能叫出龍的理由。

「有人向你討，你就把這麼重要的東西給人了……」

龍的眼睛瞇得更細了。就算悠花沒說，日織也看得出來龍對於把角給人這件事感到很開心，甚至引以為傲。

日織感到難以言喻的悲哀，一陣類似懊惱的情緒突然湧出，令她咬緊牙關。

這條龍失去了重要的東西卻還為友誼感到自豪，就像是與理賣被父母拋下卻依然深深眷戀著父母。

「治央尊……到底是個怎樣的人？」

日織的聲音因憤怒而顫抖。

治央尊因為某種契機認識了這條龍，還以「朋友」的名義要求龍把自己的角給他。

「這和騙一個孩子把自己重要的東西開開心心地送人有什麼不一樣？」

呼笛平時都收藏在寶倉裡，很少被人碰觸，也很少拿到外面。

但是與理賣偷走了呼笛，帶在身上。這條龍可能察覺到與理賣帶著自己的一部分，才會去接近她，也是因此才會理解她的心思，聽從她的指揮。

牠是不是察覺到與理賣和自己有某些共通之處，所以對她很有認同感呢？

悠花困惑似地沉默不語。

治央尊原本是鎮守地龍、建立央大地的皇祖，如今他在悠花的心中卻變得有血有肉，變得活生生的。那不只是神話，不只是虛構的故事，他確實哄騙了從前生活在這片土地上的龍。

悠花彷彿能看見他在龍的面前露出得意的笑容。

大家都知道，神話和傳說都是人編造出來、流傳下來的東西。沒人知道這故事背後的真相，也沒有人想去探究。

因為不可能查明真相，所以只能相信神話。

但是，被神話掩蓋的事實卻出現在日織的眼前。

「神話、傳說、神器起源，全都是謊話……都是人編造的故事。」

她咬緊嘴脣。

「遊子是遭神厭棄之人，禍皇子不能活在世上，八洲人民背負著罪孽……那些也都是隨便編造的故事所產生的厭惡、害怕及輕視。」

「也不盡然吧。」

悠花安撫似地說道，但日織用力搖頭說：

「也是，或許其中也包含了事實。但我從今以後若非親自確認過，絕不會隨便相信。」

日織朝著從神代存活至今、遭遇可悲的龍走近一步。

龍的瞳孔擴大，彷彿提起了戒心，日織便停下腳步。
（牠真像個膽小的孩子。）
日織不禁對這條龍感到悲憫和憐愛，雖說對神的眷屬懷有這種感情似乎不太尊敬。
大家都說龍無法傳達複雜的概念，或許龍本來就沒有複雜的想法。
但龍必定還是有某種程度的想法——孩童般的單純想法，以及直率的感情。
龍——神之眷屬——的真實樣貌展露在日織的眼前。牠們就像單純至極的孩子，非常純粹，是生於神氣、吸食神氣而成長的生物。
（多麼美麗的生物……）
牠們天真又單純，靠著神氣維生，才會因為人的哄騙而失去了角，才會從宇預遭人殘忍殺害的屍首上方毫不在意地飛走。牠們既可悲又傲慢，正因牠們是神的眷屬。
日織覺得自己似乎比較了解龍這種生物了。
（如果牠對與理賣有認同感，應該能理解人心。）
日織以此為信念，對龍開口道：
「你的朋友早就不在世上了，你應該也知道吧。所以能不能讓我來當你的朋友？」

龍抖了抖鬍鬚。

「我想成為你的朋友。做為友情的證據，我會把角還給你。」

「日織！妳在說什麼啊！如果把呼笛還給牠，那宣儀……」

「無所謂！」

日織嚴厲地打斷悠花的話，繼續對龍說：

「我不需要你給我任何東西來證明我們的友情，只有不相信你的膽小鬼才需要那種東西。我的妻子也是這麼對我說的。」

悠花輕輕地吸氣，像是深受觸動。剛才那句話是他對日織說過的話。當日織說想要給他一些什麼做為證據時，他回答說自己不需要這種東西。

「所以我會把角還給你。這就是我們成為朋友的證據。」

龍像孩子一樣天真又純粹，又擁有神之眷屬的力量。治央尊結識了龍，哄牠交出自己的角。

日織不願做出這種事。

如果對方是個奸詐狡猾的人，還可以說這是話術，說服哄騙是不可或缺的。

如果對方天真單純，她就不願欺騙對方了。若是她這麼做，就跟唆使與理賣的高千沒兩樣了。

如果需要龍的力量，那就應該誠懇地和龍結交，請求對方幫忙。

這樣才是真正的結緣吧。
靠在前腳上的龍頭緩緩地抬起，牠昂起上身，低頭望著日織。
日織握緊呼笛，又朝龍走了幾步。
悠花似乎很緊張，日織可以聽見背後傳來的呼吸聲。
她慢慢往前走，站在龍的面前。龍的眼睛正如神的眷屬，透出清澈的光輝。
那雙金色眼睛是如此清澈，只要是這生物說的話，她一定會毫不懷疑地相信。
「我必須舉行宣儀，必須在儀式上吹響這個笛子把龍召喚出來，如果叫不出龍，我的將來就毀了。把角還給你之後，我無法再用這笛子召喚龍，但我還是會把角還給你，因為我跟你已經成為朋友了，我相信你。」
宣儀是日織必須舉行的儀式，如果不能成功舉行宣儀，大臣們永遠不會承認即位過程如此異常的日織是貨真價實的皇尊，她永遠都擺脫不了不津的陰影。
如果把呼笛還回去，她就不能吹笛召喚龍了。
但日織並沒有放棄宣儀。
「我還是會舉行宣儀，到時我會呼喚你，希望你能現身，這樣我也是叫出了龍。我相信你會以朋友的身分為我做這件事，所以我把角還給你……我想要把角還給你。」
日織長久以來一直用謊言保護自己，她比別人更清楚真實的可貴，她想跟龍真正地結緣。

想要在宣儀上叫出龍，最保險的方法是使用呼笛。日織大可在宣儀之後再將角歸還，但是那樣就代表她不相信龍。龍也會知道她的不信任。

她基於信任而歸還了角，希望龍可以來。這種做法才是信賴的證據，比剝奪朋友寶貴的事物更可信。

日織覺得，和龍結緣之後，她才會成為貨真價實的皇尊。一直用謊言掩飾身分的自己將會成為真正的皇尊。

歷代皇尊在宣儀時叫來的龍通常有十條左右，就算這條龍回應了日織的呼喚，那也只有一條，或許還是會有人覺得她這個皇尊不太可靠。

但她再怎麼說都是叫出龍了。

叫得出龍這件事比龍的數量更重要。她只要能叫出一條龍就夠了。

龍凝視著日織。

「我沒聽到任何聲音。」

悠花膽怯地小聲說道。日織又開口說：

「我希望你可以再次飛翔，在天空吸食神氣，長得又大又強壯，自由自在地活著。我和後面這位都是無法自由生活的人，我們都很了解不能自由生活的痛苦，所以你若還有機會得到自由，我希望你能活得自由。」

龍低下頭來，緩緩張開嘴巴。那密布著白色細牙的嘴巴伸到日織面前，鮮紅的舌頭扭動，喉嚨吐出濃郁的樹皮香氣。

「角。」

悠花以細微的聲音說道。

「牠說，角。牠想要回牠的角。日織，這樣真的好嗎？如果沒有呼笛的話，那宣儀……」

「沒關係。」

日織露出微笑。這是理所當然的。被剝奪了飛翔的能力怎麼可能開心？聽到人家說要歸還角，牠怎麼可能不想要？

「還給你吧。人類折磨了你這麼久的時間，真是對不起。」

日織把呼笛放在牠張開的嘴巴裡，輕聲說道。

「我希望和你結緣。」

日織收回手的那瞬間，龍闔起嘴巴，抬起脖子。

突然間，龍全身劇烈地震動。

鱗片互相摩擦，發出如玻璃碎裂般的聲音，在岩壁之間反彈，強風迎面撲來，今日織不禁踉蹌地後退幾步。悠花在後面支撐住她。

洞穴頂端崩塌之處照進來的光線變強了。

之所以會感覺變亮，是因為龍的鱗片反射了光芒。

覆蓋在龍身上的塵埃散落，青苔也跟著剝落，染血鱗片上的紅色消失，全身顫抖的龍散發出銀白色的光輝。

日織在耀眼的光芒中瞇起眼睛，同時驚訝地發現。

在光芒照耀下的龍頭長著兩隻完好無缺的角。

牠發出高亢又響亮的一聲咆哮。

「飛吧！」

日織情不自禁地叫道，龍在地上一蹬，尾巴一掃，朝著上方光亮的破洞扶搖直上。

龍捲起的強風在狹窄的洞穴內席捲，日織和悠花腳步不穩地後退。

濃郁而清新的香氣撲在臉上。

光輝從洞穴的頂端落下。

龍已經不見了。

耳朵彷彿被那聲咆哮震得麻木，好一陣子聽不到聲音。

龍飛上天了。

第七章　第二次儀式

一

日織看著龍飛出去的光亮破洞，一股強烈的情緒油然而生。
「牠飛了……」
她脫口說道，聲音還有些顫抖。
悠花從背後抱住日織，喃喃說道：
「日織，我聽到龍飛走時說的話了……想要見我，叫我就好。」
那句「叫我就好」是什麼意思？是說她舉行宣儀的時候只要想著那條龍，大喊「來吧」，這樣就行了嗎？
（就這麼簡單嗎？）
日織突然覺得很沒信心。

「我是不是做了蠢事？」

看到龍從眼前飛走，一陣不安湧上了心頭。

日織想要把角還給龍，她也相信龍會遵守約定；但那條龍如果沒有遵守約定，她也沒辦法做什麼。

或許她不該相信龍，而是應該等到在宣儀上吹過呼笛之後再還給牠。像治央尊一樣把呼笛留在身邊，想用的時候就能用，那樣不是很好嗎？

日織不禁冒出了這種疑惑。

「或許妳真的做了蠢事，但妳既然決定相信，那就相信到底吧。現在才開始擔心也沒用，妳就懷著確信的心情重新舉行宣儀吧。」

悠花說的話讓日織深有同感。他說得沒錯，何必現在才開始擔心。

「我要舉行宣儀，能多快就多快。只要能離開這個地方，明天就舉行。」

日織無力地把頭靠在從後面抱著她的悠花的胸前。

「我有點累了，悠花。」

悠花輕輕摸著日織的頭，像是在安慰她。

此時，龍飛走的破洞傳來聲響。

「皇尊，您在裡面嗎？」

是馬木的聲音。

多虧龍從那裡飛出去，才讓鳥手們發現了這個洞。

「我在這裡！」

日織喊道，洞外立刻傳來了眾人額手稱慶的聲音。

馬木背著悠花爬出洞穴，日織也在兩位鳥手的幫助之下爬到地面。

洞穴外有很多傾倒的樹木，樹幹上爬滿忍冬，因此不易發現這個洞穴。

日織爬到地面，還跪在傾倒的樹旁喘氣時，空露就說：

「我先把悠花殿下送回杣屋身邊吧。」

她抬頭一看，空露已經抱起悠花。悠花幾天都沒有好好吃東西了，現在非常虛弱，空露也知道繼續讓他處在眾目睽睽之下會很危險。

日織說「拜託你了」，心領神會地點頭，空露立刻抱著悠花快步離開。悠花從空露的肩上望向日織，露出微笑。

日織的腦袋有些昏沉沉的，或許是因為吸進了龍的神氣。

她抓著傾斜的朽木，蹣跚地站起身，卻被茂密的青草絆了一下，差點跌倒，剛好在附近的有間立刻扶住她的肩膀。

「您沒受傷吧，皇尊？」

「沒有，讓你擔心了。」

「洞穴裡發生了什麼事?有條龍飛出來呢。」
有間轉頭看著背後的洞穴,用壓抑著興奮的語氣繼續說:
「我第一次看到龍。真是美麗的生物啊。」
「我沒辦法用三兩句話解釋清楚,總之一切都結束了。馬木。」
「是。」
鳥手的首領跑了過來。
「去通知大祇真尾,說凶事已經結束了。還有,我已經準備好了,明天就舉行宣儀。」
「是,不過我得先把皇尊送回殿舍歇息……」
「還有其他鳥手在。先去通知真尾比較重要,去吧。」
馬木說「遵命」,向日織行了禮,又對其他鳥手下達一些指示,就跑回去找真尾了。
三位鳥手圍在日織身邊說「我們送皇尊回殿舍」,日織回答「麻煩你們了」,但她只是有些步履蹣跚,並不需要攙扶。日織拒絕有間和鳥手的協助自己走路,有間跟在她的身邊。
「皇尊,您明天真的要舉行宣儀嗎?」
才剛走了幾步,有間就這麼問道。

「是的，我要舉行宣儀。」
「我聽說宣儀是重要的儀式，必須先占卜選出吉日。」
「占卜了也沒有意義，明天的宣儀應該會跟過去截然不同。話說回來，從神代至今也沒有皇尊舉行過第二次宣儀。」
而且她連呼笛都沒有。
（就算舉行宣儀，那條龍出現的可能性……會有多高呢？）
如果龍沒有出現，日織的地位就更岌岌可危了。
她要憑著這不確定的因素再次挑戰宣儀。只要有成功的可能，她就要做，而且越快越好，必須趁著自己對那條龍還沒失去信心的時候。
拖得越久，日織就會越不安。如果繼續擔憂下去，或許她就沒有勇氣舉行宣儀了。
她想要在信心動搖之前解決這件事。
「也就是說，我到了明天……最晚也是後天，就能拿到您的書信吧？」
面對有間的詢問，日織無法回答。
有間熱心幫忙了日織，她很想給他那封書信做為回報。雖然她願意給，但龍之原代代皇尊都得遵守不插手別國事務的原則。這條原則並非毫無意義，而是為了保護龍之原身為神國的立場。

日織真是左右為難。

回到山崖下的洞穴入口前，日織在一片狼藉之中看到兩位鳥手，他們一左一右地看守著坐在地上、把頭貼在膝上的與理賣。

（與理賣……）

日織快步走過去，兩位鳥手一看見日織就露出安心的表情說「皇尊，您沒事了？」。

「讓你們擔心了。我要感謝你們的辛勞。」

日織說著客套話，邊望向坐在地上頭也不抬的與理賣。她應該聽見了日織到來的聲音，卻沒有任何反應。

「你們打算怎麼處置這孩子？」

「還得和祈社商量，但首領說過應該會交給刑部的官員。」

「沒這個必要，交給我就好了。」

「萬萬不可。這怎麼行呢？這個人想對悠花殿下不利，就算只是個孩子也不能輕饒。」

陪在日織身邊的一位鳥手高聲說道，監視與理賣的另一位鳥手也皺起眉頭。

「而且這孩子還想傷害皇尊呢。」

「我知道與理賣犯了大罪，但還是希望你們把她交給我，我會讓她做出應有的補償。」

日織單膝跪在與理賣的前方，望著她低垂的臉。

「與理賣，對不起。我知道妳承受了很多傷痛，經歷了很多恐懼……」

她停頓片刻，然後下定決心。

「但妳犯的罪很嚴重，我不能當作一切都沒發生過。我不會讓妳承受更多折磨，雖然必須讓妳贖罪，但我會想個適當的方法。之後我會讓妳留在我身邊，所以妳不需要擔心……」

日織才講到一半，與理賣突然抬起頭，那雙近距離盯著日織的眼中充滿了野獸的凶性。日織頓時愣住……

「皇尊！」

站在她身後的有間發出警告，但已經來不及了。

與理賣抱著雙腿的手裡握著一顆小石頭。她猛地撲向日織，拿著石頭敲向日織的太陽穴。

石頭打到的是人體的弱點。日織被打得天旋地轉、失去平衡，有間和鳥手們想要衝過來拉開與理賣，但她緊抓著日織，再次舉起石頭。

石頭砸下來之前，日織用雙手緊緊抱住與理賣的身體。與理賣的手臂也被日織抱住，卻仍死命扭動掙扎，大喊：

「去死吧！像你這種人應該去死！」

她的力氣比不過成年人，無法甩開日織的雙手，她用勉強能移動的手抓著石頭，不停打在日織的肩膀、背後和上臂。

「皇尊！」

有間和鳥手想要伸手阻止與理賣，但是……

「不需要！你們別出手！」

日織大聲喝止。

「不行！我們不能坐視皇尊受傷！」

日織瞥見一位鳥手把手伸向腰間的小刀，嚇得非同小可。

鳥手不可能放過攻擊皇尊的人，就算日織阻止，他們還是會把與理賣從日織身上拖走，將她就地正法。傷害皇尊就是犯下八虐之一的謀反罪，就算當場被殺掉也是應該的。

若是日織受傷，鳥手們恐怕會因為沒有善盡保護的職責而受罰，所以他們就連對付孩子也不會手下留情。

「有間！」

日織及忙叫道。

「拜託你，幫我阻止鳥手！」

只有像有間如此勇猛的人才阻擋得了鳥手，而且他不是龍之原的人民，這裡只有他一個人肯聽日織的請求。

有間按住太刀的刀柄，但他突然停止動作，似乎有些猶豫。

「這孩子是遭人利用、受人唆使的！拜託你，至少別讓她當場被殺死，我想讓她接受適當的懲罰！」

在日織焦急的懇求之下，有間終於拔出太刀，指向鳥手。

「有間大人！」

「你在做什麼啊！」

鳥手們氣急敗壞地叫道，有間的視線緊盯著他們，單手握著太刀，另一隻手搶過與理賣手上的石頭遠遠地丟開。

「好了啦，冷靜點。那孩子總不可能赤手空拳地掐死皇尊吧。」

聽到有間氣定神閒地這麼說，鳥手們激動地叫道：

「我們必須保護皇尊！」

「請你讓開！」

「很抱歉，這是皇尊的請求，所以我不會讓開。我還有事需要皇尊幫忙，我可不想惹他不高興。」

鳥手和有間互相凝視。

「有間，多謝了。」

與理賣的拳頭仍繼續毆打著日織。

「都是因為你，我的父親才會離開！母親也是！都是你害的！」

孩子的拳頭打在身上不怎麼痛，比不上與理賣這些話聽在耳中來得令人心痛。

日織從懷中緊抱著的瘦弱身體清楚感受到與理賣被父母拋下的傷痛。

（這孩子非常傷心……）

日織很想幫助她。這個念頭從心底湧出。

她平靜而溫柔地承認。

「沒錯，都是因為我當上皇尊，不津王才會離開龍之原。都是我害的。」

如同一隻被掐住脖子的兔子，與理賣發出尖銳的、不成聲的憤怒咆哮。她的拳頭更用力地搥打著日織。

「就是，就是，就是！都是你害的，都是你害的，都是你害的！」

「是的，都是我害的。」

「皇尊，請您放下那孩子！」

鳥手們拚命懇求，日織還是搖頭說：

「抱歉，可以等一下嗎？」

「去死！你這個大壞蛋，去死吧！」

與理賣吼道。

「我不能死，但我會關心妳、疼愛妳、保護妳。」

「去死！」

鳥手們屏息看著兩人，隨時就會衝過來，但有間擋在前方，阻撓了他們的行動。他站的位置很巧妙，如果與理賣突然做出什麼舉動，他也來得及應對。

「不，我不會死的。我要關心妳，照顧妳。所以我必須活下去。」

「都是你，都是你不好！」

與理賣似乎精疲力盡了，動作越來越慢。日織看出這一點，更用力地抱緊那瘦小的身軀。

「是啊，都是我不好。所以我要這樣做。」

她拍了拍與理賣的背。

與理賣的肩膀猛然一顫。

如同哄嬰兒一樣，日織一再地拍著。

「都是你不好……」

與理賣被日織抱在懷中，喃喃說道。

（這孩子一定很痛苦，因為她把傷心和悲慘化為憎恨了。這比傷心或悲慘更令人難受。）

與理賣承受不起那樣的傷心和悽慘，轉而憎恨日織。

但是與理賣並不笨，她年紀雖小，還是分得清是非對錯，所以她一定隱約知道自己的憎恨只是在遷怒，丟下她是父母自己的決定。

「妳是個好孩子，一直努力忍受著寂寞。從小到大，妳已經忍受很多年了吧。」

日織一邊拍她的背一邊說道。

「所以龍才會幫助妳。我和那條龍也成為朋友了，我和妳有著相同的朋友喔。」

「像你這種人……」

「妳是個好孩子，我才會關心妳、疼愛妳、保護妳。妳犯下的罪我不能當作沒發生過，但我會想個適合的處罰方式，絕不會冷酷無情地處罰妳。妳犯的罪很嚴重，但妳只是受人唆使。」

日織像在唱搖籃曲，又說了一次。原本念念有詞的與理賣安靜下來了。

（不需要再憎恨了。只要沉浸在傷心和悲慘之中就好。）

到時日織會支撐她的。

與理賣的肩膀顫抖。

被日織輕拍的背部開始間歇地抽搐。

「想哭就哭吧。像妳這樣的好孩子當然可以哭。」

日織持續地輕輕拍著。

懷中傳來嚶嚶抽泣的聲音。聽到這個聲音，日織憐愛地用另一隻手把與理賣滿是汗味的頭摟在懷中，繼續輕拍她的背。

「妳是好孩子喔，與理賣。」

一聽到日織輕聲這樣說，與理賣小小的身軀中像是有什麼潰堤了，她開始放聲大哭。

日織摟著她髒兮兮的身體，重新將她緊抱在懷裡。

眼淚的水分在胸前暈染開來，日織放下了心中大石。她一邊感受著懷抱裡的溫暖，一邊下定決心。

她絕對不會讓這孩子變得像月白一樣。

過了一會兒，日織感覺太陽穴碰到了什麼東西。抬頭一看，有間正用大衣的袖子幫她擦拭，他的動作雖然粗魯，卻很溫馨。

「您流血了。」

聽到這句話，日織才意識到被與理賣用石頭打傷的地方破皮流血了。

「不好意思，有間。」

有間搖頭，像是在說「沒關係」。

原本擺出戰鬥姿勢的鳥手們漸漸放鬆了。他們看著這個犯下大罪、如今卻不停哭泣的孩子，都露出了不知所措的表情。

日織一直緊緊抱著與理賣，直到她停止哭泣。不知過了多久，與理賣終於鎮定下來，只剩微微的啜泣，日織平靜地問道：

「我們可以走了嗎？可以讓我抱著妳嗎？」

與理賣沒有開口，只是抽了一下鼻子。日織將她抱起來，感覺她比同年齡的孩子輕得多。與理賣攀著日織的肩膀，臉伏在她的肩上。

熱淚沾溼了日織的肩。

（就算是為了這孩子，我也一定要舉行宣儀。）

她感受著懷裡的溫度和重量，做出決定。

（我要立刻舉行宣儀。）

二

回程之中，有間跟在日織的身旁，鳥手們在前面開路。

日織被帶到原本居住殿舍附近的小殿舍，這地方平時沒在使用，是臨時拿來當作皇尊住所的。

真尾和馬木站在階梯下方。

「請把那個人交給我們。她雖是孩子，但她犯下了不可饒恕的大罪。」

真尾嚴厲地盯著與理賣。

「她是被人唆使的。利用孩子的人才是犯下了大罪。我已經懲罰了那個人，我也會讓這孩子用適當的方式贖罪，所以這孩子就先交給我看管吧。更重要的是，你已經準備好公布宣儀的消息了嗎，真尾？馬木通知過你明天要舉行宣儀吧？」

「我有收到通知，但我懷疑是自己聽錯了。宣儀可不是隨隨便便就能舉行的，而且宣儀不可或缺的呼笛在哪裡？」

「沒有。」

「沒有？什麼意思？呼笛不是已經從與理賣身上拿回來了嗎？」

「是拿回來了，但我又還給擁有那支角的龍了。」

「還給龍……？」

真尾困惑到說不下去，他似乎連日織這句話都沒聽懂。

「呼笛是用治央尊熟識的龍的角做成的。牠就是聽從與理賣指揮的那隻生物，因為少了一截角，所以牠不會飛，從神代到現在都只能躲在護領山中。得知緣由之後，我就把角還給牠了。」

「從神代活到現在的龍？怎麼可能？」

「是真的。難道你們沒看到從祈峰西邊飛出來的那條龍嗎？」

真尾睜大眼睛，沉默不語。他一定也看見那條龍了。

因為反封洲的人帶著太刀，龍都不想靠近祈社了。這幾天應該沒有龍出現在祈社周圍。

這時突然有條龍飛出來，真尾一定也覺得很奇怪。

「真的有龍從神代活到現在？您說把角還給牠了？那麼呼笛……」

真尾好不容易才擠出聲音，他的語氣摻雜著興奮和不安。

「我說過沒有了，祈社代代相傳的神器呼笛已經沒有了。」

「那就不能舉行宣儀了，皇尊。」

真尾一臉放棄的表情。

「如果沒有呼笛，祈社根本無法做任何準備。沒有人知道在這種情況下要怎麼做，要怎麼安排場地。」

「既然如此，只要公布宣儀即將舉行的消息就行了。派鳥兒傳信給治部，說要重新舉行宣儀，叫他們通知大首和首，在各個鄉里公布消息。不需要做什麼準備，先前為了宣儀而整理的道路和空地應該還沒長出青草，我就在那裡召喚龍。」

日織搖了搖懷裡的與理賣，將她重新抱好。

「與理賣，和妳當朋友的那條龍明天會來喔。我們一起見牠吧。」

日織換了一副嚴肅的表情，向真尾下令：

「通知人民！明天舉行宣儀！」

不能再拖拖拉拉的了。日織轉身背對表情依然困惑的真尾，走上階梯，在門前轉過身來，對鳥手們和有間說：

「伴有間，感謝你的協助。我明天就要舉行宣儀了，我會依照約定叫出龍給你看看。」

「您能不能叫出龍似乎是很嚴重的問題，不過無論結果如何，我都有好戲可看，所以我非常地期待。」

這番話乍聽有些諷刺，但日織知道有間並無惡意，只是說了真心話，因此點了點頭。

「馬木和鳥手們都辛苦了，我要向你們致謝。不過明天就要舉行宣儀，為了趕到會場，我們今晚就得出發。沒時間讓你們好好休息真是過意不去，但我還是要再拜託你們。」

馬木抬起頭，簡潔有力地回答「遵命」。

在殿舍的主屋裡除了先一步回來的空露和悠花以外，還有後來被叫來的杣屋和居鹿。

居鹿見悠花平安歸來就落淚了，杣屋則是拉著悠花的手，趴在他的腿上哭泣。

空露看到日織抱著與理賣走進來，一臉震驚地叫道：

「日織！」

居鹿聽到聲音，轉頭望去，一看到那兩人就立刻起身迎上前。

「日織大人！與理賣！」

居鹿的眼中湧出更多的淚水。

「日織大人，您平安無事真是太好了。而且與理賣也一起回來了。」

「居鹿，我有事要拜託妳，妳可以幫我照顧與理賣嗎？她全身髒兮兮的，肚子應該也餓了。」

日織抱著與理賣跪下來，讓她坐在自己的腿上，溫柔地撫摸她的頭。

「與理賣，妳一定餓了吧？身上也都髒了。居鹿會照顧妳的，妳可以吃些好吃的東西，把身體洗乾淨。我離開祈社的時候會帶妳一起走，我答應妳，一定會讓妳見到妳的朋友，所以妳得先做好準備。」

居鹿彎下身子說：

「與理賣，跟我來吧。」

與理賣慢慢抬頭，一臉膽怯地看著居鹿，像是在觀察她有沒有生氣。居鹿見她這模樣就笑著說：

「我把妳最喜歡的那件纈裙借妳穿吧。就是那件漂亮的淺紅色裙子。」

與理賣戰戰兢兢地握住居鹿伸出來的手。

「好了，快去吧。我會在這裡等妳的。」

日織摸摸與理賣的背，她默默起身，讓居鹿牽著走出去了。跨出門口前，她還擔心地轉頭看了一眼，日織朝她點頭。

「放心吧，我會等妳的。我們要一起去。」

空露看著居鹿和與理賣走出去之後，愕然又無奈地說道：

「妳為什麼把與理賣帶回來？而且妳說要一起去，是要去哪裡？」

「明天我要舉行宣儀，我已經命令真尾發出消息了，今晚我們就會從祈社出發。悠花不搭轎子，而是披著披巾騎在馬上，讓鳥手牽著走。杣屋、居鹿和與理賣也是一樣。這樣應該可以在天亮之前到達龍稜。」

「等一下，日織。宣儀？我送悠花殿下回來的路上已經聽說妳把呼笛還給龍了，現在沒有呼笛了。」

「是啊，但我還是要舉行宣儀。龍答應過我，只要我叫牠，牠就會來。」

「龍答應過妳？說什麼傻話，龍才不會讓人呼之即來。」

「有什麼關係嘛，空露，日織都說要相信牠了。」

先前一直保持沉默的悠花插嘴說道。他摸著杣屋的手繼續說道：

「反正第一次宣儀已經失敗了，就算第二次還是失敗，大家只會覺得『又來了』。」

「請不要說得這麼輕描淡寫。」

被空露一瞪，悠花笑嘻嘻地說：

「不用擔心。入道順利結束，殯雨也停了，日織毫無疑問已經是皇尊了。現在只不過是有些大臣還在囉哩囉嗦，再另外想辦法讓他們閉嘴就好了嘛。」

「正是因為沒辦法輕易地讓他們閉嘴，才需要舉行宣儀啊。」

護領眾一向冷靜，但空露的聲音隱含著怒氣，像是快超過忍耐的極限了。

「空露，拜託你。」

日織注視著空露。

「我知道你的顧慮和不安，我自己也很擔心，但我在洞穴裡已經決定要歸還龍角、和龍結緣。我現在也懷疑那或許是個愚蠢的決定，但那條龍從神代到現在都不能飛，竟然還為了給出友情的證據而高興地瞇起眼睛，我實在不願利用牠。我放棄了實現心願的確切手段或許有些感情用事，但我如果為了達到目的而不擇手段，遲早會犯下大錯的。」

空露似乎想說什麼，可能是要抱怨，也可能是感到無奈，結果他只是沉默地搖頭。

「關於與理賣的處置，你或許也覺得我做了蠢事，但我知道那孩子是被人唆使的，我也知道她承受了多少痛苦才會把她帶回來，好好教導，讓她用適當的方式來償還自己犯下的罪。這是我身為皇尊該做的事。」

在漫長的沉默之後，空露深深地嘆了一口氣。

「我明白了。」

明天舉行宣儀的消息已經發出，日織希望天亮之前就能到達龍稜，因此她必須立刻出發，徹夜趕路。

準備工作正在如火如荼地進行。

鳥手們忙著餵馬、修剪馬蹄、準備火把。祈社也選好了要在儀式中奏樂的從氏。空露和杣屋鉅細靡遺地指揮護領眾運來冷水和熱水，幫日織和悠花沐浴淨身、打理儀容。

杣屋為幾天沒有好好吃飯的悠花送上米湯，他小口小口地啜飲。日織也用了膳。

日織和悠花在太陽西下時做好了準備。

不久之後，居鹿帶著與理賣來到日織面前。

與理賣的消瘦無法在短時間內改善，但她變得乾乾淨淨，身穿可愛的淡紅色緗裙，端坐在日織面前。與理賣始終低著頭，日織跟她說話她也不回答，但她不再表現出敵意。日織知道她只是因為羞愧而不敢開口。

「我馬上就要出發了。我也幫妳準備了馬，妳跟我一起去吧。既然居鹿也在，妳們兩人就共騎一匹馬吧。」

與理賣這時才輕輕點了頭。

過了一會兒，馬木來報告說一切都準備好了。

馬已經牽到祈社大門的內側，鳥手和其他同行者也都在那裡等著了。

日織走出殿舍。

除了日織騎慣的鹿毛馬之外，鳥手們的馬，以及有間和其他反封洲的人騎的馬都已牽到祈社大門內側。

護領眾整齊地排列在正殿前方。他們負責在宣儀時奏樂，懷裡插著笛袋。這些護領眾都面無表情，眼中卻流露著疑惑的神色，這也是沒辦法的事。宣儀舉行第二次，還是在天黑後出發，而且皇尊是從祈社前往儀式會場，全都是史無前例的情況。

四周的篝火爆出盛大的火花，人馬的影子隨之晃動。

夜空掛著略為虧損的月亮。

日織、鳥手、有間及手下們全都騎上馬。

鳥手們拿著的火把照亮了日織的周圍。

「開門。」

在日織一聲令下，發生怪事之後一直關閉的祈社大門打開了。

六位從氏分別推開兩扇白杉門扉。

開門之後，眾人意外地發現門外也燒著篝火。

而且道路擠滿了舍人，彷彿要擋住門不讓人出來。路旁的白杉全都繫著馬。

策馬走在日織前方負責開路的馬木拉住韁繩，回頭大喊「停下來」，一邊打手勢制止後面的人向前走。

「你們是什麼人？不知道皇尊正要出去嗎？」

馬木這麼一問，有一個人從舍人之中走出來。在篝火投出的陰影裡，出現了一個滿臉大鬍子、表情嚴峻的男人。

那是左大臣阿知穗足。

他像是幾天沒睡，眼裡滿是血絲，滿面怒容地瞪著日織。

「我就是知道才來的！區區一個鳥手給我讓開！我聽說宣儀要重新舉行的消息，知道皇尊終於要出來了，才急忙趕來的。我有事要和皇尊商量。」

穗足的怒吼迴盪在黑暗的森林中。

「我再也不能容忍皇尊的作為了！」

三

「日織，這種場面還是讓我或大祇……」

騎馬跟在一旁的空露急促地低聲說道，日織抬手制止了他。

「沒關係，我來處理。」
日織騎馬繞到馬木的前方，從馬背上低頭看著穗足。
「不能容忍我的作為？你倒是說說看，我的作為有什麼問題？」
看到日織明知故問，穗足的臉漲成了紅色。
「您無緣無故罷免了能市王和高千王。您不只是把和您競爭皇位的不津王逐出龍之原，竟然連他的兒子們都不放過，根本是公報私仇。」
「之前宣儀會失敗都是源於他們的陰謀，因為高千王唆使妹妹與理賣偷走祈社的神器——呼笛。高千王是蓄意破壞宣儀，能市王雖然沒有參與其中，但他聽說弟弟的所作所為之後竟然表示贊同，這種人根本沒資格參與政事，所以我才罷免他們。」
「您想把自己宣儀失敗的責任推給能市王和高千王嗎？這完全就是公報私仇！」
「妨礙我就等於是威脅龍之原的安寧，身為左大臣的人難道會不明白這個道理嗎？如果皇尊的儀式被耽擱了，沒人知道龍和地大神會如何躁動！」
日織大聲說道，指著穗足的額頭。
「擔任左大臣之人不可能不明白這個道理！如果你真的不明白，那就不配當左大臣了！」
穗足不甘心地沉吟，臉色由通紅變成慘白。他雖想怒吼，但一時之間也想不到要怎麼反駁日織的言論。

真尾騎著馬匆匆趕來，擠到兩人中間。

「左大臣，請你冷靜點。」

「這是皇尊和我之間的問題，請大祇不要插嘴。」

穗足不理來勸阻的真尾，往前走了幾步。

「皇尊誤會了，偷走呼笛的不是能市王和高千王。妨礙宣儀的是遊子，如果您要懲罰，應該懲罰那個遊子。」

「是高千王唆使與理賣去偷的，他已經親口承認是他告訴與理賣呼笛的事。」

「那一定是遊子誤會了高千王說的話，才會做出破壞宣儀的舉動。遊子是遭神厭棄之人，龍之原一般人民才不會有這種誤會、甚至威脅到龍之原的安寧，這種事只有遊子才做得出來。」

穗足繼續喊道：

「正因為是遭神厭棄的遊子，才做得出這種事！」

聽到穗足大聲喊出這麼惡劣的發言，日織急忙回頭望向居鹿和與理賣乘坐的馬。雖然距離很遠，但她們一定聽到了穗足說的話。居鹿低著頭，縮著肩膀，與理賣緊靠在居鹿懷中，沒有任何動靜。兩人都畏畏縮縮的，像是在躲避旁人的目光。

（他竟然在那些孩子面前說出這麼難聽的話！）

日織怒目瞪著穗足，還來不及命他閉上那無禮的嘴巴，他又高聲說道：

「難道你們不這麼想嗎？沒錯吧，真尾？沒錯吧，各位？」

穗足打算把其他人也扯進來，大喊著將視線掃向身後的舍人們，又望向鳥手及護領眾。

現場氣氛為之一變。眾人似乎都想點頭回答「有道理」。

（在場的人竟然都同意他的意見？）

這個事實讓日織如同挨了一記悶棍。

「不，不只是在場的人，說不定龍之原大部分的人民都是這樣想的……」

生活於龍之原的人都認定遊子是屬於皇尊一族卻聽不見龍語、遭神厭棄之人，穗足的發言才會這麼有感染力。

那番「因為遊子是遭神厭棄之人所以如何如何」的發言。

（他們都沒有意識到，那些只是偏見、成見、放棄思考的蠢貨的理論。）

日織突然感到驚恐。

（就算我順利地完成宣儀、廢除了遊子放逐令，照這情況看來……事情還是無法如我所願。）

她如此確信。

遊子是遭神厭棄之人所以不吉利、很骯髒，而且會做出一般龍之原人民不敢做的事……有這種想法的人比日織想像得更多，這是根深柢固的偏見。

日織如今才真正看清自己從小到大憎恨的東西。

她要對抗的並不是眼前的穗足，而是和穗足有著相同想法的大眾。要嘲笑穗足的短淺是很簡單的事，對付他一個人並不難，但日織要對抗的是幾十個、幾百個、幾千個人。那些人都不在她的眼前，她卻得對抗那麼多的人。這件事她早就知道，卻從來沒有正視過，直到這一瞬間她才真正地看清楚了。

比起對付大眾，對付一位豪傑或一隻怪物還比較簡單。

就算除掉了穗足，還是會有其他人懷著相同的想法，敵人前仆後繼，根本沒完沒了，這才是最恐怖的事。

就算日織廢除了法令，在她退位的幾代之後，或許又會因為某人的提議而故態復萌。

日織一直期盼著坐上皇位、廢除遊子驅逐令，這樣就能消滅害死宇預、折磨月白的事物。

但她的想法太天真了。

遊子驅逐令是由人心的偏見醞釀出來的結果，就算消除了這個結果，只要源頭還在，事情就不會有任何改變。

為了把龍之原打造成自己期望的模樣，日織必須打碎那巨大的偏見。就像她以前對不津說過的話……

（要打碎人們的偏見只有一個方法……）

一冒出這個念頭，日織頓時感到一陣戰慄。她緊緊地握住轡繩。

「原來如此。我終於明白了。如果沒有顛覆一切的決心，絕對不可能成功。」

自己究竟還要再下幾次決心？究竟還要拿出多大的決心？

日織一邊這麼想著，一邊收起怒火，堅定心志。

「我就讓你們看看吧。」

日織喃喃說道，真尾疑惑地轉頭。

「皇尊？」

「關於你們心中所想、所相信的事，我會拿出我的答案給你們看。跟我來吧。」

日織瞪大眼睛，大聲喊道：

「給我讓開！」

這充滿氣勢的吆喝彷彿連篝火的陰影都害怕地顫抖，穗足也不禁膽怯地後退一步。

「真尾，清空道路。你已經發出了明天要舉行宣儀的消息吧？身為侍奉龍的神職者，如果你認為皇尊和龍結緣的儀式有必要舉行，就把道路清空吧。」

聽到這不容反駁的語氣，真尾不禁變了臉色。

日織的心中燃燒著熊熊怒火，同時也湧出了巨大的決心。這些情緒充斥在日織的語氣裡，連她都覺得自己的聲音如同鬼哭神號一樣嚇人，真尾多半也被嚇到了。

不過真尾是神職者，在他的眼中，左大臣的憤怒和不滿或日織的舉動都比不上地龍和龍——神及其眷屬——來得重要。

果不其然，真尾用堅定的語氣對穗足說：

「既然皇尊說要給我們看答案，那我們就看看吧。請你讓開，左大臣。」

穗足瞪著真尾，過了一陣子才說：

「好吧，大祇。為了看到皇尊要給我們看的東西，我就讓開吧。」

穗足粗魯地大喊「讓開」，擋在路上的舍人紛紛站到路旁。真尾朝穗足行了個禮，抬頭向日織說：

「皇尊，這樣可以了嗎？」

他的語氣隱含著擔憂，似乎擔心日織會因為憤怒而說出不該說的話。

日織確實很生氣，雖然她非常不悅，憤怒到壓抑不住，但她並沒有因此失去理性，她說出來的話都是經過深思熟慮的。

「很好，出發吧。」

聽到日織的回答，真尾也騎上自己的馬，馬木再次走到前頭，隊伍繼續行進。

從祈社大門走到下山的坡道後，空露加快步伐，和日織並轡而行，擔心地問道：

「日織，妳打算給左大臣看什麼？」
「我能給他看的也只有宣儀了。」
「這樣說服得了他嗎？而且妳也不一定能叫出龍吧。」
空露的眉心擠出深深的皺紋，一副走投無路的表情。
「抱歉，空露，我已經是皇尊了，所以我必須拿出比以前更大的決心。我現在才明白這一點。空露，我有事要拜託你。」
「什麼事？」
「我在宣儀中的『嘗試』如果順利就沒問題了，若是不順利……或許會連累到悠花。如果你看到情況不妙，就立刻趕到悠花身邊，讓他騎上馬，逃出龍之原。」
「日織，妳打算在宣儀中做什麼？」
「拜託你。還有，可以的話也請你幫助居鹿和與理賣逃出龍之原。我不知道到時會發生什麼事，但情況一定會非常混亂。你就趁亂幫她們逃走吧，拜託了。」
「我在問妳到底打算做什麼？」
空露的語氣焦急到有些生氣了。
「如果你知道我想做什麼，一定會拒絕我的請求。不，你還會堅決反對我要做的事。」
「妳明知我會反對，卻還是要做？那我當然不能答應妳的請求。」

「就算你不答應，我還是要做。你即使不答應，還是會照我的意思做吧？以我對你的了解，我知道你即使嘴上不答應，到時還是會妥協的。不過我想讓自己更放心一點，所以我還是希望你能答應我。」

空露確實是這種個性。就算他一臉凝重地反對日織的計畫，甚至發了脾氣，最後他還是會順從日織的心意。

空露沒有說話，或許是因為想法被看穿而感到驚訝。日織笑著說：

「當上皇尊以後，就得拿出更大的決心才行喔，空露。」

「妳會當上皇尊，我也有責任。」

空露的眼中閃過一絲悲痛，但他沉默片刻之後還是點頭說：

「我知道了。無論妳打算做什麼，我都答應妳。」

因為空露協助日織當上了皇尊，不管她做出怎樣的決定，他都有責任，而且他也決定了要一直當她的共犯。

馬木拿著火把在前面開路，日織騎馬跟隨在後。被眾多鳥手包圍的日織後面有四匹馬，坐在馬上的分別是悠花、杣屋、居鹿和與理賣、真尾。後面跟著反封洲的人，由有間領隊。接著是身穿黑衣的護領眾。

在不遠的後方，阿知穗足也帶著舍人跟著走。

火把的亮光在黑暗中行進，將近百人的龐大隊伍靜靜地移動，只能聽到馬蹄聲和腳步聲，連一聲咳嗽都聽不見。

這場黑暗中的遊行充滿了奇特的緊張感。

一行人走下護領山，經過河流和森林，穿越散布著鄉和里的河岸和湖畔，進入平地。四周陰暗而寧靜，能聽到的只有響亮的蟲鳴聲，但蟲鳴聲也不時因為馬蹄聲和腳步聲的驚擾而停歇。

日織抬眼望去，已經插完秧的稻田對面、護領山的山腳下都亮著一盞盞的小燈，那些燈光紛亂地移動，沒有統一的方向，但數量非常多，光芒在遠方搖曳不定。

龍之原的夜晚總是一片漆黑，很少看到這種情況。日織疑惑地瞇著眼睛說：

「那是什麼啊？」

馬木聽見了她的自言自語，轉頭回答：

「明天舉行宣儀的消息已經宣布了，所以人民都跑到能看見龍稜北邊的山丘和髭平周圍，準備觀賞宣儀。」

「喔喔，原來如此。」

日織輕輕地笑了。

「那我一定得讓大家看個仔細。」

那條龍到底會不會來？走到這一步，日織不由得擔心起來。

（如果龍沒有出現，宣儀再次失敗，那我……連居鹿和與理賣也救不了了。）

負面想法不斷浮上心頭。

日織叫自己別害怕，並在心中懇求著龍。

（你會來嗎？希望你會來。）

她覺得龍一定比人更守信用，因為那雙會發亮的金色眼睛是那樣地純淨而美麗。

突然間，日織覺得自己好像還沒走出龍道。

或許是因為她還沒成為真正的皇尊，路途才會如此黑暗。

這麼多的猶豫、這麼大的困難因此而生。

她必須繼續往前，走出龍道。

從護領山到龍稜矗立的草原，長長的隊伍在黑夜中行進，橫跨了半個龍之原。走著走著，彷彿融入了夜空、看不見輪廓的龍稜逐漸顯現出身影。

太陽還沒升起，但黎明快來臨了。

馬木等人熄掉火把，丟到路旁。

草原就在眼前，中央矗立著如一隻巨大龍爪的龍稜，頂端因朝陽照射而閃閃發亮。龍稜的影子落在草原上，翠綠的草原越來越明亮。

如波浪般在風中搖擺的青草上，陽光逐漸擴散開來。

日織突然覺得，這是最適合祈禱的時刻。

她彷彿走到了龍道的出口。

「馬木。」

日織叫道，走在前面的馬木放慢速度，和日織並轡而行。

「去告訴真尾，為了宣儀的準備，我要先和悠花、空露去一下龍稜，其他人直接到會場等我。」

「遵命。」

馬木策馬離去。接著日織又吩咐空露。

「空露，吩咐幫悠花牽馬的鳥手進入龍稜，我有事要請悠花幫忙。還有，命人把居鹿和與理賣的馬也牽到龍稜，我要讓那些孩子在龍稜裡觀看宣儀。」

「妳要請悠花殿下幫什麼忙？」

「你很快就會知道了。去吧，空露。」

空露的神情很不安，但他還是順從地答應，策馬奔向後方。

第八章　毀壞的神話、新生的神話

一

大祇帶著護領眾，阿知穗足帶著舍人，伴有間帶著手下，大批人馬繞過龍稜，走向為了宣儀臨時造出一條道路的伊吹門。

另一支隊伍由鳥手首領馬木帶頭，後面跟著騎馬的日織和空露，還有讓人牽著馬的悠花、杣屋，以及共騎一匹馬的居鹿和與理賣，魚貫進入了龍稜正面的木王門。

進入駐馬場後，一群采女和舍人跑出來迎接皇尊。看來祈社已經派鳥兒送來通知，說日織要從祈社回到龍稜了。

日織一下馬，就立刻吩咐采女把居鹿和與理賣帶到龍稜北側的柏宮，隨即看到太政大臣淡海皇子從馬廄快步走來。

上次宣儀失敗後，日織沒有和淡海商量就跑去祈社，甚至閉門不見任何人。

淡海完全不知道皇尊打算做什麼，他一定很困惑。

日織告訴淡海自己要在大櫻宮做好準備再去宣儀的會場，命他先備好轎子，到時自己會搭轎子前往會場。

到了大櫻宮，日織叫所有人離開，還嚴令采女和舍人不得接近殿舍周圍，包括淡海在內。

悠花被空露抱進大櫻宮的西殿。日織收到回報之後，也跟著進了西殿。

西殿是悠花的住所，裡面整齊擺放著他的物品，一踏進屋內就能聞到脂粉香。

杣屋待在角落伺候著。

閒雜人等已經驅散，現在想做什麼就能做什麼，因此悠花站在敞開一半的格子窗前觀賞長出嫩葉的櫻花樹。他察覺到日織來了，就轉過身去。

「我聽空露說了，妳在宣儀之前有事要我幫忙？」

「這件事只能拜託你了。」

日織對著走近的悠花說道。

「我想借用你的衣裙。我要穿那些衣服參加宣儀。」

悠花盯著日織看，彷彿聽不懂她說的話。

「為什麼要這樣做？」

「我要以女人的形象出現在大眾的面前。」

空露發出絕望的呻吟。他那聲「日織」聽起來很苦澀，但日織頭也不回地說：

「抱歉，空露，但我剛才就說過，我已經決定了。」

「……為什麼？」

悠花注視著日織，簡短地問道。他可能太驚訝了，只說得出這句話。

「如果不這麼做，就沒辦法實現我的心願。阿知穗足在祈社大門前說出『因為遊子是遭神厭棄之人，所以做得出一般人不敢做的事』之時，有不少人表現出贊同的態度，我甚至聽到有人附和『言之有理』。若不拿出能徹底扭轉人心的事物給大家看，就算我廢除了遊子驅逐令，將來說不定還是會出現類似的法令，那我當上了皇尊也是白搭。」

「就算是這樣，妳也沒必要把自己的祕密公諸於世啊。」

「我要讓大家知道，能叫出龍、得到神認可的皇尊也是遊子。只有這樣做，才能改變人們認為遊子不祥、遭神厭棄的偏見。」

「如果妳到時叫不出龍呢？妳也不確定那條龍一定會聽妳的召喚而來吧？如果妳叫不出龍，又暴露了自己的真實身分，一定會被逼著退位。到時大家都會說妳雖然入道卻無法和龍結緣，都是因為妳的身分所致，大家會覺得妳不配當皇尊的。」

悠花憂心地勸說著日織，站在後面的空露也接著說：

「不需要這麼急吧，日織。等宣儀順利結束，妳的朝代也穩定下來之後再公開祕密也不遲啊。」

「就算我的朝代穩定了，公開祕密還是會引起人們的驚慌和不必要的騷動。那些人一樣會挑剔我的毛病，說都是因為皇尊是女人、是遊子才會這樣。如果我以男性的身分入道、舉行宣儀，說不定會有人說我是靠喬裝騙過了神才能當上皇尊。我若是因此失去皇位，遊子的處境一定會比現在更慘。這一切都是我造成的。」

日織不相信創造並統治央大地的神會被她的男裝扮相欺騙。

但她無法保證不會有人這樣想，而且搞不好神真的會被一個人的裝扮欺騙，她才能成功地入道、停止殯雨。

若是如此，用真實身分舉行宣儀就能讓她再次確認神的心意。

她想知道自己是不是真的適合擔任龍之原的皇尊。

「繼承者也是個問題。我是躲不掉的，遲早都要公開這件事。」

空露不說話了。

身為遊子的日織當上皇尊，等於是站在一個無路可退的地方。空露也很清楚這一點。

「再說，等到我的朝代穩定了，不知道還得死多少遊子。既然我已經當上皇尊，我不想再對那些事坐視不管。」

日織停頓了一下，又繼續說：

「我必須以真實的身分去召喚龍。我當皇尊是為了實現自己的心願，若是一直拖延下去，我當這個皇尊就沒有意義了。」

日織的態度非常堅決，對悠花卻有些愧疚。她低著頭垂下眼簾。

「如果我以真實的身分舉行宣儀卻又叫不出龍，那我的一切就全毀了。我知道會有這種下場，但這是我自己選擇的，所以我甘之如飴，但對你就很過意不去了。如果我被迫退位，連命都保不住，就沒有人可以保護你了。你身為我的妻子，如果跟著遭到調查，那你也會有危險。」

日織懷著懇求悠花原諒的心情繼續說道：

「我拜託過空露，一發現狀況不對就幫助你逃出龍之原。雖然對你很抱歉，但我實在沒有其他辦法了。對不起。」

「您要叫悠花殿下離開龍之原嗎，皇尊？」

杣屋聲音顫抖，一副快哭出來的樣子。這語氣讓日織的心情更沉重。

「是的，對不起。」

「這樣太過分了，皇尊。前任皇尊是因為信任您，才把悠花殿下託付給您的。」

「真的很對不起。」

「既然您覺得抱歉，請您為了悠花殿下打消這個離譜的念頭吧。」

「夠了，杣屋。」

悠花嚴厲地喊道。日織抬起頭來，杣屋閉上了嘴。

「老實說，我也不希望日織這樣做。但是妳想想看，日織現在是皇尊，她已經沒有退路了。站在這種不能後退的處境，不是汲汲營營地慢慢摸索實現心願的方法，就是把一切賭在這一次宣儀。」

黎明的寒風從門窗吹進來，風中似乎夾帶著櫻葉青澀的氣味，令人神清氣爽。

悠花直視著日織說：

「妳已經做出決定了吧，日織。妳要把一切都賭在宣儀上。」

日織點頭，悠花也朝她點頭。

「我知道了，妳就照自己的意思去做吧。不過我有一個要求。如果我覺得情況不對就會逃走，而且我要帶妳一起走，希望妳到時不要反抗，乖乖地跟我走。這就是我的條件。」

「跟你一起逃走？」

日織說不出話了。她從未想過悠花提議的事。

她從未考慮過要逃走。

自己身為皇尊，怎麼能逃出龍之原？這樣龍之原一定會陷入混亂，而且皇尊若是逃出龍之原，難道不會造成地大神的動盪嗎？不會引起龍的騷動嗎？

從神代至今從來沒有皇尊逃離龍之原。

過了一會兒，她才開口說：

「如果皇尊逃離龍之原，不知道會發生什麼事……」

「說不定會引發無法想像的天崩地裂和大災難呢。」

悠花露出了冷笑。

「那逼走妳的人就得承受那些無法想像的天崩地裂和大災難了。那是他們自己惹出來的，不是妳的錯。」

「但是龍之原的人民也會跟著受苦。」

「那妳到時再向龍之原的人民宣告吧，說皇尊會離開龍之原都是被那些不承認皇尊地位的蠢貨逼走的，天崩地裂和大災難都是那些人造成的，人民聽了一定不會放過那些蠢貨，還會打從心底歡迎妳回來。」

說到這裡，悠花換了一副開朗的表情，聳著肩說：

「如果妳逃出龍之原沒有引發什麼災難，那也很好啊，我們可以一起去八洲的某個地方快樂地生活。」

悠花轉頭向空露說道：

「你先去馬廄，把日織的馬和我能騎的馬牽到伊吹門外面。如果發生狀況，我們就騎馬逃走。我答應你，我會帶日織逃走，到時你就負責幫我們阻擋追兵吧。」

「就靠你？」

「我會守護日織的，我保證。所以你先幫我備好馬吧，記得要找溫馴一點的馬。我不是在炫耀，我的騎術實在不怎麼樣，畢竟我從小到大都沒辦法自由外出，吵了半天才能在局限的範圍之內騎馬。」

日織看著用玩笑般的語氣說話的悠花。

（守護？）

悠花說的話令她非常驚訝，同時也有一種無法言喻的喜悅如暖意般在她心中擴散。

（沒想到會有人對我說出這種話……）

空露的眼神變得柔和。那是在緊張之後做出決斷、心情平靜下來的表情。

「遵命，悠花殿下。」

空露的語氣中摻雜著感謝和尊敬。他行了禮，快步走出西殿。

悠花轉向杣屋，笑著說：

「不好意思，杣屋。如果發生什麼狀況，妳就回老家去吧。」

「無論發生什麼事，我都要跟悠花殿下在一起！」

「不行，妳會拖累我的。」

悠花見杣屋難過得快哭了，就下令說：

「去看看轎子是不是已經到正殿外了。我還要幫日織做準備。」

悠花使喚杣屋做事或許是他體貼的方式，因為他不想看到長年照顧自己的乳母哭泣。

杣屋用袖子擦著眼角，起身走向屋外。

「對不起，悠花。」

日織垂下眼簾。

「你們是被我拖下水的。都是因為你當了我的妻子。」

日織的手突然被握住。她抬起頭來，看到了悠花的笑容。

「來吧，日織，我會把妳打扮得美麗動人。」

二

悠花拉著日織的手，把她帶到隔簾後方。

他先叫日織脫下外衣，只留內衣，接著打開櫃子，從裡面搬出一件件的衣服、披巾、裙子，放在地板上。

悠花從色彩繽紛的衣服堆裡選了一件深紅色內衫，拿著衣服走到日織背後。只穿一件內衣時，可以清楚看出她和男人截然不同的柔媚纖細身體曲線。

（憑著這麼瘦弱的身軀，她多少次拿出了賭命的決心……）

雖然心痛，悠花還是開朗地說：
「來，把這件衣服穿上。」
他把衣服披在日織纖瘦的肩上。日織穿上衣服後，悠花才走到她面前，幫她綁上衣帶，接著他又拿出一件鮮紅色襯裙。
日織不熟悉這些衣服的穿法，只能像個孩子一樣，依照悠花的指示抬起手臂、放下手臂、轉身向後。
換好衣服後，悠花要日織坐在蒲團上，她就像平時一樣盤腿而坐。
「日織，端莊一點。」
日織一臉訝異，似乎不明白悠花為什麼糾正她，悠花指了指她的腿，她才會意過來，換了坐姿。
「很好。」
悠花笑著說道，站到日織身後，鬆開她的髮髻。
他幫她梳理著長度只達肩下的頭髮。
「這樣的頭髮沒辦法綁一般的雙髻和單髻。可能要弄個比較好看、比較特別的單髻。」
「我什麼都不懂，全都交給你了。」
日織的頭髮摸起來很柔順。悠花在她的頭上綁了個小小的髮髻，尾端自然地披垂下來。他將首飾盒拉近，從裡面挑了幾支銀釵，插在髮髻上。

要從自己的首飾盒裡選出適合日織的髮飾，讓悠花傷透了腦筋。

難道沒有更高雅、更樸實的飾物嗎？悠花的髮飾和日織的氣質不太搭調。

悠花正在思索該怎麼辦，不經意地望向門外，突然靈光一閃。

「等一下，我去幫妳拿個好看的飾品。」

悠花丟下這句話，逕自走向西殿的庭院。階梯右邊種了一些開著白花的茂密灌木。那是梔子花。他摘了幾朵香氣濃郁、外型雅致的花朵，回到屋內。日織露出訝異的表情。

「梔子？」

「我要把這個別在妳的頭髮上。」

悠花把芬芳的花朵插在銀釵之間，用鮮花裝飾日織的頭髮。

梔子花的香甜氣味飄了出來。

接下來悠花把繁瑣的化妝用品擺在日織的面前，包括刷子、筆、小陶罐、深碟子。

悠花坐下來，拿起彩色的小陶罐，打開蓋子，朝著地上的深碟子傾倒，白色粉末落下。那是化妝粉。他拿來水壺，倒在深碟子裡的粉末上，用刷子攪拌均勻。

「有一點冰涼喔。」

他拿起刷子，先塗在日織的脖子上。刷毛冰冷的觸感讓日織嚇了一跳，看得悠花笑了出來。他覺得日織真像個少女。

「我一開始也很不習慣。」

悠花仔細地在日織的脖子、下巴、臉頰塗上薄薄的脂粉，粉末均勻地吸附在她從未化過妝的肌膚上。

（我幫日織化妝是為了送她去赴死嗎……）

如果日織以男人的模樣搞砸了宣儀，臣民雖然會很失望，但也不至於立刻對日織不利。如果她以女人的模樣舉行宣儀，一旦失敗了，立刻就有生命危險。

（如果那條龍沒有回應日織的呼喚……）

悠花到現在還是很想阻止日織，但日織已經下定了決心。她努力當上皇尊，好不容易才走到今天這一步，為了實現心願，她決心要豁出一切。

悠花覺得日織的勇敢只是愚勇，但她若不賭這一把、放棄了自己的心願，就連以皇尊的身分活下去都會令她覺得厭惡、悲傷、痛苦，說不定還會放棄自我。悠花不願看到日織變成行屍走肉，日織自己也會很後悔沒有賭命挑戰。

（所以我必須幫她做好準備，把她裝扮成最美麗、最優雅的皇尊。）

塗好脂粉後，悠花又拿起細筆，用水壺裡的水沾溼，接著拿起一個小陶盒，裡面是深紅色的。他用筆在陶盒裡抹一下，筆尖染上了深紅色。

悠花上身前傾，幾乎貼在日織的臉上，用細筆在她的額頭畫上花鈿。

畫好之後又換一支筆，沾溼之後抹上口紅，擦在日織的嘴唇上。

「嘴巴稍微張開。」

日織依言張嘴，悠花用纖細的筆尖塗抹著她的嘴唇。當筆碰觸到那色澤粉嫩的嘴唇時，悠花突然感到一股難以形容的愉悅。啊，這是我的丈夫，是屬於我的人呢。這嘴唇，這肌膚都是屬於我的。

一塗上鮮紅的唇色，整張臉的印象都為之一變，顯得活色生香。

擦好口紅後，悠花叫日織站起來。

他跪在日織身前，把隨便綁起的裙帶解開，重新打了整齊的結；調整好上衣，再從背後將披巾披在日織的肩上，尾端纏繞在手臂上。接著他又走回前方，調整釵子和梔子花的位置。

悠花用心調整日織身上的每個小細節，打理得完美無缺，最後用指尖撩起貼在她臉頰上的頭髮，輕輕梳起，像是撫摸一樣。

（這樣就行了吧。）

悠花望著自己丈夫的模樣好一陣子。日織似乎很在意他的沉默，擔心地問道：

「弄好了嗎？」

悠花點頭。她又不安地抬起袖子，想要看看自己的模樣。

「會很奇怪嗎？」
這問題真是太可愛了，悠花微笑著搖頭。日織對這些事完全沒有經驗。
「妳很漂亮。」
一股強烈的衝動令悠花貼近日織，他輕聲說道，吻了她的嘴脣。
他的深吻令日織有些困惑，她不自覺地想後退，上身卻被他摟住。如同被梔子花的濃香撩撥，愛意在心中逐漸擴散。
「我會守護妳的。」
悠花離開她的嘴脣，如此說道。他暗自決定，不管發生什麼事都要保護她。這是他必須保護的人。但日織卻輕輕推開悠花。
「你不需要保護我，因為這是我的決定，是我的心願。你只是被我拖下水的，所以你保護自己就好了。」
「這話我可不能苟同。我們是夫妻嘛。」
「我希望你能優先保護自己。」
日織會這樣想是很自然的，悠花早就料到了，但他這次不打算聽日織的話。
他笑而不答。
日織有些不知所措，默默地移開目光。
「悠花，謝謝你幫我打扮。我要出發了。去宣儀。」

日織坐進了有布簾遮蔽的轎子，空露才命采女去叫抬轎的舍人和淡海皇子。依照慣例，皇尊應該要步行至宣儀會場，從來沒有皇尊是搭轎子去的。

但若不搭轎子，日織的模樣就會暴露在眾人面前，到時場面可能會混亂到連宣儀會場都走不進去。考量到這一點，她才命人準備轎子。

淡海皇子靜靜站在舍人扛起的轎子前，雖然滿臉困惑，但他不愧是太政大臣，就算困惑也沒有慌張失措，還是像普通宣儀一樣鎮定地向前走。

轎子在他的身後緩緩行進。

在兩旁列隊的采女和舍人紛紛屈身行禮，但他們的表情不像第一次宣儀時那麼開心，也沒有說出賀詞，只有一臉的擔憂。他們的臉色像是在說「這位皇尊的朝代會怎麼樣呢」。

空露也跟著轎子走，他出發時回頭看了正殿一眼。他知道悠花正在正殿北側的廊臺偷看。他的眼中露出懇求的神色，希望悠花能保護好日織。

悠花已經換上護領眾的黑衣黑褲。他對空露輕輕點頭，對著跪在一旁的杣屋說：

「我要走了，杣屋。」

「是。」

眼眶泛紅的老婦人似乎已經想開了，她關愛地抬頭看著悠花，像是要把他的模樣牢牢地刻在眼中。

「您真是一位美麗又體貼的主人。」

「別這樣，杣屋，我們又不是要永別了。我還打算回來聽妳嘮叨呢。」

「如果您能回來，我一定會好好向您嘮叨一番的。」

「真可怕。」

悠花縮了一下脖子，轉身跑掉了。

（我和日織會怎麼樣呢……）

一旦要面對現實，好像就會怕得雙腳顫抖。悠花為了給自己打氣，試著積極樂觀地思考。

（比起穿著女裝成天關在屋裡的生活，現在這樣好多了。無論會有什麼結果……）

他迎向早晨的清風，輕盈地、雀躍地跑下龍稜的迴廊。

悠花從小在龍稜長大，知道走哪一條捷徑可以比日織的轎子更快到達伊吹門。他一口氣跑下龍稜，跑得氣喘吁吁，但還是搶先趕到了伊吹門。

悠花抬頭望向伊吹門往上的石階，看見日織的轎子正沿著蜿蜒的迴廊走下來。接著他走到門外，守在外面的衛士有些疑惑，或許是見到他穿著護領眾的服裝而沒有叫住他。

悠花若無其事地向衛士默默致意，離開了伊吹門。

如果是一般的宣儀，門外應該會有負責準備儀式場地的治部官員整齊羅列，此時卻看不見那些人。

外面只有阿知穗足帶來的舍人，他們毫無秩序地擠在一起。隔了一段距離之外，有間和他的手下們牽馬而立。

做為宣儀會場的空地沒有圍上五色布。

在成片搖曳的青草之間，只有一塊空蕩蕩的空地。

在空地之外，踏平青草造出的道路兩旁，站著手拿橫笛、身穿黑衣的護領眾。

大祇真尾站在臨時製造的、儀式後就會被雜草淹沒的道路中央等候皇尊。

悠花迅速確認過會場，接著望向伊吹門外的龍稜岩壁，看見兩匹無人看守的馬。那兩匹繫在岩壁上的馬，一匹是日織的鹿毛馬，另一匹是色澤光亮的美麗白馬。

（那就是空露準備的馬吧……）

他走近一看，轠繩鬆弛地綁在岩壁上的洞穴，可以輕鬆地解開。

此時轎子走出了伊吹門。

淡海皇子和空露留在門內，他們各自帶著複雜的表情目送著轎子離去。

看到轎子出現，阿知穗足帶來的舍人和護領眾都在竊竊私語。

阿知穗足叫道：

「皇尊，您用這種方式出現，到底打算做什麼！」

轎子裡沒有任何動靜。

「皇尊！」

轎子不理會穗足氣憤的吼叫，繼續緩緩行進。真尾走到轎子前，問道：

「坐在裡面的是皇尊嗎？您為什麼搭轎子？請您出來。」

彷彿要打斷真尾的話，轎子裡有人說道：

「好吧，那我就出來吧。放下轎子。」

日織在轎子的布簾之中下令，舍人在臨時道路放下轎子，跪在路旁的草地上。

白皙的手臂從內側掀開布簾。真尾見狀就向護領眾喊道：

「皇尊駕到，奏樂！」

護領眾們舉起橫笛，領頭的笛手吹出高亢的笛聲。

如同應和著笛聲，悠花緊張到屏息。

（日織……）

日織慢慢地從轎子裡走出來。

真尾睜大了眼睛，護領眾的笛聲也紛紛掉拍或走音。

阿知穗足伸長脖子，睜大眼睛，凝視著日織。舍人們張著嘴巴，遠遠眺望從轎中現身的皇尊。

站在微亮的天空底下、細草起伏的草原上的人應該是皇尊，眾人看見的卻是一位姿態優雅的女人。

沒有人能理解眼前的狀況，就連真尾都只是呆呆地望著日織。

深紅色內衫的外面套著白底金銀繡花的絲綢背子，鮮紅綾羅襯裙的外面是白底鏤空花紋的透紋紗裙，若隱若現地透出了襯裙的色彩。纏在手臂上的披巾是如晨曦一樣淡紅的薄紗。

小小的髮髻上插著銀釵，底部襯著白色的梔子花。

畫在額頭上的花鈿是四瓣的花朵。鮮豔的紅唇。抹上脂粉的白皙肌膚。

（好美的皇尊。）

悠花雖然緊張，看到日織展現在眾人面前的美麗儀態還是不由得心跳加速。

日織像小樹一樣筆挺的站姿，透露出她的堅強和決心。

（那人就是我的丈夫。我的皇尊。日織，如果妳沒有叫出龍，我一定會護著妳平安逃走。）

□　□　□

「皇尊，您為什麼打扮成這個樣子？」

護領眾的演奏雖有短暫的混亂，但他們很快就恢復了護領眾慣有的沉著，淡然地繼續奏樂。

真尾因驚慌而變得細微的聲音幾乎被樂聲蓋過。

「這是最適合我的打扮。」

日織以一句話簡單回答，那雙穿著精緻繡鞋的腳走上臨時製造的道路。朝露消散，青草的味道飄出。

（真尾和穗足都還沒搞懂我為什麼穿女裝。）

這是理所當然的。因為他們都認定日織是男人，大概只覺得皇尊是突然發神經了才會穿女裝。

不過等他們恢復冷靜以後，很快就會看出日織是個女人。因為她穿著女裝，可以明顯看出女人的身材。他們一定會發現的。

他們會發現自己長久以來都被日織欺騙了。

（我得在這些人恢復冷靜、向我興師問罪之前把龍叫出來。）

日織緊張到全身發麻。樂聲在後面跟著她前進。真尾匆匆走到日織前方，他一邊開路，一邊還不時回頭。

朝陽變得更亮了。

聚集在髭平周圍高地及附近的人民此時一定都踮起腳尖注視著草原，龍稜裡的采女和舍人想必也都擠在懸空的迴廊眺望北方，為這場突如其來的儀式議論紛紛。
居鹿和與理賣應該在柏宮觀賞宣儀。
空露一定如石像般站在伊吹門內，祈禱並凝視著這邊。
悠花……會在哪裡呢？他大概守在附近吧。
（好可怕。我好害怕，悠花。）
日織向在某處守護著自己的悠花吐露了說不出口的喪氣話。
（如果龍沒有來，我就完了。連你也會被拖下水。我最怕的就是這件事。）
但她已經下定決心，無論如何都非做不可。她已經無法回頭了。
這次和進入龍道的恐懼不同。那次她是和神對抗，怕的是自己有生命危險，但她這次是和人對抗，她怕的是不只要賠上自己的性命，連自己的尊嚴和身邊重要的人都會被大眾的惡意徹底毀滅。
日織就像被樂聲推著，一步步走向儀式會場，心跳也越來越快。
（你真的會來嗎？）
她一邊走一邊向龍問道。
（我希望你會來，因為你答應我了。如果你不來，我的命運就要毀在這裡了。）
道路的盡頭是一片空地。或許是因為無暇準備，只有一張邊緣飾有白絹的草蓆放在空地中央。

日織和真尾走進空地，奏著樂的護領眾在場外圍成一圈。
樂聲停止。真尾看著日織說：
「皇尊，難道您……」
日織不給真尾機會說出他察覺的事，立刻下令：
「開始吧。」
「可是……」
「開始吧。」
她再次堅定地說道，真尾放棄抗爭，朝日織行禮，然後理好袖子，坐在空地中央的草蓆上，端正姿勢，擊掌兩下，低頭叩首。他維持這種姿勢，用低沉顫抖的獨特發音念起頌詞。那是奉獻給地大神——地龍的頌詞。
（開始了。）
她心跳加速，血液奔騰，太陽穴幾乎發痛。
真尾抬起頭來，望著天空念起相同的頌詞，最後又擊掌兩下。
如讓座一般，真尾靜靜地起身，等在一旁的兩位護領眾走過來，把草蓆捲起來搬走。
真尾轉頭望向日織，但他的眼中寫滿了不知所措。
沒人知道接下來該做什麼。

就連日織也不知道。
——想要見我，叫我就好。
悠花聽到了龍這麼說。
日織往前走去，真尾怕妨礙到她，退到了空地的角落。
站在空地中央的只有日織一人。她抬頭望著天空。
「請你現身。」
日織靜靜地說道。不知道是緊張還是害怕，她的聲音有些顫抖。
天空飄著細長的朝雲。分不清是青藍或是淺紫的天空看不到任何飛翔的銀白色身影。在這片遼闊的天空只有一條龍會回應她的呼喚。就算只有一條也好，只要有一條，就能證明她叫得出龍。
（拜託你一定要來，龍。）
日織望著天空，默默祈求。
「龍！」
她一邊祈禱，一邊朝著天空大喊。
（讓我看看我們成為朋友的證據吧！）
她一邊祈求寬廣草地的上空出現龍的身影，一邊喊道。
「龍！」

但是天空看不到龍的身影，連類似龍鱗的光輝都看不到。
（請你一定要來。拜託你，快來。快來吧！）
日織的心底越來越恐懼。
「龍！」
她一再叫道。
「請你現身！」
牠來了嗎？日織用視線搜索著所有方向。
她掃視飄著薄雲的黎明天空，默默懇求著。
「請你現身！」
她高聲大喊。
「請你現身！」
天上看不到龍的身影，地上也靜悄悄的。
只有青草發出細微的沙沙聲。
失敗了嗎……
正當日織這樣想的時候。
旁邊突然傳來尖叫聲。
日織轉頭一看，穗足和有間等人所在之處的青草不自然地倒下。是風。從青草劇烈的動作可以看出有一陣強風正朝這裡吹來。
當她看出來的時候，風已經吹過來了。拿著笛子的護領眾都發出哀號，趴在草地上，真尾也跪了下來，朝著日織伸出手。
「皇尊！」
日織被風吹得站不穩，跪倒在地。纏繞在她手臂上的披巾像生物一樣舞動，插在髮上的梔子花飄散在風中。
當她趴在地上時，突然聞到一陣濃香。像是樹皮剝下的味道。
（這是……！）
日織將雙臂交叉擋在臉前，壓低上身，正面迎向強風。
她大聲問道：
「是你嗎？」
像是在回應她的詢問，龍扭著身子，腹部擦過青草的尖端，筆直朝這裡飛來。
（牠來了！）
日織欣喜若狂，此時強風驟然停止。
一條龍出現在她的面前。
牠盤成一團，貼近青草飄浮著，尾巴和鬍鬚緩緩擺動，那雙金色眼睛就在日織面前。

（牠回應了我的呼喚。）
而且靠得這麼近。
（牠遵守了約定。）
日織高興到眼角泛淚。
她站起來，朝龍走近一步。
真尾顫抖的聲音傳來。
「龍竟然……」
護領眾全都驚呆了，雖然風已經停止，他們仍然屏息趴在草地上。
「你變得好美啊。」
雖然視野被淚水模糊，日織還是清楚看到牠的鱗片熠熠生輝，身軀粗了一圈，犄角光彩耀人。可能是因為重新開始吸食神氣，牠在短時間內就恢復了神之眷屬的外表和力量。龍鱗雪白閃亮，就像是豔陽之下的雪原。
無數細細的光點在龍的身上發出耀眼的光芒。
「謝謝你。你遵守了約定，回應了我的呼喚。」
日織慢慢走過去，情不自禁地摸了龍的額頭。
「這麼一來……我就是完成宣儀的皇尊了。這都是託你的福。」
龍鱗表面光滑，剛摸的時候感覺涼涼的，但指尖隨即感受到溫暖。這種觸感非常奇特。令人不禁著迷。

日織正因安心而放鬆之時……

「那人一定是怪物！」

怒吼聲突然響起，把日織嚇得渾身一顫。

三

「那是個女人！皇尊是女的！我們都被騙了！」

怒吼聲響徹草原，日織轉頭望去，看到穗足目露凶光，帶著一大群舍人衝了過來。

「抓住那個人！抓住那個欺騙了臣民的怪物！」

舍人在穗足的號令之下狂奔。他們才剛受到極大的震撼，思考能力還沒恢復，只能依照命令衝向日織。

他們踏進空地，包圍了日織和龍。舍人一臉怯懦，可能是因為這裡有條龍，但他們還是舉起長槍，把黑曜石製造的槍頭對準龍和日織。

穗足和日織保持一段距離，但雙眼緊盯著日織，指著她說：

「這人是女的，而且顯然聽不到龍的聲音。她是遊子！竟然假冒皇尊，不可原諒！」

日織搞不懂他在說什麼，好一陣子說不出話，但她很快就意識到和穗足是講不通的，現在跟他說什麼都沒用。

日織看都不看穗足，轉而望向四周僵立不動的舍人。

「我完成了入道，地大神也認同了我，所以殯雨才會停止。我當上皇尊是無庸置疑的事實，而且我也和龍結緣了。」

日織又朝龍伸手，摸摸牠的額頭。

沙沙作響。舍人們驚恐地後退半步。

「難道還有人覺得我是在假冒皇尊嗎？」

舍人們被日織的視線震懾，紛紛放下長槍。他們意識到自己正在對皇尊持槍相向，逐漸露出慌張的神情。

穗足見狀就吼道：

「你們不要被騙了！我聽說祈社出現了外表像龍的怪物，而且還會聽遊子指揮！這個人是遊子，遊子是遭神厭棄之人，能操縱怪物。那隻生物怎麼可能是龍？她只是操縱了像龍的怪物來假冒皇尊。遊子絕不可能成為皇尊！」

穗足已經失去了理性和邏輯，只是堅持不肯相信。他受控於情緒，不願意接受事實和發生在眼前的事，甚至加以扭曲。

因為不想相信，所以不可能，一切都是假的。

舍人全都把槍頭朝向地面，開始後退。他們被眼前那條龍的樣貌和氣勢懾服，不由自主地畏縮了。舍人順從了本能感受到的恐懼，沒有妄自扭曲。

「你怎能斷定遊子不可能成為皇尊？」

「因為從來不曾發生過這種事！」

「沒發生過的事都是不可能的嗎？央大地出現、治央尊踏上央大地，不也是從前沒發生過的事嗎？」

「別狡辯了！事情都有開端，而且至今依然延續，延續了那麼久的事物不可能毀壞。從神話時代延續至今的東西才不會毀壞。」

他為什麼如此冥頑不靈？

日織越來越氣憤。

他抗拒著自己不願相信的事，就連發生在眼前的事都不肯接受。

人心就是這麼一回事嗎？

她需要用什麼東西來破除這種僵化的心，以及把一切不利的事物都加以扭曲的心態嗎？

「就連神話也會毀壞！」

「神話才不會毀壞。」

「神話已經被現實打破了。大家都說遊子遭神厭棄，但遊子現在和龍結緣了。看看這條龍，難道你還不相信嗎？」

「那才不是龍！」

「龍明明近在眼前，你的眼睛卻看不清楚嗎？」

日織的憤怒到達了極限，大罵：

「蠢貨！張開眼睛，看看現實吧！」

日織怒吼的同時，身旁爆出一聲咆哮。

在近距離發出的巨響令日織忍不住用雙手摀住耳朵。

穗足彷彿被這聲音推開，一屁股坐在地上，舍人們也都閃避似地蹲了下來。

日織身旁的龍如同在附和她的憤怒，朝著天空咆哮。

接著又是一聲。

（怎麼了？）

第二聲咆哮讓耳朵完全麻痺了。日織動彈不得，忍受著耳鳴。

緊接著，龍又吼了一聲。

空氣顫動，聲音響徹草原，被護領山反彈回來，整個龍之原都為之撼動。

龍的金色眼睛望向周圍，尾巴和鬍鬚不停擺動。牠身上的味道愈發濃郁，鱗片亮得像在發光。

隨後到來的是咆哮的回聲，以及……

「啊……」

一位拿著笛子、跌坐在草原上的護領眾用顫抖的手指向天空，他身邊的人跟著看過去，同樣發出驚呼，說不出話。

又有一個人喃喃說道：

「是龍……」

在護領山的北方天空，有三條扭動的銀光飛向龍稜所在的草原。

□□□

悠花被龍颳起的強風吹得跪在草地上，他呆呆地遠眺著日織和龍相視的景象。

（這下子日織總算奠定皇尊的地位了。她終於……）

正當他喜不自勝地這麼想的時候……

「那人一定是怪物！」

穗足的聲音從不遠處傳來。就像是被那句話痛毆似的，一股厭惡的情緒竄過悠花的全身。仔細一看，穗足不斷大聲嚷嚷，率領著舍人衝向日織，似乎想抓住她。

穗足的舉動簡直令悠花不敢置信。

日織明明叫出了龍、神的眷屬，穗足卻說她是怪物，想要抓住她。

（她都已經叫出龍了！）

為什麼他不承認日織是皇尊呢？在他扭曲的心中，連眼前這位尊貴之人都成了怪物嗎？跟這種蠢貨講道理是沒用的。他連現實都能扭曲，根本不可能講得通。

（人竟能蠢到這種地步……）

悠花焦急地起身，解開韁繩。

（再這樣下去，日織就會被安上欺騙神和世人的罪名。現在只能逃了。我得去救日織！）

非去不可，非救她不可。悠花心急如焚地拉著馬轡，但馬卻不肯走。

（日織！我的日織……）

馬一步都不肯走，悠花急得指尖都在顫抖。

「快走啊！」

冷汗涔涔流下。他死命地拉著馬轡。

「走啊！我求求你！」

馬連動都不動。穗足和舍人們已經包圍了日織，指責著她，舍人全都舉起長槍對準日織。

（日織！）

此時龍發出了三聲咆哮。

馬被接連的巨響嚇得前後亂跳，悠花拚命拉住馬。

（發生什麼事了？日織怎麼了？）

陷入驚恐的馬突然停止動作。兩匹馬同時靜下來，烏黑的眼睛盯著天空。

（怎麼了？牠們在看什麼？）

悠花也很自然地跟著望向馬兒們注視的方向，一看就呆住了。

「龍……」

西方天空出現了八條龍，逐漸朝著龍稜飛來。

悠花正感到愕然時，馬的視線又轉向其他地方，悠花也跟著望去。

從西方到北方，再到東方、南方。接著是正上方，天空的頂點。

四面八方的天空都出現了銀色的光芒。四個、五個、八個、十個……還在不停地增加。那些銀色物體越飛越近。

吹過草原的風中充滿了樹皮剝開般的香氣。

「這是……」

悠花看著天空，驚嘆不已。

□□□

「少主……」

聚集在有間身邊的手下都驚慌地四處張望，用顫抖的聲音喊著有間。

「少主，那是……」

「往這裡過來了！」

他們似乎覺得有間無所不知，但有間只擁有現實生活中的知識。這男人在洞穴中生活了十年，對遙遠神國的事情自然無從得知。

但是手下們面對未曾見過的景象不只是驚訝，也感到害怕，希望有間這位最可靠又最強悍的領袖告訴他們答案。

（問我也沒用啊，我又沒見過這種事。）

有間並不害怕，但他抓著馬轡的手卻在顫抖，這是因為從丹田湧出的興奮感。

他不自覺地雙腳用力，全身繃緊。

四面的天空都有龍出現，牠們扭動著銀色的身體朝這裡飛來。

有一條出現在北方護領山上空的龍以驚人的速度衝過來，牠超越了好幾條龍，在即將到達草原前高高舉起爪子，以接近下墜的速度從高空撲向有間一夥人。

手下們都發出慘叫，有間也稍微蹲低身體，擺出備戰姿勢。不過他能做的也只是這樣。他沒辦法逃跑，只能在逼近的那條龍的巨大頭顱面前睜大眼睛。

搖晃的龍鬚猶如粗大的白蛇，金色眼睛像是溼潤又柔軟的巨大水泡，鱗片摩擦的聲音彷彿玻璃互相撞擊。牠的氣勢和體型令人感到恐懼，卻又很美麗。

（要被吃掉了！）

有間繃緊全身，龍卻嘲笑似地突然抬頭，甩著尾巴飛上了天。迎面撲來的強風吹得他睜不開眼睛，只能用一隻手臂護著臉。幾乎把人颳走的強風吹過之後，濃郁的香氣包圍了他的全身。

他睜眼一看，那條龍已經飛到遙遠草地的上方，飛到皇尊的頭上，在空中不斷繞圈。

那條龍形成了中心點，銀色的生物紛紛聚集過來。

「少主！」

「那是什麼啊？」

「到底發生了什麼事？」

「少主！」

手下害怕地叫著，有間不知道要怎麼回答，只能默默地注視著眼前的景象。

「看，那邊也有。」

「越來越多了……」

手下們四處張望，七嘴八舌地說著。

那些可怕又美麗的生物是為誰而來的？

自己究竟看到了什麼？

有間隱約知道答案。

在洞穴裡生活時，有間滿心憤恨，漸漸否定了神的存在，最後甚至深信世上沒有神。對有間來說，神國只是靠空洞的神話來支撐的軟弱小國。他聽說過龍之原棲息著龍，但他認為那些只不過是碰巧活在軟弱小國的奇珍異獸。

看在有間的眼中，龍只是比較特別的生物。

他此時卻感覺到了莊嚴神聖。

有間心想，那種生物就算不是神，應該也和神差不多了。

□ □ □

穗足大聲指控日織是怪物。

一聽到那句話，空露立刻拔腿狂奔。他察覺到事情演變成最壞的局面了，趕緊跑回伊吹門內，拿起藏在岩石後面的日織的護身短刀。

如果日織陷入危機，悠花就會騎馬趕到她的身邊。

為了幫助他們兩人順利逃走，空露準備利用淡海皇子遮住短刀，走出伊吹門，再用短刀挾持穗足。為此他得先把短刀悄悄拿出去。

幫日織和悠花順利逃脫之後，空露沒有打算跟著逃走。他早就做好逃不掉的心理準備了。

（我保護日織的職責即將在此結束，接下來就交給悠花殿下了。）

他已經有所覺悟，所以毫不猶豫。他根本沒有猶豫的餘地。

（再不快一點，日織就危險了……）

空露拿著刀跑回來，剛看到淡海的背影時，龍發出了三聲咆哮。那轟然巨響令他單手摀住耳朵，呆立不動。他的耳朵都被震麻了。

（發生什麼事了？不，無論發生什麼事我都得去！）

他忍受著耳鳴，拔出短刀跑過去。

空露決定無論如何都要護著日織平安離開。

他協助日織成為皇尊，等於是把她逼到了無路可退的處境。他深知這份罪有多沉重。更重要的是那位仍在他的心底、一想起來就令他心痛難耐、有著溫柔笑容的初戀少女。不管發生什麼事，空露都要保護那位少女疼愛的妹妹。

空露悄悄走近淡海的背後，卻看見淡海突然無力地呻吟著「喔喔……」，靠在伊吹門的柱子上。
他沿著淡海的視線望向天空。
一看見天空，空露的腦袋霎時一片空白，原本的焦躁和該做的事都飛到九霄雲外了，他甚至沒發現短刀從手中落下，鏗的一聲撞在地上。
「龍……」
空露聽到愕然的喃喃自語，然後才意識到那是自己的聲音，一陣類似惡寒的感覺瞬間從他的腳底竄到頭頂。
那是近乎恐懼的敬畏。
有好多龍從四面八方朝這裡飛來。

□□□

「日織大人！」
看見日織被舍人們包圍的景象，居鹿忍不住摀住臉，蹲在柏宮的廊臺上。
跟她一起觀賞宣儀的與理賣似乎還沒搞懂事情有多嚴重。居鹿遮住臉之前，看見她對自己的反應露出了驚訝的表情。
居鹿相信她即將見證最喜歡的日織成功召喚龍、展現出皇尊威嚴的時刻。

她興奮不已、迫不及待地等著日織走出來。

當日織穿著女裝現身時，居鹿從衣服的顏色看出那是女裝，覺得有些奇怪，但她懷著祈禱的心情注視著如豆粒大小的遙遠身影，看見有一條龍飛向日織時，她感動得都快哭了。

她確信宣儀已經成功了。日織已經成為一位無瑕可擊、貨真價實的皇尊了。

但是日織立刻就被舍人們用長槍指著。

一定出事了。一定發生了很嚴重的狀況。

（日織大人會被殺掉！）

居鹿想要大叫，但她知道叫了也無濟於事。就算她現在立刻衝過去也來不及了，所以她只能摀住臉。

緊接著，龍發出三聲咆哮。這聲音令她差點忍不住尖叫，不是因為被巨大的音量嚇到，而是因為她意識到日織可能出事了。她咬緊牙關，忍住不發出聲音。

這時突然颳起一陣強風，柏宮庭院裡的柏樹發出駭人的枝葉摩擦聲。這聲音讓居鹿更害怕了。

（日織大人！）

她摀住耳朵，低頭緊閉雙眼，不願面對任何事。

「看哪，居鹿，快看！」

與理賣激動地喊著。年幼的與理賣什麼都不懂，她不知道日織此時的處境。與理賣天真地用她的小手拍拍居鹿的肩膀。

「妳快看啊，居鹿。看啊。」

「不要，我不要，我不想看，拜託。」

「可是很漂亮耶。妳看天空。」

居鹿用力地搖頭。

「快看啊，來了好多的龍！」

聽到這句話，居鹿驚訝地抬起頭。

「龍？」

盈滿淚水的眼睛模糊映出天空，但她模糊的視野還是看到了幾道銀光。

與理賣興奮地大叫：

「來了好多的龍！有好多龍來到皇尊的身邊！」

□　□　□

香氣濃洌。

摀著耳朵、閉著眼睛、忍受著耳鳴的日織，聞到了濃郁到像是有重量的香味。

彷彿是被那三聲咆哮引來的，香氣乘著風從四面八方向日織湧來。

日織睜開眼睛，龍的金眼正盯著她看。牠睢起色彩豐富的瞳孔，示意似地將下巴朝向天空。

一看到天上的景象，日織頓時驚得說不出話。

真尾如石化一般僵立不動，看著天空喃喃說道：

「竟然……竟然會有這種事……」

龍之原所有的人此時一定都望著天空。

出現在人們眼前的是龍。

以日織的頭頂為中心，有一大群的龍在空中打轉，數量大約有一百條……兩百條……不，還要更多。

有粗如千年巨木的巨龍，也有細如小樹的小龍。牠們縱橫交錯，聚集了又分散，不停地繞圈。龍鱗反射了愈漸明亮的朝陽，暈染了雲朵的色彩，如彩雲一般光輝閃耀。

幾百條龍的影子遮住了草原上的陽光，但是龍快速又不規律地打轉，從龍群之間落在草原的陽光就像樹葉篩落的陽光一樣閃爍不定。

成群的龍在空中繞圈，攪動著光輝，像是要重新創造這個世界。

（這是怎麼回事？）

日織沒有看過這麼多的龍。

數量如此龐大的龍群，在龍之原恐怕沒有一個人見過。據說龍總共有幾百條，也有人說是上千條，沒有人知道確切的數字。

因為龍從來不會聚集在一處。

龍的數量不斷增加。

以繞圈的巨龍為中心，四周的龍不斷湧來。從護領山，從龍之原北邊的北湖湖沼一帶，從鄉里附近的森林陸陸續續地飛出來。

（為什麼……）

日織還在震驚中的腦袋很快就想到答案了。

是那三聲咆哮把龍群叫來的。

「……是你嗎？」

她望向身邊的龍，脫口問道。

日織聽不到龍的聲音，只看到牠眼睛發亮，瞇起瞳孔。這足以讓她明白龍回答了「是」。

因為人太愚昧，連親眼看到的事物都不相信。那麼就讓他們看得更清楚吧。讓他們那扭曲的目光也能看到真實的景象。

這條龍理解了日織的想法，呼喚了其他的眷屬。

那三聲咆哮把所有飛翔於龍之原的龍都叫過來了。見到這副情景，還有誰敢說日織身邊的生物不是龍？

還有誰敢說頭上盤旋著銀白色龍群的日織是遭神厭棄之人？

這就是神對日織的選擇給出的答案。日織經過思考、勇敢地選擇相信那條龍，最後得到的是超乎想像和期待的答案。

如果她做出不同的選擇，或許就會得到不同的答案了。

穗足全身發抖，睜大眼睛，害怕地看著天空，但他還是搖搖晃晃地站起來，指著日織大喊：

「別上當！你們不要被騙了！這人是個怪物！她用不可知的力量製造了這些假象！」

穗足的發言讓日織更覺得可悲，她看著穗足說：

「你究竟還要看到什麼才肯相信？」

「我絕對不會相信！」

穗足轉身面對跪在草地上，或是呆呆望著天空的舍人，高聲說道：

「這些全是假的！那人是女人，還是個遊子，她欺騙了神！快把這個犯了大罪的人抓起來！」

舍人神情呆滯地望向穗足，他們雖然困惑，還是慢慢舉起了先前放下的長槍。

就在此時……

「恭賀皇尊與龍結緣！」

一個響亮的聲音掠過了草原。

聲音是從遠方傳來的，聽不太清楚，好像是有間的聲音。如同在回應這聲呼喊，龍稜的高處也隱約傳來聲音。日織仔細一聽……

「皇尊！」

「結緣了！」

「可喜可賀！」

斷斷續續的人聲。是采女和舍人的歡呼聲嗎？

更遙遠的髭平周圍也傳來了漣漪般的細微聲音。那呼喚著「皇尊」的聲音隨著被龍攪動的空氣傳來。

那是觀賞宣儀的人民發出的歡呼。雖然像漣漪一樣微弱，卻能從中感覺到他們的歡天喜地。若非如此，就算龍再怎麼攪動空氣，也不會有任何聲音傳過來的。

真尾似乎也聽到那些歡呼了，他回過神來，眺望遼闊的草原，又抬頭看看在天空繞圈的龍群，然後他朝日織走了幾步，懷著敬畏之心，遠遠地跪下。

「恭賀皇尊與龍結緣。」

「真尾！」

穗足吼道，跟著真尾一起跪下的護領眾的聲音蓋過了他的怒吼。

「恭賀皇尊與龍結緣！」

聽到護領眾的呼喊，拿著長槍的舍人也都跪下了。他們的神情彷彿終於找到了主人。

「皇尊！」

「請皇尊恕罪！」

「求皇尊原諒我們的無禮！」

「皇尊！」

「恭賀皇尊！」

「皇尊！」

他們一邊喊，一邊把長槍丟在地上。

「抓住那個怪物！快把她抓起來！」

穗足還在叫喊，但聲音都被周圍人們高呼的「皇尊」蓋掉了。

人民的歡呼聲夾雜在空氣中，彷彿整個龍之原都在微微地震動。

「皇尊！」

「恭賀皇尊與龍結緣！」

「皇尊！」

「皇尊！」

「恭賀皇尊！」

接連不斷的歡呼聲蓋過了穗足的怒吼。

「那個怪物！」

穗足使盡最後一絲力氣擠出的呼喊也淹沒在「皇尊！」的歡呼聲中。他咳了起來，喘得肩膀顫動，再也發不出聲音了。他只能愣愣地站著，沒有一個人注意到他。

聽到近處、遠處都傳來高喊「皇尊！」的聲音，令日織覺得有些諷刺。身為遊子的自己竟被人們稱為皇尊。

這是她一直期盼的結果。

但她至今仍無法置信。

胸中突然湧起一股情緒。

（姊姊、月白，人們對著一個遊子高喊皇尊呢。）

情緒化為言語之後，日織的心中充滿了喜悅和感激。

（龍回應了我……神回應了我……）

她自然而然地跪在龍的面前，深深低下頭去。

「我由衷地感謝你。」

看到龍無情地從宇預的屍首上方飛走之後，日織非常憤怒，從此開始憎恨神。

她對神始終懷著對抗、挑釁的態度，卻一點都不了解神是怎樣的東西。

或許神和人並無二致。從不同的角度來看，就會有不同的結論。

日織又抬起頭，看見龍瞇起了眼睛。

她覺得龍好像在笑。

雖然日織震驚得幾乎掉淚，但現在不是哭的時候，因為她感覺龍正在說「來吧，輪到妳了」。

我已經開口了。

現在輪到妳開口了。

日織忍著淚水，對龍回以一個微笑，龍突然蹬地一躍，強風和香氣撲上日織的臉頰，龍在轉眼間就飛上高空，加入了牠那群眷屬。

「皇尊！」

「恭賀您與龍結緣！」

「皇尊！」

「皇尊！」

「皇尊！」

聲音繚繞在周圍。

站起來的日織抬頭望天，眼淚彷彿快要被地面吸引過去，但她還是努力忍住。

龍在她的頭上打轉、飛翔，數量還在不斷增加。
日織用溼潤的眼睛看著跪在周圍的人。
「我……」
她開口說道。她知道現在有些話非說不可。
日織的聲音顫抖又無力，但跪著的人們還是驚訝地閉上嘴，注視著日織。
震天價響的歡呼聲漸漸平息，只有遠方的人民還在呼喊著皇尊。
日織停頓片刻，調整呼吸，再次開口。
「我是遊子。」
日織的聲音從盤旋的龍群下方發出。
「有很多人相信，遊子生來就是遭神厭棄之人，所以聽不見龍的聲音。我雖是遊子，但我卻完成了入道，在宣儀上和龍結了緣。」
日織指著天空。
彷彿指向龍群聚集的最高處。
她把手放下，問道：
「難道有人覺得我這個遊子是遭神厭棄之人嗎？」
沒有人開口反駁。就連穗足也只是呆呆地望著日織和群龍，他似乎無法思考了。
「但是我的父皇制定了放逐遊子的法令。如果要遵從這條法令，我就得被趕出龍之原了。」

周圍的人們頓時吸了一口氣，顯示出近乎恐懼的驚訝。他們不敢想像放逐皇尊這種事。

日織像是要斬斷這一切，強而有力地說道：

「不過，我是皇尊！」

龍颳起的風撫過地面的青草。忽左忽右，毫無規律地吹著。

「皇尊不能離開龍之原，也沒有理由離開。我父皇制定的法令是錯的，所以我現在要糾正這個錯誤。放逐遊子的法令……」

日織站得筆挺，注視著周圍的人們，平靜地宣布。

「即刻廢除。」

在場所有人都伏地叩首表示贊同。

穗足也慢慢跪下，趴在草地上，他的背在顫抖，大概是哭了。眼前發生的一切他既無法相信，也不願相信，卻又不得不信，一定充滿了挫敗感。

一聲吼叫。

龍的聲音從高空傳來。這喜悅的吼聲或許是那條龍發出的。

日織又望向天空。

望向那些攪動空氣、搖擺身軀、舞動四肢、縱橫交錯的上千條大龍小龍。

陽光經由龍鱗的反射，斷斷續續地灑在草葉纖細的草原上。從往來龍群的縫隙看到的天空布滿了神之眷屬的光輝，整片天空都像彩雲一樣閃閃發亮。天空中的神氣彷彿和柔和的光芒被攪在一起了。

龍的香氣充滿了髭平，包圍了龍稜。

（啊啊，終於……）

日織露出微笑，淚水在同時湧出。不需要再忍耐了，她任由淚水潸潸落下。

（終於……宇預姊姊，月白，居鹿，與理賣，曾經活過的遊子，將來出生的遊子，大家都能解脫了。我們都能解脫了。）

或許人心不會這麼快就改變。就算日織讓人們見識到遊子並非遭神厭棄之人，也廢除了遊子驅逐令，或許還是有人會說那是因為日織「比較特別」，一般的遊子依然是被神厭棄的汙穢之人。

這一切日織都了解。但她已經廢除了註定遊子悲慘命運的法令，這麼一來遊子就會得到希望。希望那些愚蠢的迷信總有一天會消失。

已經獲得的希望讓日織感動得渾身發抖。

耀眼的光輝灑在她的臉上。

日織面向龍群飛舞的天空，伸出雙手。

她能聽見人民的歡呼。雖然細微，他們確實在呼喊著「皇尊」。

他們正在呼喊著新誕生的神話。

□　□　□

龍稜大殿的後方傳來瀑布傾注到深潭的水聲，那深潭是月白的葬身之處，日織如今聽著這水聲卻能保持平靜。

（月白，妳心裡好過一點了嗎？）

日織想起了可愛的妻子。

她每次想起月白都深感傷痛的胸中，多了一絲類似安心的情感。她很清楚，這是她自己的心情，而非月白的心情。

話雖如此，日織卻覺得月白好像正對她露出可愛的單邊酒渦。

白頰鳥（註4）在階梯旁的桃樹上鳴叫。

註4　草鵐，又名大白眉、山麻雀。

站在一旁的空露注意到日織瞇起了眼睛。

「怎麼了，日織？」

「沒什麼，只是聽到白頰鳥在很近的地方鳴叫。」

「是啊。」

空露溫和地回應。日織突然問道：

「我這身打扮會不會很奇怪？悠花說一點都不會。那你覺得呢？會奇怪嗎？」

空露一聽就笑了出來。他平時很少發出笑聲，日織驚訝地睜大眼睛。

「我的打扮有這麼奇怪嗎？」

「不會，妳是史上罕見的美麗皇尊。」

日織穿的是藍白色上衣、紫藍色背子、藏青色纈裙。頭髮在頸後束起，插了一支海棠花造型的小釵子。手臂上纏著白絹顯紋紗（註5）披巾。

這色彩含蓄的搭配很適合身材高眺的日織。

日織從小到大穿的都是男裝，穿起女裝非常彆扭。

雖然她看到姊姊宇預、月白、悠花的衣服都會覺得「好美啊」、「真羨慕」，穿在自己身上卻覺得很不對勁。宣儀的時候她因心無旁騖所以不覺得丟臉，但如今一

註5　與純白透紋紗相反，布料透明，只有花紋處是不透明的。

穿女裝就覺得渾身不自在。

第二次宣儀已經過去三天了。

日織回到龍稜，向太政大臣淡海皇子和右大臣造多麻呂解釋了事情的經過。他們兩人也目睹了宣儀——不只是他們兩人，幾乎龍之原的所有人民都看到了——所以他們很容易就接受了。

雖然日織是女人，又是遊子，她皇尊的地位還是受到大眾的認可了。每個人都接受了，就連阿知穗足也包括在內。

不只如此，穗足還主動辭去左大臣一職，能市王和高千王也依照日織的意思被罷免了。今後還得再物色、任命新的左大臣，但政局已經大致穩定下來了。

廢除遊子驅逐令一事也沒有任何人反對。造多麻呂神情愉悅地說「如果不廢除這條法令，就得把皇尊驅逐出境，當然不能不廢」。

居鹿現在可以回自己家了，但她選擇和日織一起到龍稜，立志成為采女來侍奉日織。現在她正以女孺的身分學習怎麼當采女。

日織把與理賣留在身邊諄諄教誨，向她解釋她的罪行和贖罪的責任，說她就算是受人唆使的還是得接受懲罰。與理賣哭個不停，嘴上不斷說著「對不起」。她冷靜下來以後，由居鹿陪著來見日織，帶著哭腫的眼睛說「我願意接受懲罰」。

日織花了半天時間問清楚與理賣的想法，又參考了空露、真尾和淡海的意見，想好了要給她的懲罰。
大致的事情都做出定論了，只有一件事還在拖延。為了得出結論，日織和真尾、淡海皇子、造多麻呂討論了很久。
經過眾人的商議，她終於能處理那件拖延的事了——回覆反封洲國主長子有間的要求。
「反封洲使者伴有間大人到。」
經由門外采女的通報，有間走進了殿內。
一頭白髮，剽悍的五官，身披大衣，腰間繫著毛皮墜飾。在龍之原很難見到、既強悍又美麗的男人面對站在五色布前的日織跪下。
「承蒙召見，有間拜見皇尊。」
日織請有間起身，他也不客套，站起來抬頭說道：
「皇尊，我們八洲的人民連祈社正殿都不能進去，您卻把我叫來龍稜，而且還是大殿，這樣真的沒關係嗎？」
「我不想憑著神話而誣賴八洲的人民。」
其實真尾原本反對讓反封洲的人進入龍稜，甚至走進大殿，但日織說「我還得獎勵伴有間的功勞，不能因為隨時會毀壞的神話而對他失禮」，真尾只能嘆著氣妥協。

真尾雖然是侍奉神、重視神話和傳說的神職者，但他已經親眼見識過神話的毀壞，也不好繼續堅持己見。既然身為神職者，無論要花多少心力去摸索，他都只能努力地認識、遵守神的新規範。

「竟然說是誣賴……我聽起來很痛快就是了。」

有間忍俊不住。

「沒想到我會聽到龍之原的人說出這種話——而且還是皇尊說的。來這一趟真是讓我見識到了有趣的事。」

「你覺得開心就太好了。」

「對了，關於我昨天答應的事，與理賣呢？」

「在外面等著。進來吧。」

日織一叫，與理賣就戰戰兢兢地跟一位消瘦的老婦人從門外走進來。陪在與理賣身邊、拍著她的背鼓勵她的人正是月白的乳母大路。

「雖說是受人唆使，但與理賣確實偷走呼笛破壞宣儀、擄走悠花，還出手毆打了我，無論有什麼理由，犯下八虐的人都必須接受懲罰。原本應該處以死罪，但考慮到酌情減刑的餘地，因此改為放逐。」

與理賣低著頭，小聲地回答「是」。

「原本應該把與理賣送到其父不津王的身邊，與理賣自己也是這麼期望的。但我認為……不只是我，連空露和真尾也認為不津王既然把與理賣丟在龍之原自行離開，就算把與理賣送到他身邊也只會讓她變得不幸。所以……」

「就把她交給我了，是吧。」

有間說道，屈身摸摸與理賣的頭。與理賣嚇了一跳，抬頭望去，看到有間對著她笑。

「你不會無故虐待他人。我請亡妻的乳母大路一起跟去照顧與理賣，大路答應了，說會把她當成已故的小姐來照顧。我本來還有些擔心你不接受，看到你答應，真是令我感激不盡。」

「這孩子的相貌很好。」

與理賣渾圓的眼睛眨也不眨地盯著有間。

「她一定會成長為一個堅強的女人。我不會因為她是龍之原的千金小姐而對她百般呵護，但我一定會好好照顧她，絕不會讓她餓著凍著。神話也說過，罪人終有一日能得到赦免，重新回到龍之原。我會照顧她到那一天的。」

「那就有勞你了。」

有間向日織點點頭後對大路說：「我的夥伴在駐馬場，你們去那裡等著吧。」大路便帶著與理賣出去了。

走出大門之前，與理賣停下腳步，回頭說道：

「皇尊，對不起。」

「我們將來一定會再見的。只要妳努力地贖罪。」

與理賣用力點頭。日織又望向大路，她因傷心而瘦了不少，但雙眼炯炯有神，默默地朝日織行禮。大路原本因為疼愛的月白過世而失去生存意志，今後與理賣一定能重新撐起她的。

兩人離開後，日織又望向有間。有間行禮說道：

「我的任務已經結束了。祝福皇尊的朝代能長治久安。」

「等一下。」

看到有間準備離開，日織喊住了他，對空露使了眼色。空露從寶案上捧起細長的白杉木箱，交給日織。

「我叫你來還有一個理由。伴有間，讓你久等了，我要把這東西交給你。箱子裡放的是我的書信，信裡寫著龍之原的皇尊認為伴有間適合擔任反封洲下任國主，這也是地大神的意思。」

有間默默注視著那個白杉木箱，好一陣子才抬起頭，對日織說：

「您為什麼改變了心意？」

「因為我已經學到相信別人是多麼可貴的事。如果我要當個保護龍之原平安的皇尊，一定少不了信任。」

日織和龍做了約定，而龍也遵守了約定。這件事讓日織明白了互信的重要性。不是虛情假意，也不是利益交換，彼此信任才是最寶貴的。

如果有人能不顧眼前的利益和將來的憂慮，試著和人建立互信的關係，日織一定要和他結緣。

日織看出有間是個可以信賴的人，因此願意和他結緣。

有間沉默了片刻，又看看白杉木箱。

「我在洞穴裡生活了十年。」

他突然提起那件事。

「想要活下去，最重要的就是力量。無論是臂力或智力都行，總之一定要有力量。但是光有力量的人也活不久，雖然力量不可或缺，但是能活下去還有更重要的關鍵，那就是『身邊有多少可信賴的人』。為了讓自己活下去，更為了讓自己的國家活下去，我一直在努力找尋可以信賴的人。」

有間用強而有力的目光直視著日織。

「皇尊，我信賴您。」

有間用雙手接過木箱，深深叩首。美麗的白髮從他的肩上滑落。

他抬起頭，突然換了一副輕浮的口吻。

「話說回來，您穿女裝也很美呢。既然要彼此互信，您要不要乾脆當我的妻子啊？反正您也沒有丈夫吧？」
「很遺憾，我已經娶妻了。」
「娶妻……就算有妻子，也不能代替丈夫啊。」
「也不能這麼說。」
「什麼嘛。真沒意思。」
有間又正色說道：
「多謝皇尊惠賜書信。請保重。」
有間正要轉身離開，卻又突然想到了什麼，他停下腳步說：
「龍之原有了女皇尊，將來一定會逐漸改變，對八洲的態度想必也會跟著改變。從神代維持至今的態度若是有了變化，其他國家一定會提起戒心，甚至企圖從龍之原謀求利益。您治理國家或許不會像以前的龍之原那麼容易喔。」
有間直視著日織說道，令日織感受到了他的真摯，以及他話中的警告意味。
「我知道，身為皇尊就得保護這個國家。我會好好研判今後的情勢，仔細思索怎麼做才是對龍之原最好的。」
「也是啦，您當然會竭盡所能，是我多言了。這次真的要走了，我要回自己的國家了。我會好好照顧您託付給我的人。」
有間抱起白杉木箱，轉身走向門口。日織喊道：

「當上國主之後再來一趟吧，我們一起喝酒。」
有間在門邊轉過頭來，笑著說：
「我答應您，一定會的。」
有間簡潔地說完，就灑脫地離去了。他的背影既剽悍又豪爽。
「空露。」
「是。」
「他會當上國主嗎？」
「應該會吧。」
「到時我能成為一位稱職的皇尊、抬頭挺胸地站在有間面前嗎？」
日織望著有間離去的門口問道，空露堅定而平靜地回答：
「一定可以的。就算很困難，也不用擔心，我會在一旁協助妳的。」
聽到這可靠的發言，日織默默閉上眼睛。
空露是因為宇預才會陪在她身邊。因為他深愛著宇預，才會一直待在日織的身邊輔佐她。
（姊姊，謝謝妳。）
初夏的和風香氣宜人。日織突然想起成片百合花在風中搖曳的景象。
她突然覺得，就像空露一樣，宇預也依然陪伴在自己的身邊。

「嗯，那今後也拜託你了，空露。」

大櫻宮一如往常地安靜。雖然日織已經公開身分，但她堅持地說「我不喜歡吵鬧」，采女和舍人還是不會隨便走近。

因為這裡還有悠花在。

日織公開女兒身之後，最讓淡海皇子和宮內上頭痛的就是悠花了。他們很不樂見女皇尊娶了個女人為妻，說這是龍之原的錯誤造成的結果，很想把這件事糾正過來。

但日織覺得保持現狀就好了。

她說不想把已經娶了的妻子趕出去，而是要一輩子好好照顧對方，還說悠花也是這麼期望的。淡海皇子為了慎重起見，要求和悠花談談。直到悠花像平時一樣用娟秀的字跡寫了「我也希望如此」遞出去，他才不再干涉。

櫻花樹的葉子越來越茂密，時節已由初夏進入仲夏。陽光一天比一天更熾烈。

這天空露去祈社辦事，日織獨自一人去了悠花的殿舍。他一如往常地悠哉地靠在憑几上觀賞風景。風從敞開的門窗吹進來，隔簾的絹布輕輕擺盪。

杣屋看到日織的打扮，刻意地發出驚呼。

「哎呀，您今天也很有女人味呢，皇尊。」

「別老是說這種話，真讓人不自在。」
日織在悠花面前坐下，悠花露出調侃的眼神。
「不能盤腿喔，我的夫君。」
「喔喔，我又忘了……」
日織嘴上這樣說，但她實在懶得改，而且端坐根本無法放鬆。她也可以學悠花像個大家閨秀一樣側身而坐，可是她不習慣這種姿勢，坐起來腳很痛。結果她還是用這副優雅女性的外表盤腿而坐。
杣屋嘆了一口氣。
「你們這對夫妻的樣子越來越奇妙了。皇尊能恢復原本的樣貌真是可喜可賀，但悠花殿下到現在還……」
「杣屋。」
悠花打斷了她的抱怨。
「去給我倒杯熱水。」
杣屋也知道悠花是故意支開自己，口中念念有詞地走出去了。
「抱歉，杣屋太多嘴了。」
「不會，她說得沒錯。我已經公開祕密，恢復了自由，但你的事卻還沒處理。如果能告訴大家禍皇子和遊子都一樣就好了。」

「這樣未免太莽撞了。罷了，我也知道不可能一下子就解決所有事情。」

「可是再這樣下去，那你……」

「雖然我現在過得不太自由，當妳的妻子倒是挺不錯的。能當丈夫的話就更好了。」

原本望著外面的悠花突然轉頭盯著日織。

「所以我想到了一個主意。」

他流露出戲謔的眼神，繼續說道：

「就像妳讓大家見識到遊子並非遭神厭棄之人一樣，與其講道理，還不如直接拿出證據。為了讓大家看到禍皇子並非不祥之人的證據，我想到了一個方法。」

「要怎麼做？我也會盡量幫忙的。」

「妳能跟我約定嗎？」

「當然，我答應了你就絕對不會反悔。」

悠花露出了美麗的微笑。

「那妳可以幫我生孩子嗎？」

「……啊？」

日織目瞪口呆，悠花一臉認真地繼續說：

「妳將來生下的皇子或皇女是繼任皇尊的人選，如果有人問起孩子的父親是誰，妳可以說那是神之子或龍之子，隨便敷衍過去。等妳死後，那孩子成為新的皇尊治理龍之原，安寧地過了幾年，再告訴人民悠花其實是男人，是皇尊的父親。」

悠花摸著日織的手。

「只要那孩子成為一個好皇尊，把龍之原治理得井井有條，最後平安無事地改朝換代，就能證明即使有個禍皇子悄悄地活著，和平安樂的日子還是可以維持這麼多年。而且這個禍皇子還是一位好皇尊的父親，到時就沒有人會再說禍皇子不祥了。或許到時我已經不在世上，不過下一個擁有和我相同命運的人就不用活得像我一樣可笑了。」

「你這計畫也太長遠了。」

「這種事又不是越快越好。像妳這麼衝只會活得提心吊膽，太折騰了。」

日織的肩膀被悠花抓住，她還來不及反應就被推倒在白杉地板上。

一位美到讓人看呆的美女從上方盯著日織。妖嬈的紅唇，睫毛纖長的美目，清澈的眼眸。

「我的方法就是這樣。妳會遵守約定吧？」

日織頓時心跳加速，耳朵發燙。她無法直視悠花的臉，尷尬地轉開視線。

「可、可是……」

「妳不是說絕對不會反悔嗎？」

「我是說過。可是……」

「難道妳討厭我嗎？」

悠花輕聲問道，日織更不知所措了。

「我不是討厭你……」

「那就沒問題了吧。」

悠花溫柔地吻了上去。

遠方隱約傳來蟬鳴聲。門外是即將進入仲夏的藍天。

白雲隨風飄動，其間閃爍著銀白色的光輝。龍之原即將迎來眩目的夏天。

【參考文獻】

《日本服飾史　女性篇　風俗博物館所藏》（井筒雅風著，光村推古書院出版。）
《日本服飾史　男性篇　風俗博物館所藏》（井筒雅風著，光村推古書院出版。）
《圖解日本裝束》（池上良太著，新紀元社編輯部編，新紀元社出版。）
《日本的服裝　上》（歷世服裝美術研究會編，吉川弘文館出版。）
《Beginners Classics　日本古典文學　萬葉集》（角川書店編，角川 sophia 文庫出版。）
《圖說日本文化歷史3　奈良》（黛弘道著，小學館出版。）
《古代史復元9　古代的都市與村莊》（金子裕之著，講談社出版。）
《全集　日本的歷史3　飛鳥、奈良時代　律令國家與萬葉人》（鐘江宏之著，小學館出版。）
《古代的女性官員　女官的晉升、結婚、退休》（伊集院葉子著，吉川弘文館出版。）
《飛鳥很久很久以前　建國篇》（奈良文化財研究所編，早川和子繪圖，朝日新聞社出版。）

※本作也參考了奈良縣立萬葉文化館的展覽及館內每月出版的《萬葉》（よろずは）。

奇炫館

龍之國幻想2 天翔之緣
（原名：龍ノ国幻想 2天翔る縁）

著　　者／三川美里（三川みり）
執 行 長／陳君平　譯　　者／HANA　國際版權／黃令歡、梁名儀
榮譽發行人／黃鎮隆　美術總監／沙雲佩　文字校對／施亞蒨
協　　理／洪琇菁　美術編輯／陳又荻　內文排版／謝青秀
總 編 輯／呂尚燁　執行編輯／許晶翎

出　　版／城邦文化事業股份有限公司 尖端出版
台北市中山區民生東路二段一四一號十樓
電話：（〇二）二五〇〇—七六〇〇
傳真：（〇二）二五〇〇—二六八三
E-mail：7novels@mail2.spp.com.tw
發　　行／英屬蓋曼群島商家庭傳媒股份有限公司城邦分公司 尖端出版
台北市中山區民生東路二段一四一號十樓
電話：（〇二）二五〇〇—七六〇〇（代表號）
傳真：（〇二）二五〇〇—一九七九
中彰投以北經銷／楨彥有限公司（含宜花東）
電話：（〇二）八九一九—三三六九
傳真：（〇二）八九一四—五五二四
雲嘉以南／智豐圖書有限公司
（嘉義公司）電話：（〇五）二三三—三八五二
傳真：（〇五）二三三—三八六三
（高雄公司）電話：（〇七）三七三—〇〇七九
傳真：（〇七）三七三—〇〇八七
香港經銷／城邦（香港）出版集團有限公司
香港灣仔駱克道一九三號東超商業中心一樓
電話：（八五二）二五〇八—六二三一
傳真：（八五二）二五七八—九三三七
E-mail：hkcite@biznetvigator.com
新馬經銷／城邦（馬新）出版集團 Cite（M）Sdn. Bhd.
E-mail：cite@cite.com.my
法律顧問／王子文律師　元禾法律事務所
台北市羅斯福路三段三十七號十五樓
二〇二二年十一月一版一刷

■中文版■

郵購注意事項：
1.填妥劃撥單資料：帳號：50003021戶名：英屬蓋曼群島商家庭傳媒(股)公司城邦分公司。2.通信欄內註明訂購書名與冊數。3.劃撥金額低於500元，請加附掛號郵資50元。如劃撥日起 10～14日，仍未收到書時，請洽劃撥組。劃撥專線TEL：(03)312-4212 ・ FAX：(03)322-4621。E-mail：marketing@spp.com.tw

國家圖書館出版品預行編目資料

龍之國幻想 . 2, 天翔之緣 / 三川美里作 ; HANA 譯 . -- 1 版 . -- [臺北市] : 城邦文化事業股份有限公司尖端出版 : 英屬蓋曼群島商家庭傳媒股份有限公司城邦分公司發行 , 2022.11

面 ;　公分

譯自 : **龍ノ国幻想 2天翔る縁**

ISBN 978-626-338-617-4 (平裝)

861.57　　111015663